# 黃昏的故鄉

阮　慶岳

當代
小說家
Ⅱ/25

本來應該給予我的愛，母親卻把它送給了聖徒。*

——里爾克

* Schmidt-Pauli, Elisabeth: Rainer Maria Rilke. Ein Gedenkbuch. EA., Basel(1940), p. 247.

出版緣起／

# 國藝二十，藝意非凡

## ——「長篇小說創作發表專案」二〇一六年作品出版

二〇一六年，國藝會邁入二十年的里程碑。歷年來，國藝會於國內藝文領域扮演重要角色，積極輔導、協助、營造有利文化藝術工作者的展演環境。一九九六年開辦常態補助，二〇〇二年啟動策略性的專案補助，二〇一五年更與民間藝文團隊聯手推動七項國際藝術網絡發展平台，協助台灣優秀藝術家及團隊進軍國際舞台。

自二〇〇三年，國藝會因觀察到長篇小說發表不易及出版環境的艱困，啟動「長篇小說創作發表專案」。十餘年來，專案推動多部重要文學經典，有半數以上獲得國內、外重要文學獎項肯定，也跨界改編戲劇，翻譯其他語言發行其他國家。也透過藝企平台的媒合，由和碩聯合科技股份有限公司從二〇一三年起，每年贊助專案一百萬元。

長篇小說專案推動十三年來，以挖掘當代文學經典為目標。遴選優秀創作計畫案，補助創作者寫作期間生活費，並嚴格把關作品質、量，協助作品後續推廣活動，期能透過全面性的機制規畫，讓優秀作家能在此平台盡情揮灑創意，並於華文出版市場發光發熱。本專案二〇一六年第三部出版作品《黃昏的故鄉》，是建築師阮慶岳先生睽違九年的長篇小說創作，以女主角惠君的女性身影，表現六〇年代至二十一世紀初台灣女子堅忍的生命力。建築師筆下的小說世界，對台灣不同時期樓房、廟宇、街屋的風格樣貌，也有深入的描繪。本書封面設計，特別邀請六度獲台北國際書展金蝶獎的設計師王志弘先生製作，將老台灣街道字體、唱片封套等懷舊元素，用現代設計的表現方式、重新詮釋，相信能帶給讀者特別的閱讀感受。

國人旺盛的原創力，是國家文化的重要基底根源，好的人才必須仰賴好的舞台長期經營、支持。期許國藝會長篇小說專案，在下一個里程，仍能持續促進國內文學生態、成為華文作家堅實後盾，並迎向全球讀者、搭建華文小說國際平台。讓更多優秀作品得以被閱讀、重視，讓世界不為人知的美好價值，透過「小說」在各角落持續發聲、對話。

國家文化藝術基金會董事長　施振榮

# 後啟蒙時代的神蹟
## ——阮慶岳的《黃昏的故鄉》

王德威

叫著我　叫著我
黃昏的故鄉不時地叫我
叫我這個苦命的身軀
流浪的人無厝的渡鳥
孤單若來到異鄉
不時也會念家鄉

——文夏，〈黃昏的故鄉〉

阮慶岳的小說不容易在台灣當代文學中定位。他擅於描寫生命的偶然即景和存在的孤寂，儼然延續上個世紀六十年代末以來的現代主義風格。另一方面，他對庶民文化和地方色彩的關注，又帶有鄉土文學的印記。阮慶岳糅合荒謬主題和本土情境的寫作方式，每每令我們想起七等生到舞鶴這些作家。不同的是，他更關心如何藉小說探討形上問題：信仰的本質，神召的可能，啟悟的條件，原罪與救贖的狀況。

但阮慶岳不是「宗教」作家。他並不描寫特定教派，也無意為某種教義多做解釋。他有興趣的毋寧是人間無從自主的因緣或難以言傳的遭遇，以及由此而生的見證或感召。他的寫作帶有浪漫的神祕主義色彩，但他更想探勘一種具有宗教體悟性質的存在經驗。

在我們這個時代，像阮慶岳這樣的作者不會受到歡迎。這些年來台灣文學熱中除魅解蔽，從國族認同到身體解放都是時新題材，哪裡會注意超越或形上的思考？但也唯其如此，阮慶岳的小說才更值得注意。二〇〇四年以來他陸續創作的「東湖三部曲」（《林秀子一家》，《凱旋高歌》，《蒼人奔鹿》）[1]描寫台灣民間神壇的形形色色，就是一個很好的例子。宗教在這裡世俗化到了怪力亂神的地步。但與此同時阮慶岳提醒我們，廁身其間的男男女女以肉身試煉神魔，他們的欲望與虛妄、沉淪與救贖如此深沉，不由得我們不肅然思考信仰的力量和極限。

阮慶岳的新作《黃昏的故鄉》延續了《林秀子一家》的路線，但敘述形式顯得更為精簡，也更清晰呈現作者的關懷所在。小說的主人翁林惠君來自台灣南部小城，是個再普通不過的女子。她因緣際會嫁給了外省人馮正綱，有了兩個兒子，唯實與唯虛。一家人幾十年的生活構成小說的主要部分。平淡的生活暗潮洶湧，惠君不但得應付接踵而來的挑戰，也必須面對自己的心魔：一股莫名的原罪感總是揮之不去。她如何與過去、家人、世界、還有自己和解，成為一大懸念。

而阮慶岳將他的小說命名為《黃昏的故鄉》。阮自謂靈感來自台語經典老歌，召喚鄉土的意圖不言自明。但在小說語境裡，歌詞裡的黃昏、流浪、苦命、無厝、孤單似乎又指涉了現代主體無所安頓的症候群，陡然有了寓言意義。阮慶岳的寓言到底要表達什麼？

## 1.

如果以一九九〇年代做為分界點，四分之一個世紀已經過去。這段時間台灣社會經歷大蛻變，政治解嚴，身體解放，知識解構，形成一股又一股風潮。小說創作者如斯響應，也熱中描寫當代題材。無論是國史家史譜系的重整、族群或身

1 見我為《林秀子一家》、《蒼人奔鹿》（台北：麥田，二〇〇四，二〇〇六）所寫的序論。

分的打造，[2] 或是身體情慾的探勘、性別取向的告白，[3] 環境生態的維護，都可以在現實世界中找到對應。從敘事學的角度看，絕大部分作品處理小說人物從某種蒙昧狀態發現國族、性別、譜系、生態真相——或沒有真相——的過程，風格則從義憤到悲傷，從渴望到戲謔，不一而足。

我以「後啟蒙」稱呼這一時期的小說，其實沒有深文奧義。眾所周知，「啟蒙」源自十七世紀西方知識典範的突破，以理性主體出現、神權君權解體做為樞紐之一。二十世紀中國現代化運動承襲「啟蒙」觀念，新小說的興起正與此息息相關：小說被視為破除泯昧，昭顯真實的利器。台灣現代文學儘管從一九六〇年代以來不斷推陳出新，但一直要到世紀末才湧現一股藉小說發現、描寫，甚至辨證「事物的真相」的風潮。歷史的轉折當然有以致之，但文學的自覺同樣重要。一時之間，因為小說，作者與讀者彷彿形成一種新的「想像的共同體」，銘刻國族、情感、知識的理想願景。

台灣小說的啟蒙敘事其生也晚，只能以「後」名之。但聞道不分先後，許多作品仍有可觀之處。何況我所謂的「後」也帶有後現代意味；相對啟蒙典範的理性預設，一種玩忽的、流動的後設趣味油然而生。當在地的「後啟蒙」與全球的「後現代」風潮相互影響，既聯合又鬥爭，往往產生意料以外的結果。真相、真知的建構與解構張力重重，也總帶來創作的好題材。舞鶴的原住民餘生紀事，駱以軍「脫漢入胡」的荒謬劇場，陳雪的同志懺情書，吳明益的生態惡托邦，只是近期比較明顯的例子。

然而「後啟蒙」敘事發展至今已經顯出局限性。作家或者汲汲在各種名目「主體」中打轉，或生產各種有血有淚而又皆大歡喜的政治正確文本，或對啟蒙後的生存狀態發出不過爾爾、甚至悵然若失的感嘆嘲諷。套句當紅的話，反完了黑箱作業，潘朵拉的盒子是繼續打開，還是又匆匆關上？在奉台灣之名的敘事已經成為老生常談、「荒人」「惡女」已經成為註冊商標時，小說家如何能推陳出新？

我以為這正是阮慶岳這類作家的意義所在。與他的同行一樣，阮慶岳經過八十年代末台灣蛻變的洗禮，但在構思敘事題材時，他選擇了相當不同的道路。凝視生命幽微寂寞的面向，他思考理性範疇以外的人間景象。生命的大海如此蒼莽深邃，人子浮游在種種幻想執著間尋找安頓，總是事倍功半。他理解就是光天

2 如朱天心的《古都》、施叔青的「台灣三部曲」（《行過洛津》、《風前塵埃》、《三世人》）、陳玉慧的《海神家族》、李永平的「月河三部曲」（《雨雪霏霏》、《大河盡頭》、《朱鴒書》）、夏曼·藍波安的《冷海情深》、巴代的《笛鸛》等。

3 如朱天文的《荒人手記》、舞鶴的《餘生》、邱妙津的《蒙馬特遺書》、陳雪的《惡魔的女兒》、王定國的《那麼熱，那麼冷》、賴香吟的《其後》等。

化日下，有太多的「真相」依然難以看透。一個孤單的眼神，一場莫名的邂逅，一次出神的守望，藏有多少栖遑心事。於是阮慶岳轉向了那素來被視為啟蒙對立面的迷魅場域。

在《黃昏的故鄉》裡，林惠君和馮正綱的故事很可以敷衍成又一個家族傳奇。南部小鎮的女子和跨海來台的退役軍人偶然相遇，成家生子。他們各有難言的往事。惠君母親精神異常，小城生活百無聊賴，她必須找尋出口。正綱曾經參加抗戰、內戰，滇緬青年軍遠征，東北保衛戰，大潰敗大撤退，留下揮之不去的陰影。兩人結婚，唯實、唯虛相繼出生成長，他們融入千萬人家的日常煙火中，不覺已經人到中年。

從「後啟蒙」小說公式來看，阮慶岳的故事包含許多賣點：一九四九的創傷，「生為台灣人的悲哀」，本省和外省的隔閡，強人政治的盡頭，社會經濟轉型，兩岸開放探親，世紀末主體意識興起等等。仿照流行手法，如果小說再來上幾段兩代意識形態代溝，兩岸大和解或不和解，情慾禁忌和解放，就更能叫好叫座了。

但在阮慶岳筆下，這些素材都退為輕描淡寫的背景。這卻並不意味他有意避重就輕，而是看出在這些人世的升沉下，還有更沉重的問題必須探問：生命的喧譁掩飾不住每個人的孤獨和渴望。被拋擲到世間的我們，能否找到終極答案？善是什麼，惡是什麼？是命運的操弄，還是欲望的趨使？信仰和救贖的條件又是什麼？世道傖俗，還有神蹟的可能麼？

林惠君童年曾經目睹好友在舞台上跌倒失常：「整個人就忽然塌垮跌落下去……不斷抽搐吐著白沫……像一個瘋去了或著魔的人一樣。」回想起來，好友演出的意外可能肇因兩人之間微妙的嫉妒。這成為惠君日後難以排解的罪咎。真相如何早已無從考證，唯有當事人必須不斷反省清理自己的宿業。但這個事件果真是傷害的源頭麼？或只是出自她的後見之明？同樣的，正綱早年從軍的記憶中沒有任何英雄色彩，他始終不能忘記一次軍車遇襲，同行的美國同僚瞬間被炸得血肉橫飛。民族大義、愛國聖戰的號召下沒有別的，就是暴力和偶然。

阮慶岳描寫這對夫婦的生活，時有細膩的現實主義筆觸。惠君所生長的小城風采，幼年的性啟蒙，她打點自己婚姻時的各種盤算，新婚日子的尷尬，正綱的病，她的出軌，柴米油鹽的操勞……寫來無不令讀者動容。但阮慶岳無意藉這現實細節投射所謂的時代故事。他要從最世俗的縫隙裡捕捉寓言的靈光閃爍。他暗示越是在日常生活的點滴裡，一種無以名狀的憂懼越是盤旋不去。長日漫漫，惠君和正綱要如何安頓他們嗒然若失的心靈。

上個世紀末的台灣正在經歷大改變。但對這對夫婦而言，外在世界的喧囂與狂躁哪裡能夠比得上內心世界的重重波折？他們從宗教尋求寄託。正綱成了基督徒，而惠君卻是從家鄉的三山國王廟的神明找到救贖希望。

基督還是三山國王：惠君和正綱這對夫妻的宗教信仰可謂南轅北轍。一方面是近世全球傳播的西方信仰，一方面是本土化的草根神明。夫妻兩人各行其是，卻相互照映彼此的難題。更耐人尋味的是兩人的孩子，唯虛與唯實，幾乎以概念化的方式來試探這對夫婦的信仰難度和高度。

## 2.

麥克斯・韋伯（Max Weber）在上個世紀初觀察西方現代性的起源時，曾經做過有名的論述：十九世紀以來西方社會急速世俗化，官僚化，理性化，形成了一種「祛魅」（disenchantment）的風潮。相對於此，傳統社會彷彿就是個「充滿迷魅的花園」。[4]韋伯的描述呼應西方啟蒙運動以來的理性精神和人文主義。政治革命、工業革命與科學實證風潮更讓「祛魅」風潮沛然莫之能禦。但韋伯已經注意「祛魅」所帶來的兩極效果。理性世俗的召喚一方面解放現代人的思維行動枷鎖，一方面卻也帶來本體無所適從的失落。

如何回應「啟蒙」和「祛魅」的辨證關係曾經是西方思想界如法蘭克福學派致力的命題。而到了二十世紀後半葉，更有學者指出「祛魅」的盲點。所謂的

「魅」不必止於傳統的宗教巫術迷信，也可能有現代化身。從各種政治烏托邦實驗到資本主義消費狂熱，種種摩登「神話」不早就蠱惑自命開明理性的現代人？在「祛魅」的對立面，「再入神」（re-enchantment），成為引人批判與深思的話題。[5]這一命題包括如何重新反省宗教和信仰的意義，也指向對理性、科學典範以外未知世界的開啟。

在台灣文學「後啟蒙」的氛圍裡，作家祛魅之餘同時紛紛創造、批判新的迷魅對象。如前所述，國族主體、情慾、鄉土等題材的重複書寫，難免成為新的「障」，更何況部分作家陷入不知伊於胡底的文字障。阮慶岳作品的意義在於他認為作家對生命本體層次的思考，或精神面貌現象學式的觀察，仍然走得不夠深遠。對他而言，「後啟蒙」的意義未必只是一廂情願的祛魅，「再入神」也可能帶來意義不同的啟蒙——啟悟——境界。

阮慶岳藉惠君、正綱、唯實、唯虛一家人的互動，演繹生命中信仰與牽掛，聚與散，愛與傷害種種二律悖反的關係，以及救贖的可能。惠君童年失去母親和好友的經驗，讓她過早領會愛不可捉摸的本質和傷害的底線：

---

4 Max Weber, *The Sociology of Religion* (Boston, Beacon, 1971), p. 270.

5 Malcom H. Mackinnon, "Max Weber's Disenchantment Lineages of Kant and Channing," *Journal of Classical Sociology*, 1, 3 (2001): 329-351.

難道所有的愛的本質，就是必須受難、就是必須不幸嗎？或者，其實愛自身就隱藏著某種惡意與不義，讓我們因此無從迴避地必須受苦？但如果真的是這樣，這樣隱身的惡意與不義，到最終也會有盡頭與極限，像死亡的屍首魂魄一樣，無選擇地攤露自己在眾人眼前嗎？甚且，即令已然死去，是否還能夠在被生命與現實所超越時，呈現出真正完美、純靜的微笑，以及總是期待永遠被愛著的驕傲姿樣呢？

小說中愛與受難，以及所潛藏的惡的可能，還有死亡的境況，不斷困擾著她和她的親人們。

惠君和正綱結婚不久就出軌了。但就像她毅然決定嫁給背景懸殊的外省人一樣，她面對誘惑的反應是，「所以一切會如此發展，似乎正就是自己這樣暗藏對決的個性，使我在生命的起伏波瀾過程裡，拒絕對於所謂的不幸遭遇，做出補償或道歉的任何承諾，更不願意憑空去想像或者期待、那所有與愛相關的幸福暗示。」惠君這段往事如果「不可告人」，那不是出自任何傳統道德的考量，而是因為她從中理解自己直下承擔的神祕能量。而這一能量日後在她經歷了大小家庭變故後發揮出來。

唯實與唯虛，顧名思義，代表了現實生命的兩種面相。唯實精壯結實，從少年起屢屢成為家中的煩惱根源之一，最後介入父親返鄉之旅，幾乎敗光家產。唯虛羸弱敏感，同樣難以適應學校社會各種制度，但他對生命另有奇異體驗，早早讓父母理解他的與眾不同。兩兄弟的寓言意義呼之欲出，雖未必能讓讀者覺得真實可信。但他們各自象徵罪與贖的可能，幾乎像是杜思妥耶夫斯基《白癡》、《卡拉馬助夫兄弟》中出來的人物。

唯虛是小說中不折不扣的「靈魂」人物；他蒼白神經質，與生俱來對「殘缺與不完整的存有」的理解和包容，似乎生來是要和其他三位家人做對照的。小說的第五章和第九章寫他與父親、母親和哥哥的生命對話，雖然失之過露，卻是阮慶岳本人對「後啟蒙」時代信仰的現身說法。第五章〈記憶與夢境（病者與傷者）〉父與子的對話提到兩人一次夢中探險密林，其中有迷失，有驚喜，但最後的得失只能是個人的經驗。唯有在「獨自無依的狀態下」，忘記一切牽掛憂懼，「如同密林裡的其他生靈一般，開始豎耳屏息靜待著什麼訊息的即將宣布。」

第九章〈黯夜風景〉更為複雜。唯虛對已經陷入另一場家庭風暴的母親講述自己和唯實的奇幻遭遇與對話，有若開示。對話中的兄弟兩人亦虛亦實、相互糾纏的關聯竟然上升到充滿情慾的暗示，因此透露阮慶岳處理神與魔一體兩面的用心。最耐人尋味之處在於，唯虛認為母親所信仰的三山國王是憑藉「勇氣與力量」得到慰藉，而父親皈依基督教則無非是尋找「慰藉與連結」。以此，唯虛描述兄弟兩人的不同：有人尋求「源自集體的安慰」；有人「建立與自我對話的力量」。

阮慶岳如此定義宗教難免會招來異議。他心目中的信仰，毋寧是種天地彷彿有光的氣氛，一種敬謹自持的力量。事實上，《黃昏的故鄉》全書對惠君與正綱所信的基督或是三山國王沒有多作著墨；唯虛的信仰似乎也「唯虛」般的高來高去。小說中寫正綱在母親病危時突然聽到歌聲而開悟，或惠君朝拜三山國王心有靈犀的感動，或唯虛在迷幻狀態下的迷離狂喜，其實都充滿詩意。

在此，「神」的意義與其說是彼世的超越的存在，不如說是人子以敬畏之心打開遮蔽，面向未知和未可知的虔敬狀態。「神」終極意義為何無從聞問，是在探尋、應答的過程裡，阮慶岳的人物不斷體會、創造此世此生的意義。而對創作者阮慶岳而言，「入神」不妨從詩，從文學開始。《黃昏的故鄉》是本文學的證道書，或證「文學之道」的書。

《黃昏的故鄉》並沒有遵循一般小說敘事格式，給出具體結局。在此之前，正綱回到大陸定居，唯實投資失利，全家面臨破產危機。對惠君而言，這是生命未曾料想的危機。她將何去何從？然而阮慶岳筆鋒一轉，小說最後，惠君受到唯虛的啟發，走向河畔，開始一趟奇異的旅程。

這可能是跨躍現實之旅，可能是告別生命之旅——但更可能是還鄉之旅。在旅途中，惠君彷彿回到過去，往事一一再現。童年的好友回來了，故鄉的光景隱約再現，母親無所不在的召喚令她載欣載奔。然而就在關鍵時刻，惠君不禁猶疑了：

這同時意味著必須在此刻與所有愛著的人，統統做出永久的告別嗎？我必須要告別的人，應該有依舊在老家等待我歸去共聚的男人，與總是犯錯而令人擔憂生氣的唯實，以及那個永遠有如純真嬰兒的唯虛。這是難以復返的單向旅程嗎？去尋回自己的母親與故鄉，就意味著必須要與所愛者做出永久的告別嗎？那麼，在告別後的旅途終點，又會是誰在那裡等待著我呢？是真正的故鄉……以及那個久違的母親嗎？

一切可是個夢麼？一切不是夢吧。小說的最終章，阮慶岳亮出他書寫的底線。夢與現實、愛與死亡、生命的聚與散共相始終，只有像惠君這樣有「勇氣與力量」的人，歷盡人世滄桑，在靈光一現的時刻，進入了生命的另一個境界——一個叫做故鄉的地方。

而什麼是故鄉？是你我與生俱來的所在，也是孤單的旅人的最後歸宿。是母親的臂膀，也是曾經剝落的摯愛。是眼前無路想回頭，也是懸崖撒手。惠君是個平凡女子，但在生命危機時刻卻縱身一躍，讓契機發生，如有神助。阮慶岳寫道，「在很久之後，依舊有人流傳說，曾在某日的黃昏時刻，見到在溪流終端的密林，有一隻飛竄過去的豔紅色火鳥，姿勢是這樣熾烈也美麗，彷彿是預告著什麼訊息的使者，匆匆自天上奔臨下來、又匆匆飛離消逝遠去。」「後啟蒙」時代的寫作林林總總，但堅信文學仍然創造神蹟的唯有阮慶岳一家。

# 目次

# 序曲

確實，是那女人的死亡，引發了這一切連串串記憶的開端。

而我，確實就是我，在那個清初晨裡忽然醒來，望著屋內被青色薄光拂過的一切細微的器物，彷彿皆方才乍乍自千百年的穴坑裡甦醒來，覺得既熟悉又陌生，既遙遠又逼人。塵埃與塵埃，粒粒相隔各自飄浮空間裡，似動非動一如某天使，卻也驚悚同我般張望過來，晴光中與我目目相望。

然後然後，我聽見窗外隆隆隆千軍萬馬，由遠而近……轟轟轟、轟轟轟轟，陣陣奔騰馳來。即問自己：

「這是哪裡？我究竟人在哪裡？為何，我會醒在我自己的屋子裡，卻又完全不知道自己究竟在哪裡？為何，我竟會不覺地迷失在我身屬的空間裡，以及生命某個無名的日子裡呢？」

河流水連綿奔響沉浸包圍籠罩我，絲涓涓滑溜過依舊裸露著我的身軀，並以一滴滴一顆顆皆壁壘分明的清脆聲響，在萬般喧譁裡獨獨單單地對我作出傾訴，歐—耶—阿—烏—，歐—耶—阿—喔—啊。話語生奧難於理解，確實猶如那初顯自信的火苗，擺出預知必終將燎原的得勝者詭計姿態，緩緩自在地啟步啟步了。

並說：

「為何是我？」

「呵呵，因為你就是那個引火人啊。」

「引火人。為什麼我是引火人？」

「因為你已經被揀選了。」

「被誰？」

「我們。」

「那你們要我去引什麼火？」

「記憶之火啊！」

記憶……之火……啊……記……憶……之火……啊……啊……。

語音迴繞，碰撞山壁反覆不能歇，彷彿你們同時脆音笑著笑著。

……而我，便乩童般地勇敢啟步了。

# 1. 記憶的開端

女人來自島南方的小鎮，僅只有念到高中畢業，在父親任職總務處的小學，依舊勉強充當填補臨時缺空的代課老師。雖然時有職時無著落，出入街市還是被稱得一聲老師，也算蒙得敬重。長得清麗嫻靜，不知為何不能結識鎮上合適男子，終於讓人介紹去給島北任職公務員的男人。介紹人是男人的大陸同鄉好友，當時大家皆相信這樣的因緣牽拉，若逢到當婚娶的年歲，多半就信箋通訊相互牽拉，只要兩人看得順眼，身家儀態可以的話，通常不會太挑剔，就歡喜認命結伴共度餘生去的實例，確實也並不少見。

男人相對顯得謹慎認真，先是一週一封寫了半年的信箋，封封皆以楷體毛筆「惠君女士如晤」啟首，循序介紹自己家鄉與家族由來，再談自己的志向背景，並屢屢暗示自己是「堂堂正正男子漢，愛家愛國誠信可靠，也絕對會愛妻顧小」。

女人對這一切表述都不是很在意，讓她最心懸難安的，其實是男人某次隨信寄來的半身照片。相片裡男人顯得帥氣鏢挺，笑容微隱不露，眉頭粗濃眼珠黑亮，整個人看起來像座挺拔的山岳。唯一比較難明白的，是男人穿著正式軍裝的模樣，有些像是那些正要出征到遠方哪裡的戰士肖像，讓她心頭略略抽動了一下。但是女人並不在意，她特別注意到相片的背底，寫著：「敬送惠君女士惠存！」

信裡也請求女人回寄一張照片：如蒙惠允，不勝感荷！

女人收了信，欣喜也慌亂。走到校園操場側邊的林子裡，尋入一棵樹下坐著，再把信與照片拿出來反覆讀著看著，間或望向頭頂整片喧囂的大紅鳳凰花，以及耳畔嘶嚷不停的蟬鳴，覺得整個宇宙似乎全是為她一人所布置，所有的美景饗宴也是只為她單獨擺設邀約，就兀自感動著了。

那一刻，多年後她屢屢回想，正是在那個瞬間的一刻，她已經私自地允諾了自己的人生，給予那個相片裡的陌生男人。關於這件事，確實她也有時不復記憶，日後有次吵架憤怒不歇時，大聲嘶嚷宣布「這次我這次一定要離婚去，誰要誰要還是繼續守著這個死爛家，就絕對是個活該白癡大笨蛋。我要是回娘家去，日子難道會有一絲絲的不好過嘛？會有哪裡一絲絲不如現在的呢？」

那時候，那時候立著一旁的小兒子，也就是自小細白脆弱且不語害羞的兒子，就忽然說著：「那你那時候，那你那時候何必自己……何必自己要嫁給他的呢？」

聽著她就驚嚇了。

確實，當初究竟是因何如此的呢？以及，就因此便也悠悠忽忽重新憶起來那最原初的一切來去點滴。是啊，那時候究竟這一切是怎樣發生起來的啊？當時，在收到男子照片之後，女人特地去燙了髮，撲粉畫眉打扮一番，去照相行拍了張相片，背景是像台中公園什麼的水中雙亭，同他人般側臉睨眼、微微紋笑著望去什麼不明高處，神情含蓄也恬靜優雅，彷彿悠然嚮往什麼似的。

取回看了，覺得滿意，就寄了過去。

當然，兩度進出入照相行時，女人會看似不經意的來回瀏覽，她其實更想要看的，是那些展列在櫥窗裡、別人拍過的婚紗照片。她想知道別的女人在那一刻、那生命中最是關鍵的那一刻，究竟是怎樣打扮、怎樣挑選衣裳，以及最最重要的，是怎樣去拍攝那「此後成為一家人」的最終婚紗證物照片。

一個月後，男人決定來小鎮拜訪女人，這讓一家人都驚動了。男人乘火車從島的北方前來，同鄉好友去車站接他，並直接帶到鎮上最堂皇的「文明樓」午宴，由女人的父親做東來招待，但又似乎有些心怯不足，還拉了一個鎮代表一起出席作陪。

男人不會說閩南話，一桌能流暢自在與他說國語話的沒幾人，就大半尷尬的各自喝酒吃菜，偶爾有人起鬨時，就捉對乾幾杯的，然後又各自安靜下去。女人有次藉著夾菜時，略略抬眼掃看坐在桌對面的男人，對方也正好回看過來，分別驚轉去。

父親看來顯得開心，漸漸會用夾白參半的語言，邀著男人說話喝酒：

「啊啊喝啊，不要客氣生分啦！還有，阿你在台灣就自己一個人喔，連一個家人都沒有嗎？」

「除了母親一起住，其他都沒有，一個都沒有。……歐，有一個算是遠房的堂姊，嫁了一個副連長的，現在人住在桃園，開了家雜貨店，但是很少見到面。」

「父親大人呢？」

「走了，很早就走了。」

「啊……，」就忽然都安靜下來。

「那……，母親老大人的身體都好吧！」女人的父親轉口接了話。

「託您的福，都很好。」

「嗯，阿……你這樣還是很孤單的啊！」

「也還好，同鄉朋友也都會互相照顧的。」

「親戚家人還是多一點比較好。」

「當然像伯父這樣一家和樂住在一起，是最幸福不過的了。」

「嗯，對啊對啊。」

話語就忽然頓住了，紛紛各自低頭吃食著。

「對了，怎麼沒有見到伯母啊？」男人又問。

「嗯，內人身體不舒服。今天很失禮很失禮！」

「歐，應該沒有大恙吧！我帶了一塊布料，是緞面的，他們說做旗袍剛好，是專程要送給伯母的……。」

「太客氣了，太客氣了！」

男人就回身去掏，也順便把帶著的其他禮物，都分派了出去。

「早上出門很早吧？台北到這裡……要很久的。」

「也還好。搭了夜班車，也轉接得很剛好，完全都沒有怎麼誤點。」

「嗯，太辛苦你了！我看等一下吃過飯，讓惠君帶你去走走。我們這個小鎮不大，但是也算是很樸素單純，生活起來都很和樂，還算可以看得過去的。你們兩個一起出去走走，晚一點要是還有空來得及的話，再來我家裡坐一下。」

「歐，好的。」

兩人就先離了飯館。女人打著陽傘，上身是荷葉領白紗衣裳，下邊襯了碎點及膝的鵝綠百葉裙，頂著新買的細高跟白鞋，一步一敲領在前頭，男人也識分地隨在身後走著，相互沒怎麼言語。然後，男人稍微靠前些，問著：

「我們要去哪？」

「喔，會先走過我家，看你想不想進去看一下。然後，再帶你去三山國王廟走走，那是鎮上最大的廟，可以順便上個香。還有，天氣這麼熱，我想可以就去廟邊的冰果室先坐一下，躲過這個太陽再說，也可以順便吃個涼的消消熱氣。」

「嗯，好的。」男人客氣的點著頭。

女人有些歡喜，想著不知當說些什麼。就調皮問著：

「阿，你看到我，有覺得什麼不一樣嗎？」

「什麼不一樣？我不懂你的意思。」

「阿，就是和你之前的想像，或是和我照片裡的樣子，有很不一樣嗎？」

「不會啊，……當然不會啊！」

就兩人又沉靜下來。

男人有些擔心這樣的答話，不知道恰不恰當，試探著回問：

「那我呢……？你會不會覺得我和相片的模樣，也是差不多的呢？」

「真的很像啊，根本就是一模一樣的。」

「真的嗎？但是那張照片其實是舊的，我並沒有特別去拍新的照片。」

「對啊，我有注意到你是穿著軍人的衣服，為什麼會這樣呢？你不就是一個公務員，怎麼會穿起這種衣服來了呢？」

「那是以前的……就是來台灣以前的照片，那時候我的確是在軍隊待過的，現在當然就只是一個公務員了的。」

「所以你以前也當過兵的啊？」

「是的。不過，我那時是軍官。」

「為什麼會挑選這張寄給我呢？」

「也沒有特別為什麼，就是一邊寫著信時，忽然動念要給你附上一張照片，可是要另外去相館拍，不但費事、也耽誤時間，正好手邊還有剩下一張舊照片，就隨手給你寄上的。」

「很帥氣的照片啊，穿著軍服也很好看的。」

「你過獎了。」

「但是，我並沒把這照片給其他人看，你知道很多人並不喜歡軍人，也不會贊成我跟軍人交往的。」

「是這樣的嗎？那真是不好意思，冒犯到大家了。」

「也不是，就是也不用特別去提這個，反正你現在已經是個公務員了。」

「明白，這樣我明白了。」

「那你以後還會再回去軍隊嗎？你還會想再去當軍人嗎？」

「不會，永遠不會了。」

男人的聲音忽然嚴峻起來，讓女人驚詫，就止住話，各自安靜低頭走著。

路上行走的兩人，雖然彼此隔著半步，還是感覺得兩側騎樓暗影裡，許多雙窺視過來的目光。女人明白她與男人來往的這件事，早已流傳整個小鎮，大家都好奇也冷眼等看女人嫁給一個住在遠地的外省人，是否這樣的事情最終會真實的發生來。

於此，女人顯得坦然也自信，男人似乎完全不知曉這一切的悄然進行。他們偏靠向有屋蔭的路側走著，路的另側是條寬大的水溝，女人想起來初上幼稚園時，某日下學的途中，一個男孩忽然推落另個小女孩入水溝的事情，就發出了嘆息般的聲音：

「……啊！」

「怎麼了？」男人轉頭問著。

「沒有……沒有事。」她回了神來，頓著說：「阿，其實是這樣的。小時候有一個很壞的男生，忽然就把另一個女生，從這裡推下水溝去了呢！」

「這個水溝嗎？怎麼會這樣呢……這水溝很髒很臭的啊！」

「沒錯，就是在這裡推的啊！可是……，那時候並沒有這樣髒的。是真的，那時候其實還是一條普通的小溪而已，還有青蛙游魚的……甚至也可以洗衣服。」

「真的啊！」男人轉頭再去看了一次，似乎不怎麼相信：「那，後來呢……

後來她有怎樣嗎？」

「也沒有怎樣，就是那個小女孩的母親，去學校找了園長，堅持說要換班，不要讓那個壞男生和她的小孩在同班上課。」

「歐，就這樣。」

「對啊。」

「他為什麼要推別人下去？」

「不知道。到現在我也還是不知道為什麼。」

然後，穿越一條寬大些的馬路，地上的柏油黏腳，男人注意到女人的鞋跟，會在地上崁出一顆顆爪子般的印痕。就伸手過來扶她，女人似乎有些驚訝，回頭看一眼，探手過去讓他扶，過了馬路就脫開來。然後自己停立在騎樓的陰影底下，掏出手帕輕輕擦汗，說：「好熱。」

男人不知當接什麼，就點頭回應說：

「是啊，真熱呢！」

「還是，要不要先去我家坐一下，喝點茶水休息一下？」

男人顯出困惑、不知如何應答的神情。

女人覺得有些好笑，就指著前方一棟二層的樓房，說：「你看，就是那裡。

我們一直就是住在這屋子的二樓。」

那是一棟相當寬大的二層樓水泥樓房，整個外觀用少見精緻的洗石子包飾著，一樓靠街面的地方，有著深深的騎樓與粗大的一整排柱列。二樓看起來是可以作走廊的寬大陽台，裡面橫吊著零星的竹竿與衣服。

「阿，你們家很大的啊！」

「歐，沒有沒有。」女人笑了起來，繼續說：「這是學校的員工宿舍，我們只是分到裡面的一小間而已。而且這棟房子總共住了十二戶，每家其實都很小的，像是大家其實都住在一起那樣。這個房子聽說以前是日本人的農會，後來日本人走了沒有別的用處，就變成學校的職員宿舍，裡面還有好幾間鎖著的倉庫，聽說放著日本人留下來的東西。而且，這房子根本沒有看起來那樣好的，一下大雨就四處漏水。」

「日本人留下的什麼東西？」男人問著。

「不知道，平時也沒人打開過。每隔一段時間，工友會進去倉庫，噴噴農藥以及打掃清理死老鼠什麼的。」

「能夠有個自己的宿舍，也還是很不錯的啊！」

「其實也沒這樣好。這裡住的都是普通職員和新進老師，因為這房子的產權不歸學校，哪一天農會說要收就收走了，到時一樣是什麼都沒有的。」

「怎麼可以這樣呢？」

「也沒什麼吧！大家原本就都知道的，而且最後一定會是這樣的啊！」

又問著：「要來我家喝點冷茶嗎？」

男人看著錶，說：「還是下次吧！……你知道我還要搭火車趕回去台北的，轉車以後還要好幾個鐘頭的呢！我看……下次吧！」

「也好，反正三山國王廟也不遠了，到那邊再休息也好。」

「所以你是佛教徒嗎？」

「佛教徒？我其實也從來沒有去想過這個的呢！到底算不算是一個佛教徒，老實說我也弄不清楚，就只是跟大家都差不多一樣，就是該拜的時候就去拜一拜，還不能算是很正宗道地的佛教徒吧！」

「歐，是這樣的啊！」

這奇怪的問話，讓兩人間的談話，又忽然停頓下來，女人一時也遲疑不知道當接下去什麼話。女人其實本來是想對男人說，那個騎樓下面有一家叫「外省麵」的攤子，那是一個單身退伍的外省人開的，他煮的麵條並沒有特別好吃，但是和鎮上的其他人煮食的麵，都完全的不一樣，除了用的是白麵條，而且比較大碗外，還會放很多辣油和榨菜，甚至可以自己另外隨需要任意加放，會引起許多鎮民的好奇上門。女人尤其在認識男人後，每隔一陣子就特地要下樓去吃一次，是純粹好奇地想看著那個外省單身男人煮麵的樣子，好像藉此就得以知道更多和外省人相關的事情，譬如他們平日都吃食些什麼，以及到底是怎樣過生活，和究竟如何行為舉止的。

但是，後來還是決定不要對男人講，因為忽然覺得就這樣告訴男人，說自己樓下有個外省麵攤的事情，顯得有些沒因沒由的，什麼地方似乎不太對勁，甚至有些愚蠢無知似的。

到了廟埕裡面，男人婉拒不願進入顯得陰森的廟裡，女人沒有堅持，就自己一人進入去。男人四下走看著，想起在大陸一家人其實篤信佛教，他父親年輕時曾經一度想剃度出家，後來成家生子後，才暫時算是斷了這個念頭，但是日後還屢屢提到本要上山皈依的事情。男人自小就痛恨父親與寺廟間這樣的糾結不清，也委屈母親似乎成了父親口中本當修成正果的現世冤債阻礙，就仗著自己是家中獨子，又受過一些新式的教育，會不時與父親頂撞爭辯，甚至直直說出「就因為像你這樣的人，既頑固又迷信，所以才會壞事誤家誤國」，惹得父親既是生氣，卻又回不出話來。

另外，其實自己已經是基督徒了。關於這個，男人依舊遲疑著，不知當不當現在就對女人說明白：「也許改天吧！這樣的事情，沒有必要這時候去多說什麼，到時候自然有辦法處理明白的。」
女人終於出了廟，臉上明顯漾著笑意。走過來說：
「你真的不要進去看看？」
他搖著頭。女人又說：
「不進去也沒關係的，反正我有替你上了香。這家廟是很靈的，一定會保庇我們大家的。」
男人沒說什麼，就跟著女人走出廟埕。隨口問：
「那你有順便去抽籤嗎？」
女人說有啊當然有。男人說是許願嗎？還是有在問什麼？好籤還是壞籤呢？女人只是笑著搖頭，就說不能說這是不能說的。
出到廟埕外面，轉個彎就是冰果室。打赤膊半禿頂的男人，正專心把一塊塊巨大的長冰塊，雙手夾置入水泥分隔的冰凍槽，回頭很快看望他們一眼，隨口說：
「入來吃冰喔，裡面隨便自己坐。」
內裡顯得昏暗，兩盞懸吊的風扇，兀自緩慢地繞轉著，直挺高背的木椅對稱行列幾排，越往裡間越是黯黑。男人盯看著，似乎思索什麼，最後選了最裡間的位子，女人略略遲疑，但還是坐進去隱身的座位，男人貼跟著坐下去。
先始有些尷尬，男人就輕口問：

「阿……你一直都住在這個鎮上嗎？」
「是啊，我們家本來種田。那塊田地是祖先傳下來的，就一直是住在這裡，就是在鎮外面一點那裡的啊。」
「那現在是誰在種那塊田地呢？」
「沒有人，已經頂給別人去種了。原本我阿公和阿爸會一起料理田地，後來阿爸有機會到學校工作，就丟給阿公一人管。現在阿公年紀大，也沒辦法下田了，就隨便頂出去給人家去種了。」
「那很可惜的啊。種田其實很好啊！不像我家一直是做買賣的。」
「會嗎？種田辛苦也難賺，還是做買賣或者領薪水的好。」
「各有好處吧。」
這時送來二盤加糖水與蜜餞的刨冰盤。男人低頭吃了幾口，見女人並不吃，詫異轉望去。
女人只笑笑說：「等一下，我等一下再吃。」
又兩人沉寂下來。一會兒，男人重啟話頭：
「中午我從車站出來的時候，有經過一個小學，那是你教書的學校吧？」
「嗯，是的。還有……那也是我小時候讀書的小學。」
「你對自己以前讀書的小學，有什麼特別的記憶嗎？」

「阿，我小學的時候……都不太記得了啊！其實，也可以算是有一些的啊。還是你來先說吧，像我這樣的人的記憶，根本沒什麼特別好說的呢！……還是你來說一些你那邊的故事吧！」

「我那邊的故事？」

「對啊，你來的那邊……就是講外省話的那邊啊！」

「歐，那說來話長，講不完的。……以後有機會再慢慢跟你講吧！」

「嗯，……那你隨便先說些什麼，就反正只要是你的事情，說什麼都好的，而且你又是客人，就隨便說給我聽吧！」

「好啊。嗯，你知道我今天來你們這裡，覺得最奇怪的事情，是什麼嗎？」

她搖著頭。

「就是我發覺到……竟然所有會看著我的人，盯著我看的都是大人。就從我剛一下火車，馬上感覺到每一個我遇到的人，都用一種奇怪的表情，就是好像他已經認識我很久了，卻又依舊覺得我是陌生人，那樣的奇怪表情看著我。」

「什麼叫做已經認識你很久了，卻又依舊覺得你是陌生人啊？」

「就是好像明明很熟、又覺得不熟的感覺吧。」

「我們兩人不就是這樣嗎？」

「也是，也是。不過……還是有點不太一樣的。」

「會這樣嗎，那就真是不好意思了。但是，你的樣子真的和我們這裡的人，是有點不太一樣的。可能是你的穿著打扮還是口音吧，但是到底是怎樣的不一樣，說真的也很難解釋得清楚。」

「沒有關係，我對這種事情是很無所謂的。我只是有點訝異，居然會是大人、不是小孩，全是那些大人在看著我。你知道從很久以前的某一天開始，我就已經注意到一件事情，就是那些幼小的孩子，都會特別喜歡注視我，他們會忽然凝目望著我，近乎完全失神的看著我。那種表情很特別，好像見到天使、魔鬼，或是某種奇異久違的事物一樣。」

「什麼，好奇怪，我聽不太懂。小孩特別喜歡注視你？……你是在說什麼啊？」

她露出驚異又好笑的神色。

「哈哈，不好意思，說遠了、我說遠了。換你來說吧，你不是要說說你小學時候的故事嗎？」

「嗯，好啊。你知道就是在這家冰果店的外面，在馬路斜對面的遠遠那裡，就是那間旁邊有個花園的二層樓洋房。就那裡……你有看到吧。以前那裡是一家私人診所，他們的女兒和我，原本是小學和幼稚園裡最好的朋友。有一次，我們都被選入國慶晚會的舞蹈表演，我們兩人都很興奮，但是彼此間也忽然出現一種很微妙的競爭，因為她是負責跳芭蕾獨舞，排在我的前面表演，我是跳終場結尾的那段三人舞。你知道其實她才是真正有去學過芭蕾舞的，我們其他人都沒有，只有她每個週末會坐火車去附近的城市裡學芭蕾舞，而我們卻什麼都沒有學過，我們都只是自己愛跳舞而已。但真正最關鍵的競爭，其實還是我們都不知道老師究竟更喜歡誰的表演，老師讓她跳的是一人獨舞，可是我們跳的三人舞是終場，那到底老師最愛的會是誰呢？我和她光只為了這事情，就爭執了好幾次，也各自私下哭了幾次。

「晚會來到的那天，鎮上所有的人都來了。她先前反覆反覆地努力做練習，我知道她要用最精采的表演，來證明她其實才是最好的那個舞者，她要讓老師和所有人都知道，她才是跳得最好的那個人。慶祝大會壓軸的舞蹈表演終於到來，每個人都很認真美妙的演出，輪到她的獨舞時，全場一片安靜，全都專注盯望著她的每一個動作，可以感覺到某種讚嘆的氣息，不斷地從觀眾席發出來，是那種無憾與滿足的輕聲嘆息。那時我忽然明白，這其實就是大家整晚等待的事物啊！大家在等待著的其實就是她，根本不是我們其他人。她也使出全力地專心跳著，在獨舞接近結束的時刻，忽然，她用側臉瞥見立在簾幕後面的我，知道我正睜眼看著她的所有肢體舉動。她用一種像是不屑的神情，迅速回頭望著我，好像說著：你自己好好看清楚我的表演吧！好好看看我的表演吧！就忽然地，那時忽然……她就……她整個人就忽然塌垮跌落下去，直直倒地的跌落去，然後不斷抽搐吐著白沫，並且間歇地大聲嘶喊著，像一個瘋去了或著魔的人一樣。」

「怎麼會這樣？那……那後來呢？」

「後來，晚會被迫立刻結束。我的舞蹈也因此被迫取消，完全沒有機會去做表演。」

「那她後來呢？」

「她後來也就沒事了。但就經常會哭了又哭的，完全不要見我或和我說話，一年後就轉學到北部大城裡的學校去。他們家最後把診所頂讓給別人，聽說甚至最後全家還都搬去日本的哪裡去了，從此完全沒有音訊。但是一直到了很久很久以後，我還是會間接聽到有人說起這件事情，說那個女孩那時是故意裝病裝瘋，好來破壞我的表演，因為她一直嫉妒著我。」

「不可能的，你們那時只是個小孩，哪裡會有這麼多心眼！」

「嗯，是啊。」

「可是，你會失望嗎？」

「會啊，那時是覺得很失望。但現在再回想，也弄不清楚我的失望，究竟是因為表演的取消，或者是她因此就完全消失去了。」

「她後來身體還好嗎？」

「後來……，在那事情發生以後，她爸爸和家人都很擔心，他們帶她到處去檢查，好像也沒有查出什麼來，最後還是搬走了。」

「可能只是太興奮或者太緊張吧，這種事連大人都會發生的。」

「嗯……，是啊。」

「那你還會想到那個女孩嗎？」

「有時……當然有時還是會的。雖然稚子都已經搬走很久，而且即使那診所中間有段時間，也頂讓給了別人去經營，但是那房子後來一直還在那裡，總是會不斷的看到的啊！」

男人頓著，好像不知該接什麼話。又問：

「你說她叫什麼名字？」

「稚子。」

「很日本人的名字啊！」

「嗯，他們家裡的擺設和氣味，其實就像是個真正日本人的家。完全和我們其他人的家，都是全部不一樣的。」

「就後來都完全沒有音訊了嗎？」

女人搖著頭，顯得沉寂了。

「啊啊，」男人哈著氣，好像表達遺憾、還是惋惜什麼，女人縮著身軀靜聲不語。男人依靠過來，一手憐惜地攬抱女人肩膀，順勢把她挽入胸懷，女人沒有作聲，就柔順地任由男人擺布。男人攬過去的手，先勾著撩撥女人垂落的頭髮，順手溜滑在她的顏面和頸脖間移走，然後另隻手依上去，小心地解著女人上衣的扣子。女人說：

「不行的，有人會看見。」

「不會的，外面沒有別人。而且這裡很暗，他們看不見的。」

女人慌亂地張望著，確實什麼人也沒有。屋外街道的陽光，依舊炙熱刺眼，注意到一隻金碧色澤的大蒼蠅，嗡嗡響著迴繞在那盤還未被人觸碰過刨冰上方，盤旋著盤旋著……。

男人的手已經探進去了，熟練地捏揉著。女人顯得不安，男人說：放輕鬆，沒事的。女人就逐漸放鬆了身子，讓男人兩手在身體自在遊走，嘴臉也靠貼上來。女人有些意外自己這樣的放鬆與自在，擔心會不會讓男人因此看輕了，以為自己根本只是個隨便的女人？但是，又因為自己確實仍是個處女，這也讓她安著心：

「反正到那一個時刻，男人就會相信我的純真了。」

男人興奮專注在女人身體的探索上，完全沒有意識到女人思緒的飄忽。女人漸漸斜躺倚靠上男人的胸腹去，衣裙都已經半開半解的，有些任男人作為的意味。女人驚訝自己會這樣輕易就讓男人恣意來去，想著難道真的是因為自己對男人有如此傾心嗎？忽然想起來幼時與堂姊的某次出遊，似乎就是因為那一趟的旅程，讓她開始懵懵懂懂意識到關於身體與慾念這些事情。以及，到現在才忽然驚覺，原來從最原初的那一刻，自己就一直等待著類同現在這樣的過程會發生來，彷彿某種長久以來的願望與期待終於被賜予，並且得以降臨的幸福感覺。

男人的手掌來回搓揉著，粗糙、燙熱也恣意。女人索性閉上眼睛，開始心神馳飛地回想那次與堂姊的出遊記憶。這段記憶一直以著有些模糊與片段的方式，在自己的意識深處自在游移，既是飄忽難定、又虛實互錯。

然而，就在男人與她廝磨難解的這個時刻，卻乍乍逼人地躍躍顯影出來。

那時候，女人正在念小學，忽然遠處高中的堂姊就遷入來，說是母死父再娶，她無法與繼母共相處，就被送來寄居。堂姊來自離小鎮並不遠的鄰近城市，穿著姿態言語都桀驁不馴也突兀，立刻成了鎮上矚目的人物，吸引一些年齡氣息相近的高中男女尾隨結伴，讓幼年的她覺得目眩難明。對於堂姊這樣顯得張揚的打扮與不時遲歸等事，她的父親屢次憤怒斥責，甚至威脅說要送她回去：

「阿你敢給我亂來亂去這樣隨便，你就試試看。以為我管不了你嗎？你有膽就再試一次，看我哪天就買張火車票，直接送你回家去。」

「我不需要你來管我，你又不是我的阿爸。我自己的阿爸也不是沒寄錢來，誰都沒有欠誰人的。」堂姊就直接衝撞回答父親。

「你再給我這樣說一次，你有膽再給我說一次試試看。」

真正嚴重的衝突，是在一個週日晨，堂姊表示要去鄰村參加同學的生日會，卻沒有得到父親的允許。

「不准，一個人跑那麼遠，誰知道你究竟要去做什麼？」

「就只是同班同學的生日啊，有什麼嚴重。而且，她又是我最好的女同學，是女同學耶，才只是去一個下午而已，晚上前就回來了啊！」

「都是你在說，誰知道是真是假。要是你出了什麼事情，我到時要怎樣去跟你爸說。」

「我自己會管我自己，絕對不會出事的。我也會對自己做的事情完全負責，不用任何人來管。」

「你最好記得你這樣說過。」

「我說的話絕對算話，而且也永遠不會反悔。」

兩人張拔地僵持著。女孩的母親就出來緩頰：「我看這樣吧，既然和同學都約好了，就讓她去吧！你說你那個同學叫什麼？……好啦，就這樣吧！下次必須先跟大人說過，一定要大人都同意了，才可以去約別人的喔。」

父親仍然沒有答腔說話。母親又說：「這樣啦，我看就讓惠君跟著一起去，反正也算是去海邊走一走，順便可以去玩一下，那個村子就是在海邊的啊。而且她從去年生日那時起，就一直說要去看大海的，不是嗎？現在有兩人相互作伴，我們大人也都比較安心。就是時間一定要看好，不要玩過頭了，晚上吃飯前絕對要準時回來，千萬要記得喔！」

看父親臉色緩下來，就暗底揮著手，示意兩人走了走了。

她與堂姊搭上客運時，心裡依舊覺得不安，但同時也有著一種難明的興奮。車子先是沿著兩側都有巨大芒果樹的道路奔馳，道路的外面就是生氣蓬發的稻田，一切都顯得熟悉也溫暖。遠處有起伏的綠色低矮山脈，天空乾淨美麗，會有顯得肥大的軍機，偶爾從遠處飛過去，拉出身後一長串有如雲朵的白色泡沫。

她側頭去看堂姊，似乎正陷入什麼思緒裡，眼睛空洞凝視著前方，像是看見了什麼、又什麼也沒有看到的神情。

「阿姊，你還在生阿爸的氣嗎？」

「沒有，我並沒有。」

「那你為什麼看起來這樣不開心？」

「我是在想，是在想說……說不定你阿爸是對的。」

「對什麼？」

「就是我其實應該留在家裡，根本不要出來。」
「為什麼？」
「這個很難說明白，你也不會懂得。……阿君，你知道我已經有個男朋友的事情嗎？」
她其實知道，但仍然搖著頭。
「就是那個念縣中的。他說他愛我，而且會一直一直愛著我。」
「喔，那不是……不是很好嗎？」
「對啊！」
「電影……好像都是這樣演的。可是，阿母也有說過，有時……有時電影也是會騙人的，不是嗎？」
「電影當然都是騙人的。全是假的，沒有一個電影是真的。」
「是這樣的嗎？」
「就是這樣。」
「阿姊，等一下我們到底要去哪裡？去到那個海邊的什麼地方，到底是要去那裡做什麼啊？」
「我老實跟你講，但是你絕對不可以說出去。我今天其實是要去到我男朋友他家。根本並沒有什麼人在過生日，就只是他家裡今天正好沒人在，又說要讓我去看看他長大的地方。而且，我……自己也想要看的，他還說……他還說他以後一定會娶我的。」

「那真的很好耶，不是嗎！可是，那為什麼你說也許不去比較好？」

「我也不知道。我就覺得什麼奇怪的事情，好像就要發生了。而且，我其實也不知道再來還會發生下去的，究竟是什麼事情。」

「為什麼要去這樣想呢？」

「對啊，為什麼要這樣去想呢？我真的太神經了。」

「阿姊，我問你，那你……你也有在愛著那個男生嗎？」

「嗯，有時候我覺得有，有時候我又覺得其實根本並沒有。」

「怎麼可能這樣的呢？不是應該有就是有，沒有就是沒有的嗎？」

「我也希望是這樣的啊！」

自己掏著手提包，然後遞出來一袋零食，說：「含一顆酸梅在嘴裡，我聽說這條路很顛的，吃酸梅可以防暈車。來，多拿幾顆放著，路上可以吃。還有……你知道我昨晚根本沒睡好，現在要瞇一下眼睛了。」

車子繼續轟轟馳跑著，也漸漸轉換到兩人不熟悉的風景去。她專注望著窗外掠過去奇異的一切，彷彿世界正在眼前流轉開展，有如她對自己未來長大世界的想像，既是興奮也有不安。她同時記掛著堂姊與男朋友的事情，她的確希望堂姊能夠永遠幸福和快樂，但是從堂姊剛才的言語神情，以及所有大人嚴峻的態度裡，似乎都暗示這並不會是件容易的事情。

兩人到達村子的時候，高中制服的男人已經等在站牌。一見到她們就說：「怎麼這麼慢？我等到腳都要斷了。」

「別囉嗦，我差點就來不了。那個老傢伙差點不給我出來的。」

「他也管太多了吧！那……這是誰？」

「是我堂妹。因為她跟著來，才讓我出門的。」

「幹……。」

「不要在她前面說髒話。」

「好，好，好！……那她要怎麼辦？」

「她想要去看大海，她從來沒有看過大海。你們這裡離海邊不太遠的，對吧！」

「還好。」

「你可以找個誰，帶她去海邊走一走嗎？」

「什麼！」

「去找個人啦，去啦！」

「好好，我想一下。」

男子移走到一邊，背風自己打著菸。

「阿姊，我要跟你在一起，我不要和別人去海邊。」

「別傻了，要聽話，你不是一直說要去看海的嗎？我們兩個大人有事要私下討論，你太小不能參加，而且就算你跟著我，你也一定會覺得無聊。乖，就自己去海邊兜兜風，我保證你一定會覺得很開心很開心。等你海邊玩一圈回來，我們就回家去，可以吧？」

男子轉回來，把燃著的菸遞過來，女子猛猛地抽兩口，再還回去。然後問：

「怎樣，有想好要怎樣安排了嗎？」

「都想好了。我會找個人騎摩托車帶她去繞一圈，沒有問題的。」

「找誰啊？」

「你放心，是我的好兄弟。」

「對了，我不能留太久，還要趕回去吃晚飯。」

「好啦，我知道了。你們就先在這裡等，我去安排一下……。」

男子轉身走去。堂姊先到售票亭問好回程的班車，掏錢買了票。兩人就立在站牌邊，沒有說話的各自四下張望。這應該是村子最大的一條街，卻連柏油路面都沒鋪，怎樣也比不上自己來的小鎮，尤其只要有車子駛過來，就會揚起一整片的黃土，久久都不散去，讓所有的東西都顯得黃濛濛的。

「阿姊，你會喜歡這裡嗎？」

「什麼，你說什麼啊？」

「我說……你會……你會喜歡這裡嗎？」

遠處噗噗駛過來一輛摩托車，是男子與另個同模樣的人。男子跨下車說：

「這是我結拜的兄弟，他會負責帶你妹去兜風，沒問題的。」

「我們要搭四點四十五分的車回去，你們兩個不要去太久了。」

「不會的，別擔心。這樣的話……那乾脆我們就都約著四點半，就在站牌的這裡碰面，就在這同樣的地方見，這樣都不會弄錯了。」

一手攬過堂姊，轉著對另個男子說：

「你要看好她，不要給我出差錯啊！」

掏了幾根菸，遞給陌生男子。然後走過來抱起她，置上摩托車後座。說：

「阿，你就叫他阿順大哥啦！」

她猶豫著，愁苦的喊著：「阿姊……。」

女子沒有答她話，把臉直接轉到相反的街道方向。男子說：

「走吧走吧！……手抓緊，不然會栽落去。」

引擎喧囂馳出去。她緊緊抓著陌生男子的衣服，試著努力回望去，卻只看見漫天遮眼的黃沙，完全見不到堂姊的身影。

那一日餘下的其他記憶，就一直飄忽難定。她曾經試著去拼湊連接，但無論如何努力，卻總是撲朔朔地斷離崩析，甚至真假互相欺。此刻，在這個近乎黯黑的冰果室裡，她與這個可能將要結伴終生的陌生男人在一起，感知到他急躁躁地正想探手入她裙褲底，自己一手委婉堅實阻擋拒絕著，同時奇異地感覺到記憶與欲望的忽然啟動。是的，一直難明的那日某段記憶故事，似乎現在終於要啟口來對她傾訴，像一段失去蹤影已久的列車，忽然嘟嘟現身馳出來。

「不要、不要、這是不可以的……」，她低聲卻堅持地抗拒著。

這是她平生首次搭坐摩托車，在一切突發安排的錯愕中，隱隱有興奮的感覺同時湧現。專心馳駛著的男子完全不語，彷彿這是他自己的一人旅程。就在下個迴轉間，她忽然見到了藍色的大海，詫異張口驚呼起來：

「啊，大海嗎？這就是那個大海了嗎！」

男子似乎被她這突兀的叫喊，有些驚嚇到而忽然愣住，指尖拋彈去星子般的菸屁股，轉手將她捏抓上衣的雙手，一起環扣上自己的腰腹，說：

「要加速了，抓緊一點。」

身臉於是緊緊貼上背脊，有著汗溼滲出的溫熱與氣味，覺得頓時顛簸起來。那天的日頭熾烈焚熱，體內和體外似乎都同樣冒著汗，摩托車沿靠水泥堤岸馳著，用力爬轉上去一段陡坡，呻吟咆哮引擎聲響起，忽然就高高馳行在細窄的堤岸頂。新鮮殊異的海風颼颼凌過來兩人的顏面，夾帶著鹹溼溼的腥刺奇異氣味。她努力睜張眼睛，望出去這片盡是藍色的奇異世界，用力嗅聞著不知究竟是海洋、還是男子身體的騷動氣息。

摩托車就戛地停煞住。

男子讓她下車來，下巴示意這就是大海，自己點著菸，在堤岸邊坐了下來。她順著堤岸小心走著，海面顯得非常空曠，看不到任何想像中的事物，譬如那些傳說中的魚蝦或貝殼，也沒有什麼可見的船隻在漂駛過。遠處白色細紋的浪花，鬆緩無力地撲近來又退遠去，一切都顯得極端的死寂與酷熱，連一棵可避蔭的樹，也完全見不到。她在堤岸上踱過去又踱回來，開始覺得有些失望，心裡怨怪這樣嚴厲難耐的天氣，以及堂姊為何就這樣把她交給一個不相干的人。

男子繼續抽著菸，望著前方空洞的大海，完全沒有注意到她的存有。最後，她還是遲疑地走靠去，說：

「大哥，太陽太大了，我覺得很熱很難受。」

男子抬眼看她，立起來從機車坐墊裡，拿出一頂有些變形的草編寬帽，說：

「是我女朋友的，送你好了。」

她把闊邊的草帽戴起來，是大人的尺寸，完全不合適。但她覺得有些欣喜，小心繫結起緞絲帶子，像是得到了什麼恩寵的禮物。

男子回頭來看她，笑起來說：

「太大了，真的太大了。」

看她尷尬不知所措，就拍拍身邊的地面，示意靠坐下來，說：

「要不要去游水？」

「我不會。媽媽也不准我入到水裡的。」

「為什麼？」

「說有不聽話的小朋友，自己跑去游水，後來就淹死了。」

「哈哈哈，那是大人的騙人話。水是最舒服的，一點也不可怕，游水根本是最舒服不過的事情了。」

「騙人，你騙人。」

「我沒有騙人。你要看我游水嗎？那……我來游給你看，好吧？」

她遲疑地望著這個陌生的男子，不知如何應答。男子牽她手走下堤岸，去到細窄的海灘。她安靜跟隨著，心裡有些膽怯與興奮，這是從沒有過的難明感覺，像是一種啟程與召喚。男子帶她到一塊巨大岩石的陰影下，把上衣鋪在沙地上，跟她說就坐這裡。自己迅速脫光衣服，淨光光一只白亮身子，在她面前來回屈弓身體。

「大哥，你怎麼可以沒穿衣服呢？」

男人回頭看著她，說：「因為衣服不能弄溼，游完水還要穿的。」

然後，又說：「你是沒看過男人的身體嗎？」

她搖著頭。

又說：「沒什麼好害羞的。等你長大了以後，大家就都是這樣的，都是一個樣子的。好吧……衣服幫我看好。」

就裸身衝向前，奔跑著跳入海水裡，一下子失去蹤影。

她安靜坐在大石的陰影裡，不歇地望向海裡起落的波浪。每一次海水湧起來，她就想著男人會不會從滾滾的白碎沫裡，忽然現身回來，可是海水瞬間又無息地退去，什麼也沒出現來，像在對她預兆著一種難明的冷漠與無情。她視線不離地盯望起伏不歇的海浪，開始覺得有些害怕，要是男人永遠不再回來，我該怎麼辦？他會不會就被大浪捲走？或是被大魚吃了？只剩下我一個人在這裡，還會有別人來帶我回家嗎？阿姊呢，……阿姊現在到底在哪裡呢？

白浪來回吐著碎沫，一起一伏、一起一伏，自顧地悠悠重複著。

她著急立起來，脫鞋走出大石陰影，沿著沙灘走著。沒有多久，隔著襪子的腳掌，不斷被細尖的沙粒穿戳，同時被越來越滾燙的地面燒熾，終於還是躲回來暗影裡。

然後，男人浪裡又忽然現身出來，赤條條立在她眼前，全身滴淌著水珠子。她驚訝望著他，又是欣喜又是懼怕。男人說：

「你看，我回來了。你看，大海一點都不可怕的吧！」

「我剛才很害怕，我怕你永遠不會回來了。」

「哈哈，不用怕，大海一點都不可怕的。而且我當然一定會回來的，我當然一定會回來的。」

又說：「不用怕，你知道嗎？根本沒什麼好怕的。」

喚她過去：「來，一起來幫我擦乾水。」

「用什麼擦……？」

「手啊，就用你的手啊！來……我教你。」

男人把她的手拉去，摩擦起來他身體的皮膚。她這時注意到在男人白皙肚腹的地方，有一隻展翅飛鷹的刺青圖樣，隨著身體的前後擺動，似乎也正一撲一撲的揮動著翅膀。然後眼花起來，她閉起眼睛，開始有暈眩的感覺，好像自己正在沉溺入無盡的大海裡，忽然完全無法呼吸了。

然後她驚叫起來：「不行……不行……不行！」

推開男人的手，把衣裙很快拉扣起來。衝出去冰果店，趴對著騎樓邊的陰溝，大口大口的嘔吐起來。

「怎麼了？」男人立刻緊張跟問出來。

她繼續吐著，心肺都要嘔出來那般的吐著。男人一旁顯得慌亂無措，就不斷問著：「怎麼了？你是怎麼了？」

這樣吐了一會兒，停住問男人要手帕。擦拭著不知何時也溢流滿面的眼淚，再遞還給他。

「怎麼了？你究竟是怎麼了？」男人又問。

「對不起，真的很對不起。我們再進去坐一下吧！」

男人顯然被這突然的景象驚住，兩人再進返屋內坐著，一時間沒有人說話。她反而先開口安慰他說：「可能是中暑了。這樣的天氣，不該在外面走太久的，真是不好意思。」

男人就喔喔應答著，看著錶說：其實也差不多該走了，要不然就晚了，晚了就買不到轉車的對號票，長程車沒有位子坐，特別辛苦的呢。她本來想問要不要再回去家裡坐一下，看男人的神色有些張亂，就算了沒開口。

惠君堅持要送男人去到月台，說要陪著一直看他上車，以及看著火車離去。

到了上車的一刻，忽然對男人說：

「你知道，我心裡一直覺得有種愧疚的感覺。」

男人愣著，問說：

「愧疚……為什麼？」

「就是我和你講過關於稚子的那件事情。」

「歐……。」

「我一直覺得是我害她摔倒的……。」

「什麼？」

「就是那時候我其實站在簾幕後，一直暗自在詛咒著她。我確實希望她摔倒下去，但是沒想到……我真的完全沒想到……沒想到她居然真的摔下去了。」

「什麼？你說你那時在詛咒她？可是……沒有這種事情的。你們不過是兩個不經世的小女孩，哪裡會有這麼多心眼。而且，你們現在也都已經各自長大了，不是嗎？……事情都過去那麼久了，別再去多想了。」

火車發出即將啟動的氣鳴聲：嘟嘟嘟……嘟嘟嘟……。

男人轉身去，說：「那我要走了，多珍重！」

「你也要珍重啊！」女人低聲的回應著。

火車離去後，她並沒有立刻回家去。一人坐在空寂月台的木凳上，覺得有些虛脫與疲憊。閉起眼睛、長長緩緩地呼著氣，繼續想著與堂姊那趟童年的旅程，覺得與今天的許多事，都糾攪一起難於分別。

那日去完海邊，她和男子摩托車回到候車亭時，已經有些遲了。堂姊先緊張拉她過來身邊，問她：都好嗎？你都一切還好嗎？她有些不明一切所以，就茫然點著頭。堂姊不高興地對著載她回來的男子說：

「到底是去哪裡去這麼久，要不是車子剛好也誤點，我們就要統統回不去了，阿你們兩個是知道嗎？」

摩托車男子回說：「她剛才忽然吐了，像是快要暈過去一樣，嚇了我半死。我也不知道是怎麼回事，可能是天氣太熱，被太陽曬壞了。」

堂姊沒答話，就狠狠瞪了那個男人一眼。

車子這時來了，堂姊拉她匆忙上車，選坐在另一側，似乎故意不要看見立在候車亭邊的兩個男子。堂姊問她：「你都還好吧？剛才真的有生病了嗎？」她就安靜地搖著頭。車子再啟動時，堂姊甚至沒有回頭去看兩個男子一眼，她卻忽然有些想再去看一次那個男人的衝動，她想要記住他的長相，但卻還是忍下來了。

車子顛簸駛向她們來時的路途，兩人幾乎完全沒有言語，各自看著外面逐漸轉成暗橙色的田野。她注意到堂姊開始自己默默流著淚，先是安靜地、壓抑地，然後就低聲抽搐起來，她輕輕撫著堂姊的手掌，說著：「阿姊不要哭，阿姊阿姊……你不要哭啊！」

然後，隨著顛簸的晃動韻律，自己一邊搓揉著在手裡那頂過大的草帽，一邊也跟著低低地抽搐哭起來，沒有緣由的哭著。同時間，繼續一邊安慰著堂姊說：「阿姊，你不要再哭了。讓我們就把這整個下午的事情，一起統統忘記去，……一起統統忘記去吧！這樣……這樣我們就都可以全部重新來過一次了。」

是的，把記憶全部忘記去，就像忘記掉此刻窗外所視見到的這片土地，那樣輕易地把一切都忘記去忘記去，像忘記這片大地一樣的全部忘記去。

那個時節，第一期稻作正要開始收割，大地在新冒出來的金黃與猶存的濃綠色澤間，不安地跳躍擺動著。稻禾間穿插立著一些衣著闌珊可笑的稻草人，以及勤奮穿走其間、全身包裹緊密的農婦，她們吟唱般發出奇異的聲音，驅趕著不斷飛起又落下的麻雀群：吆赫赫啊……吆赫赫啊……。

「阿姊，你不要哭了……不要再哭了嘛。」

反覆地低語著這句話，似乎也在安慰著自己或是誰人似的。

男子離開後，斷了消息好幾週，讓她慌張起來。一直盤想究竟什麼地方做錯、還是說錯了什麼，或者是沒有表達好，讓男人不能清楚地明白自己的真正心意，因此才選擇忽然遠去，還是因為自己根本就不夠好，讓男人終於失望了。

家人見出她的不安，不敢說什麼，偷偷找回當初介紹的那個外省同鄉探問，一樣沒有什麼要領與頭緒。恰巧有人要出差去到北部大城市，就想說端午也正好快到了，索性讓惠君親手來包一些粽子，拜託這人順道帶過去，算是讓對方知道自己還記掛著他，藉此表達些心意。

這段等候的日子確實難熬，惠君也因此明白，自己對這個甚至還是依舊陌生的男子，其實已經有著奇怪的情愫產生出來。她一邊算計著日子，同時無心聽聞了小鎮近來新啟的一則愛情傳聞，說是那個剛守寡還在哺乳男嬰的女人，先像是同情著一個日日來賣燒烤地瓜的駝背中年男人，卻不知為何地終於與他私奔離家遠去，讓眾人猶然迷惘無從知曉緣由的，就與那個駝背男人雙雙消失去，甚至把嬰孩獨自留棄婆家不顧。

眾人多半說：「一定是中邪昏了頭、還是被偷偷下藥了，婆家這裡有吃有穿什麼都不缺，偏偏要跟隨去那個沒錢也沒產、只會賣地瓜的老男人，還是個根本連腰身都挺不直的駝背郎，真是想不開呢！」

繼續說著：「……怎麼會這樣呢？真是夠傻夠糊塗了，誰人也根本沒有一次苛刻過她的吧？」

或是說：「而且……小孩就這樣丟下來，算她也夠心狠的了。」

終究是無法明白。

惠君並不熟悉這兩人，但她也曾經向這駝背男人買過幾次地瓜，印象中是個沉默近乎闇啞、頭臉總是灰暗，但眼神卻有時會炯炯閃神的男子。那女人為何會願意與這樣一個男人在一起度日呢？女人的婆家門戶皆算光彩，這樣的舉動應當對於他們全家是一種巨大的羞辱吧！鎮上的耳語與揶揄，一時間也不會斷休的，他們兩人大概永遠難能再回來小鎮了吧？那我呢……我與這個遠地外省男人的連結，會一樣使家人蒙受羞辱與遭遇耳語嗎？他們也會讓我因此遠離家鄉，甚至難以再次回返來嗎？可是，家人親友們卻似乎都沉默地觀看著這件事情的發展，彷彿迫不及待希望這事情的順利結果，他們究竟又是在想著什麼呢？

自己有時似乎又懂得那個私自奔走去女人的感覺，好像能夠明白女人那種就想把眼前這一切，全部斷離在身後，因此得以重新啟開來，有著全然不一樣另個人生的心情。

還有，母親呢？對於這樣發生的一切，母親會怎麼想呢？要是她現在還是在身邊就好了。這樣，我至少還有個人，可以願意聽我說出心裡的話來，她一定會認真傾聽我的所有問題，也會懂得我內心的不安所在，並且一定會耐心回答我的所有問話的。

在惠君小學高年級的時候，母親忽然離奇病倒。他們把她鎖到屋子最深處、那間無窗的儲藏室黯屋去，並且完全不讓她去探視母親，說母親染到一種會傳染的病，誰都不可以見到，只要等病完全好了，一切自然都會重新回到原來的樣子。

但是，惠君在學校聽到小朋友的耳語，他們說母親其實是瘋了，這輩子永遠都會是一個瘋子，就是一個瘋婆子，永遠不再會好了。惠君回家去問她的父親，他打了她一個耳光，說：以後不要再去聽別人亂說什麼，你阿母就只是生病了，等病一好就沒有事情了。又說：以後不准你再問這件事情了，聽到沒有，你聽到我說的話了沒有！

有一天學校回來，發覺母親已經消失了。日後聽旁人說起來，說是母親娘家那邊的人結群上門來，和父親大吵一架，甚至幾乎相互打了起來，最後就把母親邊打邊搶的帶走了。母親住的鄰村是說客語的，本來與小鎮就有些疏離不往來，加上父親對這發生一切的忌諱與憤怒，讓母親的人與事，自那個離奇的時日起，像是鑲入記憶裡的無聲影像，只能悄悄在暗裡飄忽出入，幾乎是完全消失去。

是啊，母親會怎麼說呢？她會怎麼給我此時的人生做出建議呢？

堂姊那日的海邊行後，整個人似乎都變了。她反常的安靜與不語，時常一人把自己鎖在與惠君共用的房裡不出來，也能察覺到不尋常的頻繁哭泣，完全不像過往的倔強與驕傲。她想要去安慰堂姊，卻不知道該說些什麼。在兩人共居住的寢房裡，空氣忽然凝結住，任何舉動語言都顯得突兀困難。

有一日，堂姊喚她說話，說：

「阿君，我跟你說，我大概很快就要搬回家去了。這是你阿爸的決定，可以也算是我自己的決定，就是沒有辦法的事情，不能算是誰的錯。但是，我做錯了一件事情，我真的有做錯一件事情，就是那一次把你帶去海邊，如果那天我聽了你阿爸的話，就全部事情都不一樣了。阿君，我自己做的事情，我敢自己去承擔起來，也不會算帳到誰的頭上去，但是……阿君，你會不會怪我呢？你會怪我在那天把你帶去海邊嗎？」

「阿姊，為什麼要怪你呢？到底……到底要怪你什麼呢？……還有，為什麼你一定要搬走，一定要離開我們呢？」

「阿君，你真的不會怪我嗎？」

「阿姊，我不知道要怪你什麼啊！」

「真的嗎……？」

堂姊果然一日就搬離去。他們後來說她已經有了身孕，因為拒絕打掉小孩，就被送回去她原來的家裡去了。

男人依舊沒有訊息。

她的心情焦慮漸漸轉到相對沉靜的狀態，也會開始想起她和男人那日說過的話語，譬如她和稚子那樣童年短暫卻親密的曾經關係，本當像是反芻般嚼食存留身體裡的私己記憶，卻為何會對這猶然陌生的男人，這樣輕易說出來呢？是啊，為何會忽然對男人說出來關於稚子的事情？這段記憶原本已經像是自己蠟封的日記，不會願意再輕易啟動起來的。

還有，久違美麗的稚子，現在不知道過得好嗎？你會偶爾想起遠方的我嗎？你還會記恨著那日我對你在背簾後面的詛咒嗎？你的身體後來有得到康健嗎？你改日還會回來小鎮探望我嗎？

有時，在清晨或夜裡，會一人走過去稚子的家，暗自瀏覽那間屋子的景象，依舊覺得溫馨也甜蜜。那房子以著一種典雅的姿態長久矗立在那裡，從未曾真正有過任何改變，即令在這樣一段漫長的時間裡，遷入遷出往來了許多陌生不明的家戶，甚至長時間根本就是空洞的留置在那裡，完全無人去聞問，依舊還是散發著溫馨甜蜜的氣息。他們說在稚子一家最後遷去日本以後，屋子就託給鄰村子的親戚代管，也終於決定把這屋子變賣去，但一直沒有找到合適的人接手。因此，現在就一直空置在那裡，像是還在等候著什麼將臨的事物，或者有一天應該就要發生來似的。

「真是一間美麗的屋子啊！」她屢屢會望著這間屋子讚嘆著。

這幢屋子是混凝土搭造的二層臨街洋樓，靠街面是有著三個圓柱子的騎樓，柱頂有漂亮的雕花裝飾，一直繞飾蔓布到騎樓上的陽台。遇到廟會遊行巡街時，她和稚子會躲上二樓，一起興奮去看視遊街的各色行列，可是當可怕的七爺八爺搖擺走靠近時，因為長得瘦高那一尊的頭臉，幾乎與她們的視線直直交視，兩人會一起驚嚇奔離去，躲入稚子睡臥的榻榻米房，拉扣起門扉不敢出來。

洋樓屋子的側邊，是一個日式與洋式交混的小花園。她尤其記得餵養著碩大錦鯉魚的那個小池子，經常會自己流連不去，出神地望著那幾尾有著迷人色彩、身姿極其優雅的游魚。池邊有幾座假山與大石頭矗立，稚子父親沿靠著牆邊搭出一整排蘭花棚架，並且花很多時間照顧那些懸在棚架下的蘭花。那時候假意看著錦鯉魚的她，其實偷偷望著一旁細金屬框眼鏡、衣著乾淨細緻的這個男人，如何小心翼翼修剪整理著一盆盆的蘭花，心裡覺得非常的神奇難明。是的，這個男人和她所熟見其他鎮上的男人都完全不一樣，他像是從另外一個還不明白的世界，忽然現身出來的人，因此顯得尤其乾淨、神奇也遙遠。

自己會屢屢暗裡想著：為何這男人會這麼的不一樣啊？

稚子母親有時會從黯影屋內，以細聲日語呼喊園裡的父親，然後兩人就繼續以這樣的殊異語音，相互地遠遠對語，令她更加覺得迷惑與神往。惠君這樣嚮往的奇異心情，也和稚子家中的一切聽聞彼此關聯，譬如她們家那台留聲機，經常會播放出來古典交響樂曲，或是稚子母親私下也會放起來的日本演歌，然後開心吟哦伴隨唱著。還有，櫃子上許多奇怪的小擺設，像那個裝在方玻璃罩子裡穿著和服的洋娃娃，以及黃銅閃亮的圓形座鐘，還有旁邊那一把像是神明般被供奉著的武士刀，讓他們所居住的這個家屋，顯得既遙遠又神聖了。

這與惠君自己的生活一切，尤其是奇異難容。稚子的母親其實算是日本人，雖然有人私下說她還不算是真正的日本人，她只是日本人的情婦所生的私生女孩而已，但是她讀過日語的高女校，以及言談舉止的優雅高尚，還是讓她贏得小鎮婦女的尊敬。每個週末的下午，她會在鎮上唯一的教會廳堂，教授小鎮婦女學習插花。惠君伴隨母親去過幾次，在一旁望著稚子的母親，穿著顯得優美的和服，以日語和台語相交夾的低聲話語，耐心述說如何揀選花草與裁切落置，這樣種種的一切景致，依舊是令惠君念念難忘。

後來稚子母親忽然停止教課，稚子家裡的花園也緊閉起來，不再任她們兩人自在入內嬉戲。稚子說是因為有人夜裡偷走她父親的珍貴蘭花，現在園子裡養了一隻大狼犬，外人都不可以隨便進出。事實上，就是在這個奇異的事件發生後，惠君和稚子也斷離了原本的親密友誼，而她們一家人不久就搬離去了。

稚子遷走的前夜，她寫了一封信，偷偷投入稚子家的信箱。她記不清楚信的內容究竟寫了什麼，隱約記得當時大約十歲的自己，信誓旦旦寫出這樣的句子：「我要在這裡向你真心的保證，以後每一天的每一分鐘與每一小時，我都會記住我們兩人間的甜蜜友誼，並且永遠絕對不會把你忘記去！請你也一定絕對要相信和記得我，千萬不要把我們的友誼忘記去。」

惠君所以會與稚子成為莫逆的好友，是從幼稚園啟始的。本來她們是隔鄰的不同班級，但上下學時被編入同樣的路隊，惠君因此很早就注意到這個極度安靜、白皙到像是一張透明棉紙的稚子。惠君一直好奇地觀察著稚子，感覺得她的殊異與特別，但也留意到其他孩童某種對她的訕笑與排拒。

每天下學時，都會行過那個寬大的溪水溝，就是惠君對男人說起過落水故事的所在。一個平日愛欺負稚子的男孩，在所有人都不察覺的時候，忽然從身後方就把稚子推落入水溝裡。那日正好沒有老師隨隊，大家都愣住不知當如何反應，只能望著雙腳陷入泥裡的稚子，露出欲哭的害怕神情。男孩被自己的動作嚇到，就直直立在水溝邊睜望著，惠君這時不知為何，就忽然發怒衝向男孩，把他直接推落水溝，讓他屁股跌坐入水裡。

惠君後來牽著稚子回返去，那也是第一次如此貼靠見到稚子母親。惠君簡單敘述了發生的事情，婉拒稚子母親入屋的邀請，雖然她其實一直嚮往與好奇關於那棟屋宇的內裡一切，就只是帶著欣喜與驕傲的神情，獨自一人離去返家。

當天晚上，稚子母親就帶著稚子上門來，攜著珍貴罕見的日式糕點，對惠君的父母一再稱謝，反而讓一家人都相當不安，不知如何應答。那日之後，稚子就轉到惠君的同班，並且安排與惠君鄰座，上下學都相互緊握雙手並行出入。

也就是從那時起，惠君就認定稚子是她這輩子最好的朋友。

就在一切逐漸平息下來的時候，男人又傳來口訊，說要在中秋後登門拜訪。這突然襲來的訊息，確實顯得難解與不明，一家上下也都慌張起來，還是回頭來問她的意思。惠君反而異常的平靜與沉著，說：「歡迎，當然要歡迎的啊！還有，我們自己該做的禮素，也要自己先預備好，不要到時讓人家見笑。」

惠君在經歷這樣一段顯得漫長也似乎短暫的等待時光裡，忽然感覺得自己的成長。她逐漸明白生命的一切因緣發生，本來就都是難明與未知的，也絕對無法強求。在顯得失落難堪的等待過程裡，她奇異地感覺到自己內裡一直存有的堅定信心，此刻反而清晰也意外地茁長起來，正就是對於這信心的真確感知，更讓她能夠安心繼續等待下來。

她日夜反覆告訴自己：男人畢竟一定還是要尋回來的，那男人畢竟一定還是要尋回來這裡的。惠君堅信自己終將會是那男人的妻子，也將成為他未來孩子的母親。這就像是一種命定的雙人合約，沒有什麼根本的原因與道理，也完全不用特別想說該要去聽問誰人的意見或安排。

惠君就沉著也安心地等待男人到來。

男人老鄉一日忽然上門，表示男人的母親病得嚴重，必須取消親自上門拜訪的約定。同時提到老人家雖然重病，依舊不放心男人一直沒能成家，催促他盡早完成這件事情，說是讓他過來先探個音訊，是不是方便能盡快擇日來正式提親，以及，女方的聘禮規矩有沒有什麼特別的要求。

「小馮是個出名的孝子，人也很誠懇牢靠，這是大家都知道的。誰知道母親忽然重病了，現在本來的禮素什麼的，因此就很不周全了，真是很不好意思的啊！但是這種事情……這種事情，真的誰也想不到，就是誰會知道母親大人會這樣就忽然病倒了，而且到底還可以多久也不知道。這種事情大家應該都明白的吧……，所以請各位特別要多包涵啊！」

同鄉喃喃反覆說著。同時，抬眼看向父親，探詢著回答的話語。

父親顯得侷促不安，沉吟著還是看向一旁的惠君來，說：

「惠君，這事情這樣倉促，是不是太隨便了一點。我覺得還是按規矩的一步一步來比較好，根本不需要急的，你說是不是啊？」

惠君就對著那個同鄉說：「老大人生病確實是誰也沒辦法的事情，應該只能算是天意，我們當然一定要尊重和配合。關於這件事情，的確也太過匆促，但是如果我阿爸沒有要反對你提親的話，我自己也是沒有其他意見的。」

「惠君，你要不要想幾天再回話啊，有必要現在就這樣答應去了嗎？」

「阿爸，我知道你的意思。但是你不要太擔心，我已經是可以負責任的大人，以後也一定會好好照顧自己的。關於這個親事，我自己當然有想過，也有認真去問過神明，心裡其實一直有分寸在的，不算是倉促隨便的回答。」

「那就謝謝惠君小姐的體諒，謝謝惠君小姐的體諒。」

「只是老大人的病，究竟有多嚴重呢？」惠君問著同鄉。

「我也不是太清楚。聽起來很不好的，大概……大概是不會太久了。」

「那馮先生的意思是怎樣？是要大家配合趕著時間，好給老人家安心嗎？」

「這種事情怎麼可以去配合，沒有這種事情的。惠君，你不要太委屈自己了。」又問著。

父親顯得急了起來。

「阿爸，你不用太擔心，我們先把事情都弄清楚再說。」

「是啊，是啊。這件事情真的是誰也都料想不到的。小馮原本當然也是希望按規矩一步一步的來辦，畢竟也是一輩子才一次的大事情，一定要風風光光的。但是，現在看起來似乎沒有時間了，所以才讓我上門給大家說明，也請大家體諒和包涵。」

「所以馮先生的意思是怎樣，你要不要直接說清楚啊！」惠君問著。

「小馮當然還是希望盡快辦好法定的結婚手續，好讓老人家可以走得安心，算是了去她老人家的一個牽掛。至於其他該有的禮俗婚宴什麼的，都可以改日再專程回來補，一樣也不會少的。」

「那如果老人家就先走了呢？」她又問著。

「這個……這個真的不好隨便開口說。但是，我完全明白惠君小姐的意思，這種事情也不是不可能的。我其實也有問過小馮，他說如果真的這樣，依照他們家鄉的習俗，希望能趕在頭七前先成婚，算是有一起給老人家送一程的。」

「如果趕不上頭七呢？」

「那……那可能就得隔一整年了，要隔一整年的了。」

「是這樣的嗎？」她就停頓著了。

「我看這樣，今天大家就先說到這裡，應該意思都清楚了。我們一家和惠君都要好好想一下，明天晚餐前會回訊給你，再請你轉給馮先生一個正式的回音。」

這樣可以嗎？大家說這樣可以嗎？」父親站起來，表示結束討論，也順便送客。

隔日早，惠君忽然想起來學校樹林裡那棵鳳凰木。從還很稚小的時候啟始，她就發覺這棵巍然壯碩的大樹，似乎總能適時地給予她某種安撫的力量。最初，是母親讓她負責攜午食的飯盒，去給在學校工作的父親，她看著母親安靜將白飯盛放壓實入白鐵飯盒內，認真布上各色菜肴，最後放入一片父親喜歡的醃黃瓜，然後再用大花方巾把飯盒捆裹起來，小心交付並囑咐著她：「要拿好喔，要快點趁熱送過去，然後就快點回家來喔！」

她安靜點著頭。

從父親的辦公室出來，她會優遊安靜地走過還沒下課的教室，羨慕看著裡面的老師與學生們，聽他們齊聲朗讀課文或唱歌，然後走下去到偏在校舍另一邊的操場。應該就是從那時起，她開始習慣坐入到這棵鳳凰樹下，究竟最初是被樹頂叢發有如火焰的花朵吸引，或是見到滿地零落碎花，所以才止步停留下來，惠君已經無法確實記憶了。

之後，會不時一人隱身坐躲在樹下，遠遠看著在操場遊戲玩耍的學童，隨著上下課的鐘響聲呼嘯來去，彷彿與自己全然不相干，顯得有些遙遠也生疏。但是，她喜歡這樣在樹下玄想作夢，有幾次甚至會感覺得到某種巨大的哀愁，忽然有如夏日暴雨般莫名襲來，讓她全身戰慄地掩面痛哭起來。到現在她依舊不明白這樣忽然的哀愁，究竟是因何而來，但是她卻能清晰地感知到這樣近乎嚎啕般的痛哭心情，其實一直是一種無可避免與抗拒的力量，會從內心底層某處湧起來，像是忽然吹颳起來的微風斜雨，難以察覺地迅速攀爬上身，瞬間就撼動了自己的全部身心。

這個早晨，惠君再次想起來這棵鳳凰樹。她刻意起得特別早，一人安靜走進校園，再次坐入同樣的樹根腳。然後，從手提袋裡掏出來用緞布紮捆成疊的信，這些都是男人寫來的信，她依照時間先後小心編號收藏好，而且每隔一段時間，就會自己拿出來閱讀一次。男人寫信的毛筆字跡好看，讓她回信時會落筆緊張，甚至寫了又撕去、這樣來回好幾趟，覺得自己越發笨拙難堪。

惠君隨意掏出一封信，打開來輕聲的朗讀起來，尤其反覆念著惠君女士如晤這句啟始的話語。這樣子輕聲念著男人的信，會讓她特別有著柔情的溫馨感受，也益發覺得男人與她兩人間連結的存有，彷彿其實濃密難以斷分開。在讀信結束的時候，還會重複念著男人的名姓幾次：馮正綱敬筆、馮正綱敬筆、馮正綱敬筆。

像一種兩人間祕密儀式的確認，或是彷如探問著落花與大地間的奇異連結，以及聆聽什麼遠方傳來的祝福與咒語似的。

到家時，早餐還沒動過，父親一人坐在桌邊。

「阿爸，怎麼還沒吃？你上班不會遲到嗎？」

「你先坐下來，惠君。」示意惠君坐到自己旁邊的凳子上。

「你聽我說，剛才他們有傳話來，說老大人昨天晚上就已經走了。我不知道你心裡怎麼想，但是按照昨天的講法，就是如果答應了這門親事，就要趕在頭七前過門。老實說，我並不知道你是怎麼想，但是我覺得很替你不甘，雖然我當然也知道這種生啊死的事情，誰也沒有辦法決定，但是我還是很替你不甘。惠君，我知道你一直是個話不多也乖巧的女孩，但是我也知道你是很有主見的，你決定的事情，我是沒有辦法替你作主改變。這件事情我覺得你好像已經有你的想法了，我雖然替你很不甘，但是我也不能說什麼，你知道我的意思吧？」

惠君沒有說話。就只是立起來盛粥，端過來說：

「阿爸，你先趕快吃吧，不要耽誤到上班了。」

看父親依舊坐著不動，又繼續接話說：「你先不要太擔心。等一下我會自己過去和那個老鄉先生商量一下，我會把事情都說清楚和安排好的，你不要擔心。」站一旁，盯看著父親草率吃了稀飯，再催促他出門去。又說：「不要擔心，阿爸，我會把所有的事情，都自己處理好好的。」

把父親送出門去。

然後，坐下來整個頭尾的盤想一下，這件事情的發展過程，確實出乎自己的意料外，但結果應該終究都會是一樣，所以其實也沒有什麼好詫異的。她想若是換到好的角度來看，反而是這樣橫生枝節的事情，讓本來就是命定的結果，能更簡單直接的發展出來，因此避掉許多不必要的囉嗦麻煩，反而未必不是件好事情的呢！

很快回到房間，瀏覽著一直居住的這臥房。房內唯一顯得比較像樣的家具，是母親留下來的那座梳妝台，這應該是母親當年帶來的嫁妝，衣櫃裡其實也還有幾件母親的衣服。惠君從來不穿那些衣服，但是也捨不得丟掉，就一直和自己的衣服夾雜放在一起。

她想著如果現在就這樣匆忙簡單的離去，似乎和母親在自己小時離去一樣，幾乎來不及帶什麼的，就必須突然消失去。這樣子去想，就驚覺到兩人間的某種相似或是重複，還是讓惠君寒顫了一下。立即轉想著：那我會不會像母親一樣，到最後就還是被這裡的所有人，都像是不曾存在般的忘記去了呢？

但是，又發覺自己其實並沒有很在意這樣突兀的生命安排，儘管甚至連即將搬住過去的地方與環境，甚至那個男人的底細如何，可以說都根本完全不了解，卻一點不顯得擔憂。究竟是什麼原因，可以給自己生出這樣大的信任與力量呢？

是因為自己還是男人呢？再想想自己記憶裡所有身邊的人，包括母親、堂姊以及稚子，不管有意或無意的，最後全都突然從自己的過往生命消失出去，根本沒有什麼真正可說明的原因，也沒有人出來對大家做過什麼合理的說明或解釋，好像本來一切就應該是這樣，每個人早晚都是要突然消失去的，沒有什麼合理的原因、也完全不需要任何解釋。

又想著：還是自己根本就一直想離開這個小鎮，想要去到更大更寬闊的外面世界，不想要一輩子生老在這裡，要像母親、堂姊以及稚子一樣的走遠去。所以才這樣顯得草率的決定這婚事，想要因此就可以走得遠遠的，因此可以把這裡的一切都拋遠去，甚至完全忘記去。

究竟是怎樣，惠君其實也不能全然自我明白。

早上隨即去到那位老鄉的家裡，談定大小細節事情，包括自己過去銀樓挑好一整套的金戒指、耳環、項鍊和手鐲，說：「就送這樣一整套金飾到我家裡來，算是男方的聘禮，其他的就先都不用了，有必要補的都以後再說。另外，麻煩要送個紅包給我的阿爸，好報答他對我的養育之恩，至於錢多錢少，就請你們自己決定，我們這邊都會完全尊重。然後，兩天後請包一輛車，直接送我到台北去。馮先生人在那邊，就不用特別過來，畢竟他已經是在服喪的人，只要有你在這裡代表和處理就可以了。我自己一人過去，這個完全沒有問題，但是絕對要一大早就出發，要越早越好，明白嗎？一定要越早越好。……對了，離開前要先帶我去三山國王廟走一趟，我一定要先去謝過神明，才能安心上路的。就是這樣，沒有其他的了。」

老鄉有些訝異她的爽快直接，一直點著頭的抄寫著，沒有回說什麼。

回家後，惠君把原本男人送給母親的那塊緞料，拿去那間專門給官員太太和學校女教師做旗袍的店家，要求他們連夜趕出來：「真的是很不好意思，後天就要穿的啊，真的是臨時的緊急事情，萬事拜託拜託了！」

再走出來街面，不經意走過那家照相行，望著玻璃櫃裡那些大小婚紗照片，有些遺憾與欠缺什麼的心情升起，人就愣著立在那裡。攝影店老闆出來招呼她，問說好久沒來，要不要一家人約個時間：「來拍個全家福啊？現在大家都很流行照這個的呢！」惠君就揮著手，說不用不用，快步走離開。

走著走著，又忽然回了頭。想著是不是還是該進去，也許拍張當時寄給男人一樣角度的照片，藉此可以留住什麼心情或是記憶的，照片畢竟就是最好的記憶證明。這樣想著的，就又轉了心意地，入回到照相館去。先是不經意地瀏覽看著他人的相片，尤其特別專注看著他人的婚紗照片，卻忽然在櫃子的一個小角落，瞥看到了一張像是稚子母親的照片，她穿著傳統的和式衣裳，後腦杓梳著烏亮的高髮髻，挽著一把半啟的貼金箔紙扇，側身回眸對著鏡頭抿笑，背景是手工彩繪的龍鳳亭湖景。

這照片讓惠君震撼著了，事實上，也許就是這張能夠勾起無數回憶的照片，會讓她這樣決心回了頭來的再次走進來這間照相館。是的，自己從小就一直羨慕著稚子的母親，她總是可以顯得那樣的優雅、溫和又慢忽忽，怎麼看都覺得美。自己確實一直幻想著日後也能成為那樣優雅的女人，或者，至少長大後一定要拍一張穿著和服的照片，像稚子母親一個模樣的照片，想像自己終於成了這樣一位典雅而美麗的女人。稚子母親相片裡這樣的模樣與形象，確實是惠君從小就一直暗隱的夢想投射。

轉念間，又猶豫著了。她想到了遠方的男人，以及其他還不知道的未來生活，決定還是應該穿那件新的旗袍才對，而且應該要拍張全身的照片，對自己說著：「對的，就是要拍張穿著新旗袍的全身照，就是要拍一張在自己這家鄉留影的、而且是穿著新旗袍的照片，才是真正合適的吧。」

轉身這樣對著老闆說了一遍，然後說：「就用這同樣龍鳳亭的湖景做背景，可以嗎？沒錯，就是我一個人的獨照，是要那種全身全景的彩色照。但是要後天一早就拍，可以嗎？沒錯沒錯，一大早就拍，七點鐘喔，不能再晚了，可以嗎？」

所有大小事情，就這樣全都決定也料理完。令人訝異地簡單順利，一切似乎合理又自然，也鋪陳暗示著即將啟始的新生活，即將滾輪般不間歇地發生來。

惠君就篤定地走回家去，預備好自己啟程的心情，與安排好大大小小將臨的事物細節。

## 2. 甜蜜時光

他們其實並不常吵架，頂多就是相互生悶氣不說話。這也不是因為感情好，還是誰人修養好的緣故，而更是兩人間一直有種奇怪的陌生，相互從來不能真正了解的陌生。但也正就是這樣的陌生感覺，像一層濛濛薄紗或潺潺溪流，阻隔了他們本當爆發的直接情緒，也維繫住時會顯得纖纖欲斷的關係。

惠君有時認真地回想，卻想不起來兩人究竟吵過什麼，以及為什麼要吵架，一切都顯得虛虛飄飄的，回憶時並一點都覺得不美，也完全說不出來有什麼醜惡的地方。有時，會忽然記起來某次的爭吵過程，竟都是一些和生活相聯繫的芝麻細節，譬如那時他們住的日式老舊木屋，夏日午後炎熱難耐，她省錢不願開那只老舊的電扇，只在屋子四處放置許多蓄水小盆。男人午睡剛起來，不小心踢翻了一個水盆，臉色立刻沉下來問：

這是什麼？這些東西是什麼啊？

是水盆。

我知道。是幹麼用的？幹什麼放得到處都是？

天氣熱，這些水盆可以接熱氣，消暑用的。

沒有這種事情的，這到底是誰教你的？放水盆可以消暑，你到底是太天真、還是太迷信了呢？難怪我睡個覺，也要冒出一身汗來，真是活受罪。

是可以的，真的可以的……。

迷信，完全就是迷信。

惠君轉身就走。她最恨男人說她迷信，這句話似乎暗示著無知與落後，甚至與她所來自南部小鎮的身家，全都扣鎖在一起，像一團泥沼般地渾然污濁難分。但是，她也絕對明白男人並沒有這樣的存心，他不是這樣惡意的人。然而這究竟是自己內在不安的聯想，或是男人的潛意識本如此，才造成這樣的感受，她其實也難以料定。

走穿過小院子，入到獨立的那間廚房，扣門蹲坐木凳。她並不是沮喪或生氣，更覺得是一種從底蘊逐漸浮升出來的乏力，對一切都無能為力的空泛，好像覺得自己就是那個永遠只能處身在事外的局外人，一個近乎無能也因此無用的女人，身心因此一起疲倦了。

男人一會兒過來敲門，先是輕輕地敲，沒聽到惠君的回應，就自己無聲息地走開來。過了一會又踱回來，在屋外用木拖屐敲響地板，故意來回拖走著。這樣來回一陣子，依舊沒見到她的回應，又忽然輕起腳步，像是怕要吵了她的，自己無息走遠去，讓惠君覺得好笑了。

男人最後還是踱回來，說著：

別生氣了，屋子熱，其實根本也是沒有辦法的事情。我們這個月領了薪水，就立刻去買個新款的立扇，就是那種我和你說過會計主任他們家裡剛買的那款。只要有那樣新款的立扇，哪裡還會怕熱的呢！而且我都已經問過他了，那種立扇一點都不費電，怎麼吹都不怕費電耗錢的，風力又特別大，還特別能省錢。

看惠君還是沒有回話。男人又說：

別氣了，一發氣就會動到胎氣，對你的身體也不好的。所有的事都是我不對，明明才剛睡醒，也不知哪來的起床無頭氣，就亂發到你頭上去。我和你說對不起，可以了吧！地板的水我都抹乾淨了，也換了新的涼水，確實有水盆擺著，屋子裡整個都涼起來了。還有我得出門去辦點事情，今天晚上就別煮飯了，我騎自行車出去，回程拐去買些你愛吃的一起晚餐，你今天就不要煮了，好吧？

惠君沒應話，聽著伊呀呀的自行車聲，響著響著行遠去，覺得自己一人這樣蹲在黯黑的灶間，竟然有些莫名其妙的好笑了。就走出來，先收拾了大小的水盆，然後因為不必做晚餐，就不知道再來該做些什麼好。立在院子裡張望著，拿掃帚把前幾天被颱風颳落到院子的枝葉，漫漫掃起來。

那是離開小鎮後，第一個遭逢的颱風，惠君有些掛心老家小鎮是否一切無恙，屋子漏水一定很嚴重，還有那些放租出去，就要等著收割的稻子，會不會被大水全部淹壞去？想說是不是該打個電話回去問問呢？但是，她平日幾乎不會與老家用電話聯絡，原本以為是兩邊的家裡都沒有裝電話，聯絡起來特別複雜的緣故，到後來真的都裝電話了，發覺還是沒有聯絡說話的習慣，才明白可能自己就是個不愛聯絡的人吧！

然後，心裡浮現男人在巷子騎遠去的背影，她知道男人會買什麼回來晚餐，一定是那個他老鄉賣的油豆腐細粉和燒餅，心情好的話，還會切一些豆乾豬耳朵什麼的。他總是帶著一種驕傲的語氣，對他人說我們家惠君就是愛吃這個味道，而且非這家的不吃，誰也騙不了她的嘴。其實，她知道是男人自己愛吃，因此也認定了她必然愛吃，便自己這樣就相信了。

這樣的事情很多，惠君逐漸不介意，也都不再去說了。

她開始想著迷信這件事情。確實，兩人生活習性的差異很大，也都能相互有自知之明，會記得彼此退讓開，不在小細節去堅持或爭吵。但是唯一最難的事情，還是落到宗教信仰上頭來，男人其實已經信了惠君完全不熟悉的那個拜耶穌教，而惠君心中惦記難忘的，卻依舊是幼時隨著母親去的三山國王廟。

惠君並不排斥基督教，小時候住在鎮上，也已經有這樣的東西。在那間有著外國人的三層樓房教會，每個週日早晨的主日學，都會固定發放糖果或小禮物，這已是小朋友都深深期待的例行活動，惠君自然夾身其中，也依時出入頻頻。

但是惠君從來不覺得參加這樣的主日學，會有著什麼特別的義涵，也不認為這些似乎顯得好玩的事情，最終會與她自己的生活或生命，有任何直接的相干。是的，沒錯，我當然會去教會祈禱、唱歌和領禮物，但是，當我真正遇到困難與無助的時候，當然一定還是要回去拜託三山國王廟的神明啊，這個道理就是這樣簡單也清楚，根本沒有什麼好思量猶豫的。

但是，兩人在一起生活後，立刻察覺到信仰對生活的影響，遠比自己想像的要巨大得多了。在她困惑詢問男人關於他母親的葬儀，為何竟是如此出乎意料的簡單後，男人僅僅說那些民間習俗禮儀都是迷信，就不願再表達什麼。

是的，男人安排母親葬儀時的簡單，與近乎不在意的草率，確實讓惠君有些震撼。她自己會想著，或許像男人他們這樣的大陸人，無親無故的流落在外地，又習慣一個人的單身生活，說真的要辦這樣的事情，也沒有什麼長輩朋友來幫忙，確實很難做得周到和完整，應該說是可以理解與體諒。但是，男人最早送老人家入土的時候，拒絕了燒香與念經的建議，卻讓她困惑很久，難道就光只是燒個香，以及請幾個和尚來念念經，送老人家平平安安走一程，這又究竟有什麼不可以的呢？

男人堅持說這些都是迷信，絕絕對對不可以做。但是，惠君不免暗自困惑，如果連燒個香都是迷信，那麼當初男人為何會託那個老鄉傳話來，說什麼在頭七之前一定得成親登記，否則就要隔一整年才可以結婚，這樣更像是迷信的話呢？她問過男人這問題，但男人從來就迴避不正面回答。隔了很久以後，惠君才間接聽人說，那其實是男人在母親臨走前，自己對老人家答應的親口承諾，只能說是因為孝心而做的承諾，所以算不上是迷信什麼的。

但是，頭七過了多日之後，她意識到男人並沒有要繼續任何其他葬儀事情的意思。這當然是由於已經承諾過母親，絕對不會以基督教儀式來處理她的葬儀，而且，男人又不想碰觸任何與佛教相關的瑣事，就乾脆什麼都不做，讓惠君感覺整個葬儀過程，顯得有些最終的尷尬與難堪。

惠君就主動告訴男人，說可以代替他去廟裡燒香念經，至少先把七七四十九都做完，其他事情就以後再說。男人意外地沒有贊同，但是也沒有表示出反對的意思，她就請男人把老人家的名字、生辰與出生地，都寫在一張大照片的背面，由她每次逢七的時候，自己去到鄰近住家的那間廟，付錢請裡面的人幫忙誦經，自己則一旁燒香陪伴著。

這樣來回幾次的過程，她特別有機會仔細端詳男人母親的顏容。這照片其實並不算是真的照片，是男人後來意識到母親即將逝去，卻並沒有一張清晰單獨的照片可用時，忽然覺得慌張起來。因為那時母親已經病得緊，不可能再去做什麼補照的事情，而家裡比較早些的照片，都是顯得不夠正式的日常照相，甚至幾乎全是幾人一起的團體照，也沒法拿來做遺照使用。後來，還好有人私下建議男人，說其實可以請人先依著舊照片裡母親的模樣，把頭像單獨畫起來，就算把模樣畫年輕一點也沒關係，然後再請相館翻拍一次，就可以有張理想的頭像照片，可以用來當遺照了。

惠君望著罩在相框裡的女人，覺得十分的混淆與困惑。究竟她的人生是怎樣的一回事呢？她與兒子來到了這個遠方的陌生地方，並且自己也終於死在這裡，她最終會覺得甘心自在嗎？她和自己雖然並沒有機會相見面，但彼此應該都知道對方的存在，男人母親甚至還見過自己的照片，很可能也首肯敦促了兒子的婚約行事，然後才自己這樣離開去的。

她究竟是怎樣的一個女人啊？男人說她還是裹著小腳的。「那是什麼啊？」她問著男人。「就是從小女孩開始，就把腳用布紮捆起來，不讓腳可以長成正常的大小模樣。」男人說。「這樣做到底是有為什麼呢？」她又問著。「那是封建時代的做法，就是把女人當寵物花瓶看待，不讓她們可以自由走動和幹活什麼的。」男人說。「為何要這樣呢？」她依舊喃喃地問著。「就是那時的封建思想餘毒嘛，封建時代的思想餘毒嘛！」男人說。

惠君會凝看著照片中的女人，看她緊緊挽紮向後腦杓的髮型，略略顯得木然的表情，以及有些疑惑、睜眼望向這個世界的遲緩目光。僅僅這樣望著畫像裡的陌生女人，惠君似乎覺得已經有些明白這女人某些難言的心思。惠君會遺憾自己竟沒能遇上男人的母親，她發覺自己對畫像裡的人，其實有著許多的好奇與不解，這好奇或許源自於想要更加了解男人，也可能只是與自己童年就失去母親的陪伴有關，更或許就只是對於這個離家久遠、難返家鄉女人的純然好奇。

惠君望著相框中的女人，以及她那緊緊梳理好的整齊頭髮，想起來屋裡那瓶有著茉莉花香味的頭髮水。不知是有意或無心，男人母親生前使用的這瓶頭髮水，就被遺留在她的梳妝桌，惠君打開來聞過幾次，但一點都不想抹到自己的頭髮上，一方面因為這是全然不熟悉的香味，況且也從來沒有見過真正的茉莉花，更重要的是這個味道，對她來講有些太香太濃，幾乎難以承受。當然，其實惠君也擔心這樣熟悉的香味，是否會引發男人對母親的聯想懷念，以及其他更多不熟悉事物的忽然牽扯勾引，這讓她想來更是覺得驚怕。

但是，就光是這樣定目望著框裡的畫像，惠君彷彿就又聞到那茉莉花頭髮水的味道，開始在眼前的空氣中瀰漫起來。

關於男人為何會去信基督教這事情，惠君一直深深覺得困惑。終於還是問了男人：「阿，你當時……你當時究竟為何會去信了這個呢？」

「什麼？信了什麼？」

「就是這個基督教的啊。」

「這完全就是上帝的旨意啊！」

「是怎樣發生的呢？」

「其實發生得很突然，但是現在想來，也是完全自然而然。就是一年多前，那時我們兩人其實已經在通信的了，母親身體開始明顯衰壞下去，有一個晚上，她就忽然自己洗澡摔昏下去，等到我後來發現，立刻急忙把她送去醫院。但是，他們就只是隨便看一下，好像光是在應付什麼的開個藥，也沒做什麼真的檢查或治療，就說要讓我們回家去。我說求求你們，可以好好認真檢查一下嗎，我母親平日是不會這樣突然摔倒的，我很知道她的身體狀況，一定是什麼地方出問題。他們說要檢查也要到白天，晚上沒有辦法。我說可以晚上先住這裡一夜，免得她回家半夜又出事了嗎？他們說完全沒有病床了，我說如果我母親現在回家，要是又忽然出事，就會太危險了。他們說你們要睡這裡也可以，那就只有自己睡走廊的長椅，真的要睡在這裡到天亮，我們也不會反對的，但是棉被枕頭要自己準備。」

「阿，怎麼會這樣呢？」惠君驚呼起來。

「我就趕忙去買了棉被枕頭，把母親安置好在長廊的木椅上，自己坐在旁邊陪著。後來，母親要我自己先回家去，她說人都已經在醫院裡了，不會有事情的，讓我先回去睡覺休息。我說絕對不行，當然要陪在這裡。母親就動氣了，她說要是我不聽她的，那她就立刻回家去，一分一秒也不願留在這裡。

「我母親是個堅強也固執的人，她要是下了決心，是沒有人可以動搖得了的。我就只好先應付她，先回說好的好的，我會立刻就回家去，等明早天亮了再回來。然後，我就走出醫院，在已經暗去幾乎無人的馬路上走著，我不知道要去哪裡，我不想回住處去，那裡沒有母親、也根本不像個家了。忽然，就覺得極度的孤單與絕望，好像自己是一艘被棄置入大海的小船，完全不知道在這片茫然的汪洋裡，究竟能夠往哪裡去？」

「我知道……我知道你的意思。那然後呢？」

「然後，然後我就胡亂走著，想說等再晚一點，等到母親睡著了再回去吧。然後……我就忽然聽到從一個小巷子裡，傳出來很奇怪、從來沒有聽過，卻又是非常溫暖好聽的音樂聲，我不自覺走靠近一個屋子，聽見裡面像是風琴和女人的歌唱聲音。那時候，美妙的音樂緩緩從那個高窗飄了出來，我立刻感覺得這音樂就是為了我而誕生出來的，是有天使特地送來安慰已經迷路的我的啊！」

「……然後呢？」

「然後……，我就哭了。不知道緣由的，就一直哭一直哭，完全停不下來。我這輩子吃過太多苦頭，我看過最好的朋友死去，他就坐在我開著的吉普車裡，突然一顆子彈打中他，馬上直接翻滾落出車外去，我根本沒法停車去救他，因為我們已經落入到日本人埋伏的射擊圈裡，只能拚命的加足馬力逃離出來。那時，我從後視鏡裡，看他遠遠在地上滾了幾翻，這樣人就走了。你要知道，就連當年發生這樣的事情，我也沒掉落下一顆眼淚，一顆都沒有，全都忍住了。

「但是，那天晚上我坐在屋外的水泥台階上，卻是一邊聽一邊落淚，怎麼樣都停不住。後來不知過了多久，我應該是覺得累了，就往後靠貼著牆壁休息一下，然後就完全記不住後面發生的事了。等我再次醒來的時候，天正好剛剛亮起來，我依舊睡在那個台階上，身上披了一個毯子。我立刻起來，連屋主是誰也沒去問，就急忙趕回去醫院，母親睡得很熟很安詳，好像我一整夜都沒有離開過她似的，然後身體也沒有大問題，當天就一起回家去了。

「隔了幾天，我找回去那屋子，找到了為我蓋毯子的夫妻。他們說那天夜裡，意外發現我就這樣睡在他屋外，本來是有些嚇著了，然後因為怎樣也叫不醒我，就決定為我蓋個毯子，讓我繼續睡下去。」

「就這樣……？」

「是的，就是這樣。然後，我就開始加入那一對夫妻和他們在那個屋子裡的聚會所，就是這樣開始的。」

「就只是這樣……？」

「是的。」

惠君在聽到這段故事後，其實心底有些震撼。男人講得並不詳盡，很多細節也說不清楚，但是她可以感覺得到有些什麼尚且不完全明白的東西，以一種真實也頑強的力道，正在什麼不明的暗處流竄。雖然整件事情依舊難以理解，但是她似乎完全可以懂得男人當時的心情，那種忽然就慌張失落的絕望感覺，然後忽然有一種遠方的奇怪力量自己出現來，並且堅定立在那裡，讓那一刻顯得脆弱無依的男人，能夠得到需要的安慰與力量。

只是，惠君依舊不明白基督教到底是什麼，也並沒有真的想去弄明白。但是僅僅憑著直覺，她相信這個基督教，對男人的生命應該是件好的事情，而且這樣其實就夠了，關於自己究竟最終是信或不信，並不怎麼重要，只要男人願意虔誠真心的去相信，並且認真相信這個教和裡面的那個神，那就應該是件好的事情。

她因此願意配合男人的心願，可以不要在家裡燒香念經，也不置放神壇香爐這些東西，不去違逆男人特別在意的細節與想法。畢竟對惠君來講，能得到內心平安就是最重要的，至於這些形式與作為，究竟有或沒有，完全沒有那麼重要。

男人明白她這樣的退讓，雖然嘴裡沒有說什麼，心裡其實有些感謝，也因此就不堅持惠君日後的其他私下舉動，譬如去廟裡祈求問籤，或是偶爾會跟進香團出門幾日的事情。

當然，兩人還是會在言語上相互爭執關於信仰與迷信的事情，從來沒有真正取得溝通上的真正協議，但是多半也不會彼此說得太久，都知道多說也是無益。這樣的爭端歧異，與一場平日的瑣碎鬥嘴，逐漸顯得似乎並無什麼大差異，甚至到日久最後，兩人有時都不太察覺到其中的分歧了。

惠君過了很久，才習慣男人的名字叫作馮正綱。這是一個她從來都不熟悉的名字，也可以說，是與她成長小鎮裡認識的所有人，都完全不一樣的名字。有時到了需要叫喚他時，多半喂喂嘿嘿的胡亂叫著，在別人面前就說我家裡的，或者再禮貌些時就敬稱說馮先生，到後來也會隨著孩子叫著爸爸什麼的。馮正綱反而比較自在無掛，人前人後先是客氣叫她林小姐，有時在私下無人親暱些時，或是時間久了以後，就直接叫說惠君惠君的。

馮正綱完全不愛提到軍中服務的歷程，但是不經意還是會斷續說起來。惠君整個去回想起來，大約只記得男人當年當過中華民國新六軍砲兵連長，說這部隊曾經被稱讚是全中國最優秀、最精銳的軍隊。說在當時他應該就是為了要去響應「十萬青年十萬軍」那個熱血的從軍報國運動，中學沒念完就輟學參軍抗日去。然後，訓練完就被送到緬甸一帶，接受美國援軍教官的訓練與合作，因此也學到如何操作從美國運來的榴彈砲，還說他們那一支年輕部隊，完全整套使用全新的美軍配備，日本軍隊的裝備都不見得能跟得上。

「不但有最新的榴彈砲和吉普車，其它服裝配件什麼的，也全都是最好的，日本人都跟不上的呢！」說那時在滇緬的邊界，和日本人的對抗作戰，他們可是從來沒有打過敗戰：「一次敗戰都沒吃過，一次敗戰都沒有的。威風極了、真是威風極了的。」

男人並不真的愛提這些往事，只有在幾次喝醉了，才會胡亂雜沓的說一些，惠君也因為這樣零星聽著許多回，才漸漸拼湊出來比較具體的大約輪廓。尤其，男人更是不愛說起後來在日本敗戰後，整個師被調去接收東北，在那裡和共產黨糾纏打鬥的那一段事情。惠君當然明白原因為何，因為他們就是在那裡，竟然就打了個大敗戰，「幾乎整個師都被殲滅，餘下還活著的，不是投降就是被抓走了。」

男人不知為何，竟然能夠從東北逃了出來，至終還可以一路奔逃回到家鄉，接了母親一起渡海到台灣。

「真的是命大，我還是搭上了最後一班船，真的就是最後一班船。後面可是什麼都沒了，像是絕壁斷谷似的，沒有回頭路可走的。遠遠的共產黨的砲火聲，一路追過來的氣勢聲音，都聽得清清楚楚的，前面雖然是烏黑的茫茫大海，可是後面還是要可怕一百倍，只能硬著頭皮往前走，連到底未來會是什麼活的死的，全部都沒得想的了啊！」

男人說著的，語音就自己揚起來：「然後……，然後那個船終於離了碼頭，還有許多人跳海游著追過來，你說慘不慘啊！終於我們還是從馬尾港口出了海，一路擠在這艘運輸艦的甲板上，我們就全都是難民啊，全是難民樣的擠成一團，根本顧不得吐啊拉啊什麼的，只要能上了船就是命大。真的就是謝天謝地、真要謝菩薩謝祖宗保佑的了。最後，能夠這樣顛著顛著的到達基隆港，真的只能說是命大，真的只能說是命大的啊！」

男人攜著裹足的母親來台灣，也絕口不提軍中經歷的事情，完全不想要再和那一段過程有什麼相干，就謊報沒完成的高中學歷，在當時缺人嚴重的省政府，順利覓得一個行政文書的工作。此外，幾乎就從此不再提自己軍中的這段歷程，彷彿斷絕了什麼記憶似的。

只有醉了後，會對著惠君說：「我那時好不容易離開東北，完全知道得立刻去接我母親不行的。因為我當初是響應委員長的號召，是為了要學生抗日報國，所以加入了國民政府的軍隊，一起去打日本鬼子的。但也就是這樣，我們老家的那個大門口，一直貼有紅色的『良民牌』，當時是有些風光和效用的，像是流氓惡棍就不敢隨便上門找麻煩，算是國家對像我這樣人的表揚稱讚吧！

「因此，我那時算是受到國民政府的特殊照顧。但也就是因為這樣的照顧，我更非要去接老母親出來不可，首先她和我是孤兒寡母，本來就相依為命，然後她又是裹著小腳的不識字老女人，沒人在身邊照顧不行的，再加上那個家門口的國民黨紅色『良民牌』，真要等共產黨來了，還不知道要受怎樣的折磨呢！」

說到這裡，就紅著眼睛了：「我這輩子最對不起的，就是我的母親大人了。她不但早年守寡、又被夫家的親戚趕出來，就帶著我一個小鬼頭，什麼親人財產都沒有，幫傭洗衣幹活從不抱怨，就只是一心要我長大成材。可是誰會料得到，我中學都沒念完，竟然就和幾個同學投軍去，連家都沒回去的，就直接跟著軍隊走了。現在想來，那時一定傷透了我母親的心，她那時所有犧牲的一切，全只是為了讓我可以好好讀完書，因此可以好好平安過日子的啊。

「最後能夠活著回家鄉，真的是老天保佑，真的是老天保佑啊！但是，就算把她一路帶到台灣，也根本沒能讓她過到什麼好日子，還不是一直得跟著我東奔西跑。好不容易什麼都稍微開始安定下來時，卻又在這樣離鄉背井的地方，自己孤伶伶的離開走了。真是可憐啊！連落葬都回不了自己的家鄉，真是太可憐了！

我覺得我母親的一生，真的是最辛苦不過的了，就只是為了養大我，什麼苦她都願意吃、什麼委屈都能自己忍下來，也從來不圖什麼回報的。」

繼續抹著眼睛。

惠君通常就沉默的聽著，事實上也根本插不上話。男人嘴裡所敘述的一切，對她而言都顯得既是遙遠、某個程度上也完全難以理解，這是怎樣奇怪也特別的一段生命啊！自己就好像是個不相干的旁觀者，只能眼睜睜看著這樣一場不熟悉也不懂的電影，在眼前時顯時隱的反覆播放。是的，當然也會因為其中有些離奇的情節，而感受到莫名的震撼或感動，但是到最終結尾，她卻依舊無法有貼膚的真實連結。

還是會隨口問著：

「那時候一定亂烘烘的，你可以從東北這樣一路逃出來，還渡海到基隆來，真的是很不容易的啊！」

「對的，你說得真是沒錯。我現在回想起來，還是不能相信自己居然辦到了。只能說命大，……只能說真的命大啊！」

「那你是怎樣做到的呢？」

「怎樣做到的？這種事……這種事情，怎樣說你也不會明白的。就是說……就是說為了要留住一條命，為了要回到老家接我母親出來，為了要逃到台灣來，要我做什麼事都可以，……該做什麼就做什麼，你懂吧？」

「那到底該要做什麼呢？……我不懂。」

男人就抬起猩紅有著酒臭味的臉，望著惠君說：「你真的算是好命啊，可以不懂也不需要去做這種事，就是那些所謂該做什麼，得就要去做些什麼的事情，只能說你真的應該算是好命。這種事情……這種事情，就是那些最下三濫的事情啊！……像是非得拿把刀子，往別人肚子啊背脊啊捅下去……該下手就得下手，其他偷啊搶啊騙啊什麼的都得做，沒什麼別的好選擇的，就是沒得選的，懂吧！或者是該要跪地磕頭的求人，掏金條銀元或者走後門開小路，反正該做什麼就去做什麼，完全都沒得選的，什麼都沒得選的，該做什麼就去做什麼，就是這樣。」

「啊……啊……！」惠君就輕聲地驚呼起來。

男人描述與母親感情時的激動態度，事實上一直很讓惠君困惑。因為，惠君似乎無法用一樣的話語與情感，來描述母親與自己的關係。對於自己的親母親，她其實完全沒有什麼恨，但也好像沒有特別的愛，就只是模模糊糊的一團記憶，永遠弄不清楚的一團記憶。

可是，為什麼會是這樣的呢？

自己對母親的最初記憶，是身體散出來的香味與溫暖，還有細軟的肌膚廝磨感覺，以及母親每次笑起來，有如一串碎鈴連串響著的聲音，叮叮噹噹……叮叮噹噹……。許多關於母親的記憶，都是破碎也不完整，甚至是從別人流傳的話語斷續拼湊而來。但是，自己並不會因為這些記憶的殘缺不足，而對這一切的真實存在，有著任何因此的懷疑。就譬如惠君記得母親每次對著自己說話時，幾乎要貼到自己臉龐、半哈氣的語音，還有從母親懷抱裡探看上去，顯得白色也龐然的笑意面頰，以及後面背景般的整片柔和燈光，一切都依然歷歷在目。

關乎這一切的記憶，總是顯得安詳、平靜也美好。

但是，雖然自己似乎能確知記憶的真實存在，卻又不知為何地，反而會心虛無法對人述說出口，好像自己所說的這一切，根本是完全無事實可印證的謊言，因此也絕對經不起別人的質疑與詢問。當然，惠君有時也會生出母親是否真的有存活過，這樣令自己害怕的懷疑來。而且，這樣的疑惑不僅自幼時就會反覆出現，甚至到自己已經做了母親，依舊還會忽然的湧現出來，還是會對著自己問話說：

「我真的曾經有過一個母親嗎？」

也就是說，對於母親的貼膚記憶點滴，惠君絲毫不覺得需要懷疑什麼，因為這都在自己的身體感官裡，可以歷歷尋得見。反而，會對於母親真實存在於這個世界的到底有無，因為缺乏任何具體的證據，而有著不知如何對他人確認敘述的不安。他們最早是說母親就是忽然生病了，因此有時能讓他人見到，有時就完全見不到，然後沒有清楚原因與說明的，也無人會再想要去提起的，母親就忽然的整個消失去了。

相對比起來，男人能夠這樣清晰明白、甚至以帶著哀傷懷念的情感，慢慢地述說母親與自己的完整關係故事，惠君其實一直是驚訝也羨慕的。因為，男人的母親即令已經死了，還是令人覺得羨慕，因為到底她是真的曾經活著過。畢竟，沒有任何人會懷疑她是否真正存在過的事實，而且她曾經真真實實的活著一世，這樣簡單也抽象的事情，不知為何就已經牢牢被所有人確認了。而自己的母親，儘管究竟此刻是生是死，還不能完全弄明白，也很可能根本還是依舊活在某處，卻似乎已經被當作成一個從來沒有真正活存過的人，那樣的被所有人忘記去了。

男人那時的住處，是大城隔著河的對岸一個小城鎮。男人原來工作的辦公室，就在大城市這邊的鄰河岸處，他每日晨騎單車出門過橋去，中午甚至來得及回來吃飯，還可以順便睡個午覺，相當優游自在。每日晨昏來回，雖然需要穿過那條禿露顯目的粗糙水泥橋，但是可以同時悠哉看著遠處起落的山，以及蜿蜒川流的河水，有時甚至乾脆停下來，倚著水泥欄杆看望水面上時會出現撒網捕魚的小舟，以及河岸兩側四季轉換色澤的菜圃，再抬頭眺看青色的山脈，還有依靠在水岸邊遠處的隱約自家屋宅，有種滿足與悠閒的感覺。

後來，男人辦公室突然搬遠去到大城另端的新樓，上下班得轉兩趟公車才行，加上惠君接連懷了兩個小孩，一家人原本的生活節奏，始料未及有著巨大的改變，尤其，又必須立即面對到底遷不遷屋的難題。

他們居住的是單層雙拼日式老宅，這原本就是省政府單位配給員工的居所，在同一條大巷子的附近幾個小弄裡，幾乎全都是這個模樣的日式小宅房，住著的也都是省政府不同單位的員工。大半都是像馮正綱這樣從大陸過來，位階卻有些高低參差不齊的公務員，但是大半還是中階為主的公務員，也成家多半比馮正綱稍微久一些，小孩已經是開始四處奔跑的上學狀態。

而那些隨著新辦公室也才剛配蓋好的公寓宿舍，外表長得有如機關單身宿舍一樣的整齊單調，多是兩房再加上一廳堂、也有一房一廳的格局。基本上，地點離辦公室近一些，房子又是剛新蓋的，比較不怕颱風或地震，即使屋子顯得稍微侷促些，其實也還算是不錯的選擇。

只是在遷入的時候，會要大家簽署一張同意書，說是必須同意在任職期滿、或是因為主管單位的各自原因主張，到時必須無異議的配合遷離，並無條件完整歸還宿舍。這樣的同意書，讓大家紛紛議論起來，因為原本分配住到的這間日式老宅，雖然顯得破舊些，但是都想應該最終不用再回返給單位，日後可以就一直在這屋院裡終老，因此不但不以老舊為意，甚至願意自行掏錢整修增建，就好像馮正綱在院子的角落，自費搭蓋了水泥砌磚的廚房間，完全就是甘心情願的。

現在要這樣突然捨棄去，只有換來一間沒有永久保障的小公寓，當然不樂意也有些不捨，然而在各樣現實的考量與選擇下，這包括省府單位直接施壓勸說，以及後來貼補每戶一筆遷家的安居費用，並提供合適的新宅宿舍選擇，讓大半的人還是陸續遷走去。

馮正綱居住的小弄，落在整條大巷子的底端、已經貼臨到土堤河邊的位置，只要翻過去就是河岸溪流。因此，地勢明顯的低窪下去，只要逢到大雨或颱風，隨時都要擔心著會不會淹水，而這樣不堪的現實遭遇與狀況，也確實已經發生過好幾次。

當時，所以能配到這屋子，以馮正綱的資歷身分，確實是有些運氣的成分。原本和母親合住華山町單身宿舍裡，當時就讓母親睡單人床，自己直接打地鋪，甚至還養了一隻貓，一起共住在單間裡，廚房和浴廁就是與同樓的其他人共用。這樣住起來確實有些太擠難受，但是那時大家都剛才在異地落居下來，也大半是單身個體戶，這樣一起擠著的生活，反而有些相互為伴的熱絡情感。

後來陸續成家生子，問題就逐漸顯現，也會開始思量打算。恰巧，馮正綱的一個老鄉同事，忽然調職他去，原本住居的這個日本屋子，就因此忽然空了下來，私下好意通告馮正綱知道，讓他可以快些去運作安排。另外，當然也因為這屋子地勢低窪，原本有機會可以先輪上的人，反而因此心生猶豫，所以才得以最終會落到他的身上。

雖然說是單層雙拼的日式住宅，但其實因為已經是路底臨溪的小弄，還是和其他巷子的家屋不大一樣的。就是先前提到的低窪淹水問題，使得其他位階等級高一些的公務員人家，都不願意選擇在這裡住居，因而就有機會分配到像馮正綱這樣的家庭。也因為馮正綱這樣位階的人，又不當有同樣居住大小的條件，所以就把這弄子裡，原有一整戶的日式住家宿舍，全都對分硬是切成兩間，就是各有一房一廳一小院，變成了兩小戶的現在模樣。

同樣一個弄子的幾戶人家，大半都是這樣的情況，心裡也明白自己從來是與其他巷子的家戶大不相同。也就是說，其實並不是在同一個位階，因此和馮正綱一樣，心裡完全明白如今能住到這屋宅，確實已經算是某種運氣的眷顧。而且，以自己目前的位階身分，如果捨棄了眼前這屋子，光是能不能再分配到一房一廳的公寓新屋，機會尚且還是很渺茫，而且整個前景的安排選擇，看來只有可能會更糟，完全不會再有更好的景況了。

真的盤算起來，除了現在還住著的這間舊屋外，幾乎也沒什麼退路可走的。於是，幾戶人家連結商議，決定整個弄子的這幾個家戶，都一起說好不搬不遷，要求讓他們繼續住下來。這當然有些出乎各自工作單位的意料外，但是其中一個住戶的親家，是個已經轉任公職的退役將軍，私底下也為他們斡旋並打探消息，知道原來這幾條巷弄的整片宿舍區，已經說好要賣給一個建築開發商，未來打算要蓋起來整區的四樓公寓。

就自己幾人直接轉去找開發商談，也拉了個鎮民代表一起。幾次斡旋下來，竟然逐漸有了苗頭，加上其實在暗底裡，其他巷弄的那些家戶，也一直不真想與這條臨溪邊小弄的住戶，有什麼牽扯掛勾關係，希望切割清楚也是好事。馮正綱事後對惠君說，除了這原因之外，應該是這樣公有土地與民間開發商的直接商業交易，本來就是可能會有爭議，以及容易會被社會批評的問題，開發商因此完全不想橫生枝節。再加上他們這幾戶的住處，已經貼靠到河岸窪地，是不容易買賣處理的邊緣地段，各戶的居住坪數也不多，與其繼續糾纏爭議下去，不如趁勢就立刻斷然處理，省得夜長夢多。

兩邊陸續斡旋下來，大半的單位機關，基本上都不想涉入其中的爭議，就只答應發給一筆額外補貼，要求每戶另行自作安排，並且不再有任何後續宿舍安排與處理。開發商這邊也開了一個價錢，答應讓他們可以直接的便宜承購原住宅，並且繼續在原地住下去，不必另外遷住他處。

但是，就算是這樣似乎理想的結果，中間需要填補的那筆金額，還是會要讓這幾戶人家坐立難安的一大筆數字。馮正綱就回來和惠君商量，究竟當不當自己花錢，頂下整個屋子來。

「頂下來啊，當然要頂下來。」惠君立刻回覆說。

「是嗎？……為什麼呢？」馮正綱顯得疑惑。

「早晚我們總是要自己有個房子的，而且這樣的機會不多，要是這次錯過，可能就沒有了。……而且，那些新宿舍看起來就是很小很難受，連個院子都沒有，我一點也不喜歡。」

「是嗎？可是……可是，還是要籌一筆錢呢？」

「就想辦法去湊啊！……那別人家是怎樣處理的呢？」

「我也不清楚。但是……我有聽他們私下說，要真付不起也沒有關係，因為可以拿出去轉賣，中間一來回的，還是可以賺些錢進來。」

「沒有必要。就頂下來吧，錢的事情再說。」

「那要是真的住下來，以後上班怎麼辦呢？」

「這……小事情吧。就早點出門，晚一點回來，過一陣子就會習慣的。」

「喔……。」

惠君所以會這樣決斷，當然是明白以馮正綱目前的薪資收入，以及一家四口的生計負擔，未來想買房落戶只有越來越難。而且自己現在懷著第二胎，又害喜得格外嚴重，隱約覺得不應當輕易搬家變動，想說只要可以確認，還是要盡快的安定下來。

關於錢的問題，惠君不是沒有仔細想過。當時結婚離家時，阿爸交給她一盒首飾，說是母親最早留下來的：「阿君，留下來的就這些了。實在真的不算多，現在全部交給你了。……我和你阿母就只有這些可以給你，算是很對不起你啊，你就不要跟我們計較太多的了，好嗎？」

「阿爸，你在說什麼的啊？我怎麼會敢去跟你們計較什麼的呢！要感謝你們兩位的恩德，恐怕光是一輩子都報答不了的了。」

就這樣母親留下來的一套金飾，如果再加上自己結婚聘金的那些金飾，以及單位補助款和現在兩人的存款，再讓男人去朋友老鄉們那裡周轉一圈，頂多加做一兩個會，應該還是應付得掉的。

但她並不想跟男人說清楚這些細節，就只是簡單和他說：自己會先跟老家做周轉，先借下來應急，改日再慢慢還。馮正綱對這些財物的事情，一向沒有什麼心思與興趣，就是全聽惠君做安排，沒有另做意見。

另外，惠君其實對這個臨近溪流的獨立屋宅，逐漸有些歡喜的感情。她會在太陽開始落下時，背著大兒子去溪邊走動，兩人攀過土堤的階梯，走下去河床的菜圃間，慢慢臨靠去到水畔。兩人在那裡坐著，安靜地看著河流水以及一些水鳥悠閒起落，有時撿些溪流裡的蛤蠣，順道跟菜圃裡的老農婦人，買一些剛採收的蔬菜回家。

男人比較緊張：「你們還是少去河邊，你知道這些溪水，什麼時候會從上游突然沖漲下來，絕對是沒人能預料的。而且小孩這麼小，你自己又還懷著肚子，隨便出個差錯、或是摔一跤什麼的，我哪裡有辦法能及時照顧得來啊！」

惠君只是笑一笑，沒有回男人什麼的，依舊還是會往溪岸走去。

在這樣處理屋子的整個過程裡，惠君其實逐漸了解男人的某種軟弱。這包括發覺男人其實是很畏懼面對真正的現實，譬如惠君當時要他去和單位的主管爭取補助的額度，男人卻用各種藉口推託，完全不願意去直接面對主管。到後來時間急迫了，惠君只好自己跑去單位裡找主管，把事情原委說得明白，清楚敘述其他單位的補助方式，爭取到主管的讓步與支持，卻也惹來男人的怒氣。

「你這樣跑去辦公室跟人家吵鬧，也不先跟我說一聲，是想要讓我丟臉丟到哪裡啊？你是要讓大家覺得我完全不能當家作主，連這樣的一件小事情，也要讓老婆去吵去鬧的，讓我連個男人的樣子，都完全拿不出來了是嗎？」

「我老早就跟你說很多次，就是說一定要盡量出面去爭取的，這種事情本來就是不吭聲的人，注定就活該吃虧，這不是大家早都知道的嗎？」

「你就不能讓我來處理，一定要強出頭自己去鬧嗎？你會不會懂得怎樣顧到我的面子啊？」

「面子是什麼啊，當然還是解決事情比較重要的……。」

「……解決事情？你根本就是在給我製造問題，你知道以後那些人背後是要怎麼說我了嗎？」

惠君就不再答話了。

但這樣的事情已經不是第一次了。男人其實很愛面子，要讓他去求人，幾乎是完全不可能的，而光只是偶爾去跟鄰居借個辣椒蔥蒜什麼的，也幾乎像是要了他的命似的。這與男人其實有些孤傲的個性有關，他並不喜歡與人來往，這包括同事與鄰居，甚至也間接暗示惠君少與這些人來往。

「反正少說話少來往，絕對是只有好處沒有壞處。你要知道人心隔肚皮的，誰會知道別人真心是怎麼想的啊！就算我們完全沒有存著害人的心，也難保別人不會有想圖我們什麼好處的目的啊！還是保持距離少說話，絕對不會有壞處的，這種事情你絕對要相信我。」

惠君不覺間確實與他人拉遠了距離，鄰居相互見到時，就只是客氣笑一笑，幾乎不會特意去誰家走走串門子。男人就更加極端，根本不會和同事應酬往來，兩人的生活相對有些逐漸簡單到近乎孤僻。

有一次惠君進城去辦事，回程耽誤了時間，急忙擠在擁塞的公車裡，惦記著來不來得及趕回家做晚飯的事情。車子顛撲過大橋時，就被塞停在橋面上不動，惠君轉頭探出去車窗，竟然見到男人站靠在橋欄杆邊不動，一個人背影立著望向河流水，顯得非常的孤單寂寞。

她不知道男人為何會自己一人停駐在橋心，也不知道他這樣面望著河流水，究竟心裡在想著什麼事情？回到家的那個晚上，惠君並沒有再問起這件事，但是男人孤伶伶一人立在橋央上，顯得特別孤獨也寂寞的畫面，卻時時會浮現出惠君的腦海中。

惠君也會因為少與人來往，而覺得有些陌生與寂寞，尤其自己其實又是一個南部來的外鄉人，本來這裡就是生疏的。但是她並不覺得特別在意，彷彿這就是應該會有的結果，因為就算來往的人少些，最終也並沒有什麼不好，她反而喜歡自己因此可以有時間，獨自帶著兒子去往河邊。

所以會往河畔走去，先是因為將近一歲的兒子，經常會午睡起來哭鬧不停，惠君只好在太陽落下去，不那麼熾熱的時候，背著兒子出去河邊走動。有一日，正好走過一戶人家的屋牆外，忽然聽見顯得十分熟悉的樂聲，從院樹暗影的窗扇傳出來，是低沉男性聲音的日本歌曲，應該有人在屋內放著留聲機，就頓住腳步的傾聽著，逐漸自己有些懷念與陶醉起來。

這樣顯得熟悉的曲調及樂音，讓她想起來已經久違的稚子，以及那牽動連帶的整個童年記憶。不知道長大以後的稚子，現在究竟過得好不好？以及，此刻的她究竟人在哪裡？是否也結婚了嗎？應該也有小孩子了吧？

童年在稚子家流連的時候，耳畔經常響起這樣顯得深情動人的留聲機聲音，雖然並不能理解歌曲究竟在訴說什麼，但也會悠然地陶醉其中。有時惠君會偷偷看著那些唱片封套的貌美男女，想像著他們身處在那神祕遠方日本國度的模樣，覺得既遙遠又神往。

原本只是想安撫焦躁難安的兒子，卻發覺自己竟總是循著一樣的路徑走著，似乎是想再次聽到那樣的留聲機樂音。但是，那屋子日後就不再傳出一樣的日本樂曲聲音，讓惠君有時不免納悶著，究竟當時真有聽到留聲機的歌聲嗎？或者，就只是那日岔神的胡亂自我想像呢？在這個幾乎全是外省公務員住戶的巷弄裡，要想聽到這樣的日本歌曲，根本是不可能的，就連自己原本最是熟練的台灣話，在這裡的日常生活往來裡，也是變得稀少難得可以使用到的。

日後回想，反而會困惑思索著，究竟到底是這條溪流、就是這條蜿蜒不停息的溪流，讓自己時而可以尋得撫慰的這條河流，還是那個在童年記憶中已經十分遙遠的稚子，以及對於她移居到遠方日本的嚮往，讓自己會做出終於定居在這個其實依舊陌生的土地，並與這個從來不曾真正熟悉的男人共組家庭，這樣突兀卻決斷的決定呢？稚子現在居住的那個陌生地方，會有一條溪流可以日日臨靠嗎？稚子也像自己一樣、忽然就成為幾個孩子的媽媽，並且偶爾也會想念我嗎？稚子，你究竟……你究竟過得好不好呢？

那時候突然連續懷了兩胎，其實讓自己的身心驚惶不定，這條溪流以及熟悉日本歌曲所帶起的情感，還有關於稚子等等小鎮的記憶，是當時唯一讓自己覺得可以安心錨定的事物。

在那段時間，她常常會無端哭起來，也說不出原因是什麼。男人擔心就帶她去給中醫看，說只是害喜的徵兆，是肚子裡孩子的脾氣，先煎些草藥吃，降降火再靜養就好了。但是惠君知道並不是這樣的，所以會覺得這樣的悲傷，源頭必然另有他處，彷彿自己難明的內裡，其實還隱著什麼巨大也莫名的悲傷情緒，不但黑洞般深不可測，也同時火山般隱隱欲發，難以預料與平息。

就是這樣的難明與不可測，才讓惠君不時會無端的哭泣起來。

有時，也會想著，是不是根本是因為自己從來還不能覺得這裡就是自己真正的家，因此，還是無法安心也平靜在這裡過著日子呢？

她也問過男人這樣的問題：

「你覺得這裡就是你真正的家了嗎？」

「什麼，你說什麼？」

「就是說像你這輩子這樣東搬西搬的，也住過許多地方了。那你現在有真正覺得自己安定下來，以後不會再四處搬家漂流的感覺了嗎？」

「這種事誰能料得定呢？尤其像我這樣漂泊一生的人，當初哪裡算得到後來竟然會帶著我母親，兩人一起渡海來到這裡，並且和你現在一起成家和定居下來的呢！」

「那你現在覺得安定了嗎？」

「老實說，我也還不知道呢。但是，我現在很清楚感覺到，就是每天回家來，遠遠只要看見我們家門廊上那盞昏黃的燈亮著，我就覺得心底特別的踏實。」

惠君原本一直不能弄明白，為何男人會堅持要她日夜都不要熄去門廊的那盞小燈泡，就算是夏天的日間裡，有白花花太陽照亮著，也照樣不要熄去。她原來想也許是和長明燈一樣的意思，但是後來看男人根本就不相信這樣佛教的事情，益發完全困惑不解。現在才算知道，原來男人覺得那盞亮著的小燈泡，就是家的歸去所在，可以因此讓他覺得安心也踏實。

那我自己呢？我的安心與踏實要來自哪裡呢？

惠君起先有些慌了，因為意識不到自己有什麼像門廊小燈一樣，可以依靠的踏實東西。後來，轉想到自己其實早上在男人出門後，先洗好衣服晾起來，然後就會開始用煤炭生起今天的爐火，這個爐火必須要燒吃喝的水、煮食三餐，還要燒洗澡水，整日是停歇不下來的。

但是惠君每日早晨在生爐火時，其實心底會特別的平靜。她先把前夜的爐底清一清，然後用舊報紙和細木引火，再慢慢添放上去大小煤炭，一邊輕輕搧著風。這時候她會開始被星星微弱的火花吸引，入神地看著火苗逐漸蔓延起來，把黝黑的煤炭塊粒，一點一點的染成透紅色澤，發出逼逼剝剝的聲響，並且散發出溫暖也炙熱的感覺。

這樣的過程往往讓惠君有著正要墜入什麼夢境，或是某種溫暖記憶的感覺。

所以會迅速的懷了孩子，其實完全出乎兩人的意料之外。

初夜的過程，有些突兀與倉促。惠君初到抵的那日，已是鄰近黃昏時刻，男人為她簡單安置一下，就說要帶著她一起外出同晚餐，算是接風與同時宴客好友：「你也知道母親身後的事情，才剛由殯儀館處理完，不方便現在大張旗鼓做什麼宴請。我們就先小聚一下，和幾個熟朋友吃頓飯，其他所有的禮素儀式，就以後找時間再補起來的了，可以嗎？」

她沒有說什麼，默默地點著頭。

出門前，惠君遲疑著當不當穿上早上才取到的旗袍，本來想問男人的意思。但是，看男人只是平常穿著，就決定把這衣服先留著，到明日法院公證時再穿。當天同食的是男人兩位同事，也是隔日要陪同去做法院公證的兩位證婚人，初始吃食氣氛有些尷尬不自在，相互顯得過度的客氣猶豫，兩個同事先謹慎的打量著惠君，不太敢說些什麼，而男人原本話語不多，整個吃食就顯得格外沉悶。後面大家多喝了些酒，才逐漸放鬆開來，彼此敢說一些捉狹戲謔的話。

「大哥，這些大蒜辣椒盡量多吃些啊，哈哈，免得讓大嫂失望了啊，哈哈！」

「大哥大嫂，晚上二位就儘管暢興吧！這洞房花燭夜的，人生三大樂事耶，可千萬別辜負了。」

「明天睡遲了別擔心，我們兩人都請了一天假的。想要睡到幾點就幾點吧，我們絕對奉陪到底，不用擔心的啊。」

男人紅著臉的，沒接什麼話，頂多就不斷勸那兩人喝酒：「乾吧，乾了吧。話少說，喝酒要緊。」

回到住處，男人確實有些醉了。

但是他堅持去燒水，說：「你先休息一下，一會兒你先洗個澡。留些水給我，我也洗一下，然後就一起早點休息睡了。」惠君有些尷尬，走入去唯一的臥室，木板床上鋪著紅色被單，床頭小几亮一盞檯燈，不安地兀自跳閃著。她從行李箱取出今晚可能會用到的衣物，另外掏取出一塊棉布，他們對她說這是用來收落紅印記的。

男人喚她可以去洗浴了。她入到廚房的角落，蹲下去小心掏水澆淋，安靜地洗著身子，對於即將發生的一切，不知道當以怎樣的心情期待。出來時換了粉色的睡袍，男人錯身過她時，惠君感覺到男人目光對自己身體的熱切探詢。她入房坐在床沿等著。男人終於回入來，穿著一件寬大的底褲，赤著顯得精壯的上身，完全不顯羞怯地拉掩上門，轉身直接走靠近來，用雙掌隔著睡袍探觸她的乳房，一邊動手解她的衣服，顯得直接也沒有猶豫神色。

惠君不安地左右移動身軀，示意男人熄去跳閃的燈燭。男人就起身去熄燈，回來一起攀上床去，相互扭動起來。忽然，男人停止起身來，啟燈四下找著什麼。惠君問怎麼了？他說沒事沒事，就是要記得戴個套子。再回來時，整個身軀完全直接趴覆壓蓋下來，專注自己什麼狀態的起落起來，讓惠君霎時不知如何反應，似乎置身在這一切之外。

然後，思緒就飄忽起來，先是聽見木格柵窗外，院子裡許多細索的蟲鳴聲響，這和自己遠在南方家鄉，在夜裡所經常聆聽得到的聲音，是多麼的不同啊！這裡的暗夜聲響，顯得幽微也神祕，甚至隱隱讓人心生恐懼。不像小鎮夜裡的聲音，通常會顯得甜蜜與溫暖，有如睡前的安眠歌曲，就算是急促落雨或颱風的聲響，也讓人覺得熟悉安然，像是家人與老朋友熱切的路過探望。

然後，那個童年週末的海洋記憶，就忽然又現身來。先是炙熱太陽當頭照著，讓惠君幾乎睜張不開眼睛，而整片海洋以著波濤澎湃的起落打擊，呼嘯著讓她的身體也跟著晃動起來，甚至不自覺揚聲呼喊起來，啊——不要，啊——不要，啊——。

男人有如海洋一樣的波濤不斷，她先是覺得驚恐不安，後來有如熟悉了起伏海浪節奏的舟子，全然忘記自己何在的伴隨起落著，雙手緊緊抓著男人的身軀，唯恐自己墜落入什麼深淵海底似的。

忽然，就結束了。

男人曲彎起身子，先去探視自己的下體，忽然又咒罵著去啟燈。惠君驚慌地坐起來，隨去看自己墊著的棉布，看到上面竟然完全沒有落紅的跡痕。男人為何顯得不悅，是因為看見這個而動怒了嗎？怎麼會這樣，完全沒有落紅的跡痕呢？她全然驚訝著，也不知當對男人說什麼。

她的羞愧與猶豫，確實立刻引來男人的注意，迴轉來看視在她手中的棉布，問說：「這是什麼？」她慌張胡亂的應答說：

「阿，就是那個……那個因為怕血流出來，可以沾住的棉布啦！」

「……什麼？你現在是正好是那個要來的時候嗎？怎麼會這樣……你怎麼不早說一聲呢？這種東西……怎麼會這樣呢？」

男人轉背過去，自己裸立在鏡子前，似乎正專注掏解下來剛才用過的套子，一邊繼續詛咒般的說著：「什麼爛東西，果然一用就破掉。真是什麼爛東西啊！」

原來是男人的套子裂了。但是她不明白這事情有什麼重要的，男人顯得對此極度的沮喪，反而對於自己沒有落紅這樣的事情，一點也不顯在意，甚至誤以為是自己經期正好要來，顯得嫌惡與不想靠近來。

關於避孕這樣的事情，男人並沒有和她談起過。惠君本來以為兩人不是已經算是夫妻了嗎？為什麼還要在乎這樣蓄意避孕的舉動，難道是因為母喪的關係，因此不可以受孕嗎？這原委惠君日後許久還是不能明白來，但是在初夜那當時，她只擔心著男人究竟如何看待自己竟然沒有落紅，更是無法真的理解男人的思維究竟何在。

然而，對於初夜並沒有落紅的事情，男人完全的不在意，甚至連費心注意，都似乎不曾去留意，確實讓惠君一初始心思半懸吊的難安著，直到後來時間久了，才逐漸寬心下來。日後，男人還是堅持戴著套子，惠君並沒說什麼的配合，後來發覺受了孕，兩人都很驚訝，互相對照時間思量起來，確實正就是那最初的交媾，不小心破裂的套子，讓惠君意外懷了第一個孩子。男人對於這突然的訊息，起先看起來顯得震驚也憂慮，但沒有多說什麼，就接受了這個事實。惠君則依舊處在一連串的匆忙裡，莫名其妙就到抵了什麼陌生境地，並且發覺難以再回身去了。

甚至，才生完老大沒多久，立刻又接著懷了老二。這一次，兩人已經不在乎究竟是套子又破了，或是那幾次由於過於匆忙，沒有時間戴套子所導致的問題，反而直接去思考更要立刻緊迫面對的問題，譬如生活花費的增長、還有生活空間的越發不足，這許多兩人必須立刻去面對的現實事情。

雖然，一切就突兀自然地發生過來，男人與她也順理成章接受這許多新臨的生命狀態。但是，惠君每隔一段時間，就會再重新問自己一些反覆回繞的問題，譬如：男人當時為何堅持要避孕呢？難道他不想要和我生養小孩嗎？以及，為何我並沒有落紅，是童年那次海邊的事件所造成的嗎？而為何男人對這樣的事情，卻顯得完全不在乎呢？

這雖然是他們初夜的記憶，但那是惠君永難忘記的一日，也是日後屢屢再次回想、許許多多不能理解事情的啟始。

# 3. 哀傷的影子你是誰

她一直以為聲音是平等的。

也就是說，所有那些她從幼小就聽聞得到的聲音，別人也一定都能聽得到。當然，有些聲響確實是人人都清楚能夠同時聽見的，就像是颱風夜裡，風吹颳過窗縫嘶嘶嘶的鳴叫聲，屋外樹幹枝葉驚惶擺動相互敲撞的聲響，遠處滅火車或是醫護車急急奔馳來去的緊張鳴笛，鄰屋夜半忽然嚎哭起來的嬰孩，以及那些咒罵、吵架和所有怨怒惡意的彼此嘶喊。

但是，她也逐漸發覺有些聲音，其他人卻似乎完全聽不見，這讓她十分震驚。譬如自己那時在嬰兒床裡，隔著木柵欄看見母親光著下身，在深夜初靜下來時，匆匆入到父親獨眠的臥房裡，然後傳出來獸般低吟捲攪的喉音，啊啊啊摁摁摁。她清醒地聽著這熟悉的聲音，手腳並置玩著空無一物的奶瓶，間斷發出咿呀應合的聲響。

那時，她忽然明白自己其實是與這樣的聲音真正共處的僅有那一人。即令，隔著木板牆外持續發出震動聲響的父親及母親，依舊完全對這一切聲音沒有真正的知覺，他們只是反覆自我動作著，並伴隨動作發出壓抑摁摁啊啊聲響。此外，對這時刻的真實聲音一無所覺。

或者，小學午後在家中寫作業，身後有細瑣的奇異聲響。回頭好奇尋走過去，竟是父親攜回來那盆蝴蝶蘭，一隻毛毛蟲正專注咬噬蘭葉，希希娑娑希希娑娑。她四周環顧，父親依舊坐藤椅看著報紙，母親則桌邊揀著菜葉，對這發生的一切，兩人同樣沒有任何知覺。

依舊是她與聲音的一人獨處。

這樣被聲音渾然環抱與隔離的經驗，漸漸與孤身獨處的某種寂寞，相互融合起來。這種寂寞像極了那隱身的細瑣聲響，在無人注意時狠狠咬噬著她的心葉，意圖要逐步撕裂開她的整個內裡。尤其，到了某個年齡之後，她更是確切地明白，包藏在最暗處內裡的心居，原本就是要讓他人來撕裂用的，差別只是有的人沒有自我選擇地被撕裂，有的人則自知也自願地、等待著被撕裂開來。

譬如母親與稚子的忽然消逝去，都令她完全措手不及，而有著近乎受難般的痛苦不幸感受。她日後反覆地想著，為何這樣最是深愛的人，卻反而成為自己所感受到不幸的源頭呢？難道所有的愛的本質，就是必須受難、就是必須不幸嗎？或者，其實愛自身就隱藏著某種惡意與不義，讓我們因此無從迴避地必須受苦？但如果真的是這樣，這樣隱身的惡意與不義，到最終也會有盡頭與極限，像死亡的屍首魂魄一樣，無選擇地攤露自己在眾人眼前嗎？甚且，即令已然死去，是否還能夠在被生命與現實所超越時，呈現出真正完美、純靜的微笑，以及總是期待永遠被愛著的驕傲姿樣呢？

她其實不知道答案是什麼，就譬如自己會這樣貿然嫁到不熟悉的遠處，決定與幾乎還不完全認識的這個男人，一起過起連結難分的生活，難道就是對於這樣深埋在底層、某種自我困惑的逃避與投身？正是因為不知應當如何避躲，就乾脆反轉來勇敢地躍身進去？而所以一切會如此發展，似乎正就是自己這樣暗藏對決的個性，使我在生命的起伏波瀾過程裡，拒絕對於所謂的不幸遭遇，做出補償或道歉的任何承諾，更不願意憑空去想像或者期待、那所有與愛相關的幸福暗示。反而，成了一個寧可透過某種自我拆毀的固執，來確認這一切生命歷程必然真實存在的人。

惠君對於自我的理解，其實是隨著生命的運轉節奏，而逐步清朗透視出來的，但是她自幼就愛這樣飄遊沉思，尤其是所有與愛有關的事物，都會引她回繞墜入。

她也曾經因為太過奇怪的問語，而令周邊的大人們震驚難安，以為她是看了什麼奇怪的書本內容，或是被什麼壞東西依附干擾。但是，無論現實如何行轉，生命如何艱苦攀爬，她依舊堅持沉浸在自我的喃喃對話世界裡，只是漸漸不再對別人述說出口而已。

確實，她也發覺沉思時的敘述話語，有時反而完全像是另一人的口白，自己更像是一個不相干的聆聽者與轉述者。這樣的惚恍感覺，日後她更在小兒子唯虛的身上，見到益發清楚的顯現，譬如在唯虛猶然幼小時，經常聽他喃喃說出一些奇怪的話語。而且這樣的跡象越發明顯，就尤其讓惠君感覺到在唯虛與自身間的轉換承遞，也就是說，她發覺到這樣殊異的質地，漸漸從自己身上消褪去，反而在唯虛身上見到明顯的萌芽發展。最終，甚至感覺得自己根本就只是唯虛出現時的一個前導者，有如一個被派定前來的引路者，完全不是自以為的那個真正最終命定者。

但是，惠君依舊會深深思索著與愛相關的事物，這樣的能力並未渙散失卻，也成為她與童年自我的唯一連結所在。惠君發現自己一直懷疑著愛，以及因為愛而具有的目的，卻同時完全願意相信記憶的真切力量，以及相信記憶與愛之間的某種必然關係。她覺得唯有透過記憶，對一切不幸做出反覆沉思，才會是最終與最純淨的愛，一如唯虛日後所說：「雖然記憶最終必將成為生命的重負，但是也唯有經由這樣進入記憶時的出神狀態，讓此刻依舊壓身的一切重負，可以有機會藉之做出轉換，而得以顯現出漂浮狀態般的輕盈，並讓那從來就難以在場的愛，有真正的機會作顯現。」

惠君知道透過私己的記憶，所流淌出來的幽微訊息，正就是愛可以真正藏身的處所，也明白在記憶與愛之間，必然有著永恆搏鬥的某種戀人般壯烈的關係。此外，她更是清清楚楚地知道，自己並沒有任何的真實力量，可以來主導或對抗這一切事物的即將發生與走向。自己於今唯一可以依恃的，只是時間與耐性而已，就是能夠耐心等待著生命來作引導與回答的沉靜力量。

因為，她相信所有的記憶與愛，最終都會慢慢自我顯露出來的。

遷入這屋子不久，她就認識了阿宗。

阿宗與她的相見，最先只是每日中午前後，三輪板車帶來的蔬菜與肉魚販賣。因為家裡人少，除非有特殊的情況，才會去遠處的菜市場採買，平常就選擇這樣穿行的叫賣板車，做少量的菜食添補，來應付兩人日常的簡單吃食。這樣的日子久了，與阿宗漸漸相互熟悉彼此交易往來的互動習性，覺得特別順手稱心。

後來，是阿宗先發覺她來自南部的事實。可能是她的口音或是她的穿著舉止，還是飲食購物時所透露的偏好，讓阿宗某日像是自然也無意地，就邊熟練捆紮著手上的青蔥，一邊說出：「阿……你是南部人啊？」

她先被驚住，就說是啊是啊。

立刻反問去：「那你也是嗎？」

發覺兩人竟然來自相距不遠的村鎮。阿宗年紀大她差不多有十歲，比較早就遷住到這個繁華的北部大城市，顯得一切都比她應付得從容妥切。她會好奇問著：「是喔，那你……那為何你會這樣搬遷上來呢？」說並沒有什麼原因，當時自己其實年紀還太小，就只是跟著生性愛四處遊蕩的阿爸的關係：「一個不小心……就在台北住了下來。哈哈……，本來也是四處住的，沒什麼差別的啊。哈哈……哈哈哈。」

但是，阿宗說：「其實那個老家……其實老早就很少會回去到那裡啦。那裡其實只能算是我阿母的故鄉啦，不算是我自己的家鄉的。就是……就是久久當然也會去住一陣子，是那個在南部靠海邊的小村子啊。阿，對了……還有連我那個現在跑到不知哪裡去的老婆，就是以前在那裡娶到的呢！」

也許因為有著這一層故鄉的關係，讓阿宗顯得特別願意額外給她一些照顧。順手的蔥薑蒜這些就不用說了，阿宗還會特意幫她留藏譬如一片豬下腰的瘦肉，或是時鮮的溪流魚隻，「這個先切片然後用麻油薑片快火炒一下，記得多澆一些米酒下去，真的很補身體的，尤其是像你這樣懷著小孩的女人吃最好不過了。」

也會順道說著烹煮時當留意的事情，譬如「……這條魚隻不要放過隔夜去，最好現在立刻去煮一碗鮮清湯喝下去，加點薑蔥鹽巴就好，滾一下就馬上起鍋，完全剛好、完全是剛剛好可以現喝下去的啊。」

或者是颱風要來的時候，會叮嚀惠君該多備些什麼生鮮蔬菜的：「菜葉類的都已經漲起來了，就算了不要買，不如多買一些蒲瓜什麼的，不容易壞也耐吃。你知道過兩天果菜市場就休市，要到什麼時候才有鮮貨，是要看老天的臉色的，誰也沒有辦法。」

之外的事情，就說得不多了，惠君甚至連阿宗過往的婚姻家庭狀態，都完全弄不清楚，也不好意思去直接多探問。因此，其他更私己的事情，像是關於彼此故鄉的點滴，照樣不會再想多去相互詢問什麼，尤其不會在旁人面前提起兩人的家鄉因緣，好像其實都並不想特別撩動起來什麼似的。

像是又親又不親的奇異關係，就這樣漫長的維持著。

但在兩人這樣若即若離的互動過程，還是發展出一段介乎肉體與情感之間的關係。最早的源頭為何，惠君也不能完全記得清楚，應該是在還剛初懷第二胎的時候，因為病小孩病得特別厲害，有時嚴重起來根本起不了身，只能自己癱躺在床上，然後在床邊放個盂盆，乾嘔或翻胃想吐的時候，伸手就可以觸及。男人在出門上班前，先把給老大吃食的幾個奶瓶和一大碗鹹粥，一起溫熱放在電鍋裡，讓她可以餵食自己和嬰兒床上的老大。

一天，阿宗就自己啟開院子未鎖牢的門，貼靠近屋子的紗窗，四下探看進來，一邊喚著：「太太，太太！你還好吧？有沒有怎樣啊？」惠君有些驚訝見到阿宗這樣忽然出現來，硬撐起半邊的身體，隔著紗窗回應說：「沒有怎樣，真的沒有怎樣！就是肚子裡的小孩鬧脾氣，人容易累也起不來而已，真的沒有怎樣。」

「我看你好幾天沒有出來買東西，我想一定是生病或什麼的了。剛才在外面聽到你家的小孩已經哭了半天，也沒有要停住的樣子，實在是有點擔心，就進來確定一下，看是不是你們都好都沒事情。這樣子的自作主張，真的實在很冒昧，也很對不起。但是，你真的身體都好吧？……如果沒事，那我就安心了。」

看惠君沒有回應話語，自己又不好走近窗戶，就說：「這樣吧……我去幫你配一些你常買的菜，就放到你客廳的桌上，你過一下要是覺得舒服一點的時候，可以起來稍微整理整理，這樣晚上也有東西可以煮。」然後，自己出了大門去，再回來把菜肉放進屋裡。

臨走，隔著紗窗臨靠過來，對惠君說：「你不要擔心，好好自己休養身體。我反正每天都會經過這裡，要是沒看你出來買東西，我就會多停一下，進來看看你需要些什麼好了。」惠君噓著氣，一邊道謝一邊說要付錢。阿宗就揮著手說：

「先休息吧，錢的事情別擔心，我會記帳下來，改天你再一起跟我結清，這樣就可以了。……不用擔心啦，絕對不會多算你一毛的。」

然後，慢慢就睡到一塊兒去了。為什麼會這樣，其實惠君也從來沒有很明白。是因為那揮之不去的寂寞嗎？還是自己男人總顯得不太帶勁的身體慾求，讓自己不得不另尋出口？或者，自己不覺間已經被阿宗吸引住了呢？

但是，這個關係不管怎樣說，都還是顯得有些勉強的。因為阿宗的外貌毫不吸引人，瘦小的身軀顯得特別乾黑，香菸與不離口的檳榔，尤其讓他身上飄散著一股完全不引人的異味，所有其他向他買菜的女人，對他其實都是敬而遠之的，應該也不會對他產生出什麼慾想念頭來。

怎樣都不該會是和他吧？惠君這樣自語著。但是，所以依舊會這樣發生來，或許正是因為某種兩人間相互的憐惜所引起的，也就是說，阿宗似乎可以意識到自己的不快樂，而自己也感覺得到阿宗生命裡的漂泊與不安，然後兩人又因為同來自南部鄰近村鎮的背景，而生出取暖般互依互靠的關係吧。

想起來小時候鎮上那個新寡的女人，突然出乎所有人意料外，與窮困的駝背男人遠去的事情，有些寒顫起來，彷彿自己也正將步入那同樣離奇的命運似的。但是應該不會如此的，因為惠君明白她與阿宗兩人，其實都沒有真的想要如何，事情所以會這樣發展過來，也不是兩人的本意。然而無論如何就是這樣發生了，要去攔阻其實也已經來不及，就不如等著讓它自己發展下去，以及希望最終或許會自己收尾掉。

惠君曾經想過鄰居的那些太太與自己男人，會不會開始發覺一些蛛絲馬跡，並私下猜測度量她與阿宗間的隱情。但她其實也並沒有太擔心這個，某個程度，她覺得自己男人就算知道這件事，也不會有什麼激烈反應的，這就是他的個性，與兩人的夫妻關係究竟如何，並沒有直接的連結。鄰居那些太太也許偶爾會注意到一些徵狀，但是她與阿宗的往來，並沒有真正黏結難分的情愫，從外面看起來，既且不夠激情也不顯頻繁，就算好奇想再細看下去，也很難找到可以扣連一起的什麼有趣線索。

日後再回想，當初在這整個關係裡，惠君真正感到害怕的，還是她暗裡一直懷疑著阿宗究竟是誰，與為何會這樣出現來的問題。惠君覺得阿宗所以出現來，絕對不會是平白無故的，就像是男人當初為何會與她通信，然後到最後兩人一起結婚生子，應該都是有著自己命定的緣由。

她在與阿宗做愛的過程裡，有幾次會忽然浮現自己幼小在海灘的片段記憶，譬如那個陌生男子的壯碩身軀、叼菸說話的語調，和腰腹間那隻青黑色老鷹刺青。以及，真正最讓她害怕因此必須去逼視的事實，就是，是否那日就是她失去處女貞操的時刻？惠君在發覺自己的初夜沒有落紅之後，會開始反覆思索這個問題，並不是因為男人的在意嫌棄，而是她自己因此把許多事情，藉此慢慢都相互連結起來思考了。

她想起自從海邊那日後，堂姊總對她顯得愧疚難言的神情，而父親似乎有些迫不及待想把她嫁到遠方去，甚至對方是個年紀略大的外省人，也沒有顯露出來太多的猶豫與不捨，還有男人初夜時對自己竟沒有落紅的從容態度，是不是他們全都老早就都知道，知道了什麼自己完全置身事外的事實呢？

就是說，他們全都知道自己早就不是處女的事實了。

那麼阿宗呢？他究竟是誰，以及他出現來這裡，究竟又代表著什麼旨意呢？惠君努力辨識著阿宗，她想知道阿宗會不會就是當時海邊那個抽菸的陌生男人，是命運或是菩薩把他送回來我眼前，讓我們再一次可以了斷一些未解的因緣嗎？還是，他是來對那段迷離的記憶，做出什麼補救或告白的呢？

惠君幾次幾乎要直接這樣問出口來，但是又給阿宗顯得毫不在乎的某種神色阻擋住。就只好不經心的繞著問：「阿……你後面背上的這些刺青，是什麼時候刺的啊？你怎麼會去刺這個呢？」「就是當兵時刺的啦。那時候就和連上一起混的弟兄，放假沒事約好去刺的，本來是有點想說兄弟一起相結拜的意思。可是……你也知道的，就是後來退伍各自討老婆，然後也要各自去混生活，沒有一下子的就全都散掉去了。」

「那之前呢？……之前你有自己單獨去刺過嗎？」
「沒有啊，就是當兵才開始的啊。」
「那個……你真的從來沒有刺過老鷹嗎？……譬如在靠近肚子這裡。」指著阿宗裸露的肚腹。
「什麼……老鷹？沒有……當然沒有啊。幹麼要去刺什麼老鷹啊。而且你要知道，去刺肚子這一帶是特別痛的，我那時也沒膽這樣做吧！」
「那你……你真的從來沒有刺過老鷹？」
「沒有啊。我不是已經告訴你了嗎。」

惠君對這樣決斷的回答，自然有些失望，卻是依舊照樣重複問答了好幾次，惹得阿宗不耐煩起來。她依舊堅定相信在阿宗與她兩人間，應當有著什麼命定的淵源與線索，來讓這一切如此的發生來。當然，最好就是希望在兩人的生命軌跡之間，其實有些未明所以的交疊處，譬如關於那日海灘的來龍去脈，說不定可以就是彼此的共同記憶源處？
「那個……我問你喔，你一定要……一定要老老實實給我講。就是那個……那個你的第一次，到底是什麼時候做的呢？」
「第一次？你是說……第一次做這個嗎？」

「對啦，對啦。」

「初中畢業後去當學徒的那時候，應該就是被大人帶著去做的吧！老實講，這種事情說真的也記不太清楚了。這種事情……像是這種事情，男人大家最開始不都是一樣的，不是就都是這樣的嗎？……有什麼好說的呢。」

「只是隨便問一下，不要這麼緊張好不好啊……，就隨便聊一下，可以吧。就只是我是有在想說……阿你那時到底是和誰做的？阿你又是在哪裡做的啊？」

「你到底是怎麼了？阿你怎麼老是一直在問這個啊！那麼古早以前的事情，我哪裡還會記得清楚呢。而且那時候又年輕又好奇，不管隨便跟誰隨便在哪裡，馬上都可以立刻去做的，這你一定明白的嘛！到底是跟誰還是在哪裡做，又哪裡會有差，誰哪裡會去想這麼多和記這麼久呢。」

「那你真的都不記得了嗎？那你……那你有沒有做過什麼比較特別的，譬如去到海邊或是什麼的……？」

「我不知道你到底在講什麼，連我那個不知道現在人究竟跑到哪裡的老婆，也從來沒有這樣問過我。老實講，她根本不會在乎這種事情，我也和她一樣的，這種吃飯睡覺和拉大便的事情，我連想都不會想再去給它想回去一次的了。」

「真的全都不記得了嗎……？」

「不記得了。」

阿宗最終的消失和他當初的出現，顯得一樣的自然也平靜。就從某一日起，他以及那輛才新換沒多久的摩托三輪小貨車，就一起不再出現在這個街巷裡了。這事情的發生，並沒有引起太多的波瀾，一方面是這時候許多人家新購了冰箱，在外面馬路靠公車站牌旁邊，也出現一個比較鄰近的菜市場，無論出門去買菜，或是下班順便帶回來，都一樣很方便甚至還要便宜一些，還會需要日日去向阿宗買菜的人，自然就越來越少。

惠君先是有些突兀，尤其在確認他的真正消失以後，更開始有些奇異的惆悵感覺。對於阿宗與自己關係的終結，應當說惠君並沒有太多意外，彷彿那是他們早就知道的必然結果，只是「為何沒有先透個訊息，或是留個音訊什麼的呢？」

鄰里間耳語傳話說，阿宗其實是欠了賭債，連他用來營生的摩托三輪貨車，也早就賭輸轉手去了，最後所以會忽然消失去，根本只是不得不跑路躲債而已。他們說有人早在大橋墩底下，就看過他入夜在那裡聚賭多回，這次據說是被帶去地下賭場，才一次輸得精光的。而且，說他就是特別的「不服輸，越輸越要賭。難怪最後要輸到脫褲子帶跑路去，完全是活該受罪。」甚至，還有人傳說他那個沒人見過的老婆，當年就是受不了他這樣的賭性，才會帶著小孩跑掉的。

惠君對於發生的這一切，隱隱覺得有些遺憾，但她並不認為阿宗的消失去，會真正對自己的生命有何影響。她可以接受這樣的一段過程，也早早預備好這樣消逝無蹤的結果，必會最終就是這樣發生來的。只是對她而言，究竟要如何安置阿宗入自己的過往記憶裡，並讓這樣的一段記憶，可以與其他的記憶連結共存，才是真正顯得困難的事情。

也就是說，惠君發覺在自己的生命裡，許多記憶其實都是斷裂不相連結的。雖然所有的記憶，看起來都是從自己一人的身體與生活裡面，一點一滴的長大與蔓延起來，像依附著母體樹幹的分歧枝椏，全部相互交夾連結，是同個枝幹樹木的一家人。但其實如果仔細看下去，自己的每一段記憶，似乎又各自獨立的存有，不願意也無法與別的其他記憶，產生什麼必然的關聯。因此，雖然她的所有記憶，看似一家人的連結一體，其實又各自矛盾與斷裂的分歧飄飛著。

惠君多麼希望能把阿宗放進入自己的其他記憶裡，譬如與海邊男子的關聯，甚至因此得以回答自己沒有落紅的原因，就像是解謎一樣，讓一條一條的記憶，像猜謎揭曉一樣的相互扣連起來，讓它們統統變得順暢合理也圓滿。但是，惠君也知道真正的人生與現實，從來不會這樣成全別人，就像阿宗這樣一整段事情，最終依舊也只會是成為某個不相干的人，忽然無因地從平行線外出現來，然後在與自己的人生共行一段時間，又忽然自己消失無蹤去，沒有任何原因與暗示可以依循，更沒有留下任何必然的解答，來給所有介入者做安慰。

也因為對於沒有落紅的不斷思索，惠君竟忽然想起來另外一段幾乎全然消失的記憶來。那是大約初上小學的某日，與稚子上到她家二樓無人的榻榻米房間，稚子神祕對她比著靜聲不語的手勢，並小心拉闔起來透光的紙拉門。她知道稚子的父母都在午睡，女傭也在休息，院子的蟬鳴極度喧囂，此外世界顯得極其遙遠沉寂。

稚子起先沒有說什麼，與她面對面席地坐下，然後拿出自己的那只洋娃娃，一件件脫光了娃娃的衣服。她有些困惑，但同時感覺得一種莫名的騷動感，似乎預感到什麼未明事物的即將發生。就問著：

「稚子，你在做什麼？」

「噓，小聲一點。我們來玩一起洗澡的遊戲吧！」

示意她也把自己的衣服脫了。

惠君就聽話地脫光衣服，立在那兒望著稚子。

「躺下來，和娃娃一樣的躺著，我來幫你們兩個一起洗澡。」

稚子就拿著一塊布，作勢開始幫兩人擦洗著身子，一邊還吟唱著什麼斷續的日本歌曲。她閉起眼睛，安靜地想像著三個人一起洗澡的狀態，感覺光線柔和地透過紙拉門，燈籠般籠罩住了她們。

忽然，稚子就平平壓躺到她的身軀上面來。她睜眼驚慌地叫著：

「稚子，稚子。」

稚子望著她，用手比著噓聲的姿勢。這時她注意在身子上方的稚子，也同樣赤裸著身體。她們的眼臉幾乎直接貼靠，她可以清楚聽到稚子的呼吸聲音，和緩勻稱起落。她不敢有任何動靜，就等待著稚子的下一個舉動。然而，稚子卻離奇並沒有任何動作，與她一樣安靜躺臥在這恬靜的房室裡。

時間，顯得極度悠長與緩慢。

忽然，紙門就被拉開來，稚子的母親立在那裡，從高處望著她們。緊抿著的嘴角與嚴厲的眼神，讓她們明白立刻起身穿衣，稚子似乎想對母親做什麼解釋，但卻被母親以眼神制止，並要求惠君馬上回家去：

「請你現在就回家去，以後也不准再來這樓上了。還有，關於這一件事情，你們兩個都不准對別人說，包括阿君你自己的母親，知道了嗎！你現在回家去，現在就回去。」

她驚慌地下了樓，自己啟門出去。然後聽到樓上響起稚子的哭泣聲，與稚子母親以日語不斷責罵並杖打她的聲音。惠君就奔跑起來，往著自己家裡的方向，一路不歇奔跑過去，彷彿依舊聽得到稚子哭喊的悲切聲音，遠遠地繼續傳過來：

「不敢了，我下次一定不敢了！」

顯得莫名與破碎的記憶，會這樣無預警穿幕而出，讓惠君顯得無措也茫然。有時就會想起來小鎮的那間三山國王廟，那是母親最篤信的神佛所在，從小母親就不斷告訴她，一切事情神明都會自有安排，所有的一切一切，全都是老天注定的旨意。

「那如果真的全是這樣子，那我們還有需要去做些什麼了呢？」她問著。

「什麼都不用特別去做，所有一切神明都會做好安排的。」

「什麼都不用做嗎？」她露出困惑的表情。

「是的，什麼都不用特別去做的，」

然後，又補充著說：「就是記得要常常給神明燒香念經，還有千萬……尤其就是千千萬萬不可以去自作主張，想要去插手什麼神明的事情。你要知道，最最要不得的，就是想亂去插手神明的事情，你千萬要記住這個。明白嘛，你這樣子有聽明白嘛！」

是的，當然就是這樣的，這世界一直就是這樣永遠也無法介入。關於這個，惠君完全明白。因此，惠君面對自己支離破碎的記憶，彷彿相信這一切也全都是神明的旨意，完全不去想應當如何插手進去，更不知道究竟可不可以或該不該去插手，讓他們可以因此顯得條理清楚，而不總是只能眼睜睜地看著它們繼續各自紛雜斷離去，像夜裡突然降臨的狂亂紛飛暴雨，一支支射向各自選擇的茫然方向，並且在黎明破曉前的最後一刻，全然再次失去蹤影，沒有留下任何線索與話語的說明，就各自消失去。

惠君從來沒有對男人提起阿宗的存在事實，這也不算是蓄意的隱瞞或迴避，她就只是覺得男人與阿宗，根本像是兩個互不相干、也各自運轉的星球，本來就永遠碰不到面，也沒有理由需要相互知道或認識。

但是，她有時也會暗裡想著，男人似乎對一切都不在乎的態度，究竟原因是為何呢？是因為他那段戰爭失敗與受辱的記憶，使他對人生有了失望的感受嗎？或者，是因為他唯一最親近的母親逝世，讓他對其他事情都提不起精神了？還是我就是一個讓他引不起興趣的女人？或者，他本來就是一個性情冷淡的人呢？

惠君甚至試著想過男人也有著其他暗裡情人的狀況。她把可能的人一個一個的想像一遍，譬如男人同事那個嬌小的妻子，每次見到男人就興奮用著家鄉話，與男人說個不停的那個女人，他們會發展出暗隱的什麼情愫嗎？或者，還是男人固定去剪頭的那個巷口理髮店，他們說在那種只有男顧客出入的地方，通常也是會兼做一些其他生意的，也許男人會與那個總是化著濃妝、常坐在店門口抽著菸看路人的女剪髮師，發生過什麼勾搭的情事來的。

惠君確實聽到不少女人間的耳語，說這個女剪髮師以前是在一些不好的場所做過，說是在中山北路那一帶，就是專門做越戰休假來台灣的美軍生意的。惠君對這些事情有些不明所以，會追著問說：「那是要會說英文，才可以做這種事情的嗎？」回說：「當然是要多少會說一點的吧！」「那其實也很不容易的啊！」「也還好，做久了自然就多少都是會講一點的吧。」「所以，她真的可以和那些外國人說話聊天的喔？」「應該是吧，要不然怎麼做生意啊！」惠君雖然也如同其他女人，私下不恥這個女剪髮師的過往行徑，但是光是聽到能夠講英文這樣的說法，惠君其實隱隱又對那女人有些佩服著了。

她也間接地去試探男人的看法：「欸，那個我有聽鄰居的太太說，說那個你常去剪頭髮那家的那個女剪髮師，以前有在中山北路那邊做過呢，是吧？」

「做過什麼？」男人露出渾然不覺的表情。

「就是那種不正當的行業啊，聽說還是專門做美軍的呢！」

「有這種事情？」

「而且聽說她以前是會說美國話的。」

「喔。」

「你去剪頭髮都沒有聽她說過美國話嗎？」

「沒有。」

「一句都沒有嗎？」

「沒有。」

這樣簡短與近乎無趣的回答，讓惠君既是覺得失望、同時又有些欣慰。但是，就算是這樣直接男女湊對的去做想像，她發覺依舊無法真的見到男人顯現的激情神色，就是譬如男人因偷情而顯得興奮的表情，似乎是無法在男人臉上出現來的。男人的臉面有一種正經到近乎嚴肅的表情，甚至讓人覺得是不屑著什麼的神情，彷彿他在眼前所看到的一切，都沾染了什麼骯髒東西似的。

這樣的表情困惑了惠君很久，尤其剛在一起生活的時候，自己的每一個微小舉止，譬如擺置牙刷的位置，摺疊衣物的方法，或者煮食菜肴的口味，隱約都要感覺到男人的不贊同。只是他卻從來就不願意說出心裡的意思，只在神色裡透露某種不同意的暗示，譬如微微皺起的眉頭、忽然頓住不語的表情，讓她只是益發慌亂起來。

有時，惠君甚至希望男人乾脆固定去嫖妓也好，因為她幾乎能感覺男人從來就是不快樂的，是那種悶住了什麼的不快樂。惠君對此卻已經無能為力，不知道還可以如何作為，來引發男人的生命興致。但是，她知道男人並不會這樣想的，男人應該對於自己的生活狀態，有一定程度的滿意自足，他盡心盡力維護著這個家庭的生活所需，努力扮演著好丈夫與好父親的角色，節省認真又沒有不良嗜好，一切看起來都循序合理，完全沒有什麼地方可以挑剔，以及因此可以顯現出自己是個不快樂的男人。

譬如男人每日晨五點一出頭，必要起床來聽收音機學習英語，而且經年累月也完全堅持不變。男人這種反覆不懈的規律行為，也讓惠君難以明白動機為何，會問著：「這是為了要升等考試什麼用的嗎？」男人說不是。又再問：「那你是為了以後什麼工作需要，還是可能會出國出差啊什麼的做準備嗎？」男人回說也完全不是。「那你這麼認真學習英文，究竟是為了什麼呢？」男人只是搖搖頭，不願意多做解釋，讓惠君只能困惑著。

男人這樣某種沮喪與固執並存的態度，有時會讓惠君很不舒服。她完全不能明白這樣似乎顯現抗拒與悲觀的態度，除了讓男人與這整個現實世界，越發相互格格不入外，還能有著什麼其他的正面意義。當然男人自然也有一些優點好處，譬如對於認真堅持學習英文這件事情，惠君雖然依舊不明白原因為何，卻也還是會滋生出內裡難明的敬意，但這似乎也與自己對那個遙遠國度的想像有關。

尤其，日後在男人染了怪病，四處吃藥看病，完全不得要領的時候，聽男人有時自己嘆氣地說：「阿，要是可以生活在美國，這個病大概老早就醫治好了吧！」惠君就感覺到被命運羞辱般、忽然地深重愧疚，原來這一切就肇因於自己一家的窮困無力，沒法讓男人可以去到美國就醫，才必須承受這樣不知名的持續苦痛，也明白永遠無法在自己的家鄉住居生活裡面，得到真正的醫療幫助與康復。

儘管如此，男人沒有緣由的嚴肅與認真學習態度，惠君先是感到困惑不解，後來甚至有時也會因此發怒不悅。尤其，這樣清晨傳出來的英文廣播教學聲音，與男人過度認真不斷模仿的重複語音腔調，逐漸成了巷子裡其他人的暗裡笑話，有人會有意無意的說著：「阿，你家的那個真是上進啊，以後一定會升官發財，前途不可限量的啊！」男人對此渾然不覺，惠君卻覺得羞愧難安。

是啊，為何需要這樣日日不歇的認真學習英文啊？是在搏取什麼未來的獎賞嗎？像是在等待什麼榮光的出現，還是十年寒窗苦讀故事的再現嗎？然而，類似這種沒有原因的堅持與固執，卻正是男人平日生活舉止的經常狀態。惠君也逐漸明白，這樣顯得難以屈服與固執的特質，雖然會讓男人在啟始贏得到某些讚美，終究還是使得大部分的人，認定這人與這些事情的歧異難接近，更因此會與他們一家維持疏遠的距離。

或許，正是因為這樣的原因，就算同巷子一起居住了十幾年，他們一家還是沒能真正顯出與鄰里融入無瑕的狀態。這尤其可以從兩個小孩的長成看得出來，老大還比較能與鄰居小孩結成玩伴，譬如在那段所有人都瘋迷著棒球的時間裡，大兒子也經常會出現在分隊玩棒球的街巷團體裡，扮演著什麼參與的角色。但是惠君同時注意到，或許因為棒球需要用到的人手多，大兒子才被接受一起玩耍，之後當一起輪流騎巷子僅有幾部腳踏車的時候，大兒子就只能遠遠羨慕張望著，並不會受到參與的邀約。

但是，真正出現的問題，其實應該算是小兒子。這個讓她受盡難挨懷孕歷程的小兒子，初生下來就顯得特別的白皙脆弱，男人說模樣像極他記憶中那個死去的父親。在學步蹣跚的時候，因為特別安靜乖巧，又有著顯得曲鬈淡色的頭髮，搭配著長長的睫毛，一啟始是引來大家的歡心與好奇，看到時都會說：「這根本就是一個洋娃娃啊，你看他的眼睛和頭髮，也太像是一個漂亮的洋娃娃了吧！」

惠君很快注意到小兒子個性的不尋常。首先，是近乎過度沉默的不語狀態，完全不像老大或其他的小孩，會以啼哭來表達自己的需求或情緒。小兒子也不是失聰啞巴什麼的，甚至帶去給小兒科醫生檢查，也說看來一切很聰明，然後反應都正常：「不必太擔心，可能就真的是個不愛哭鬧的小孩而已。」

惠君知道不只是這樣，小兒子餓了不會哭著索奶，發燒依舊沒有肢體動作或聲音來傳達抱怨，都暗示著一個奇異性格的出現。日後在他繼續成長的過程裡，依舊不會向他人去需求索取什麼的習性，益發明顯的逐日呈現出來，也讓他完全無法融入到任何他人的一起活動去。此外，他面容上略顯相貼近的輕微鬥雞眼，以及淡淡鬈曲未退的頭髮與睫毛，更招致其他同齡者的取笑排斥，連自己哥哥也很快就覺察這事實，而選擇不與弟弟為伍的立場，任惠君威脅打罵也難以改變。

男人對這樣的狀態，似乎不怎麼在意，當惠君述說起來擔憂與憤怒時，通常僅是安慰地說著：「孩子還這麼小，不必擔心太多啦，長大一切都會自然解決的。我小時候也看過很多奇怪的小孩啊，後來不都統統沒事了，有些甚至還特別優秀傑出的呢！」

惠君知道並不是這樣，她知道小兒子是個不一樣的小孩，並不是因為不正常需要治療什麼的，但就是和大家不一樣。這會令她擔心，她不知道小兒子未來的人生，會不會因此特別崎嶇與辛苦，會不會讓他因此要不斷自我徬徨，甚至並與他人歧異難容？惠君不知道未來究竟會如何，她為這彷彿可以預感的不幸結果，經常地在心底擔憂疼痛著。

但是，這些旁觀起來的隱約不幸，似乎完全沒有被小兒子察覺。他在幼小的成長過程，會以一種近乎甜美的包容與快樂，來接納他人一切對他的歧異對待。也就是說，如同即令餓了也不索取奶水的舉止，小兒子在進到學校去受教育前，都表現出一種受餓挨凍、或是遭他人欺凌壓迫，也可以完全沒有抱怨，只是甜美微笑著接受所有周遭一切事物的和緩舉止態度，令所有見到的人都驚異難明。

但是，在看似一切柔順和緩的同時，也顯現對於四圍正在發生的一切行為，絲毫不想參與進入的疏離態度。也就是說，小兒子如此淡然與接受一切的個性，並沒有顯得更能融入周遭的世界，反而益發彰顯出他的奇異特殊。這樣的一切，當然都令惠君擔心。但是，從另一個角度來看，小兒子的舉止行為，並沒有生出任何實存的問題，或引發男人與她在餵養上的困擾。反而，小兒子的生長照顧，正因為有著一切都可以接受的乖順態度，相對更要顯得容易許多。

但是，惠君也沒有太多時間，可以去分神照顧到這個問題，因為男人忽然就開始身體衰頹起來。先是會在夜裡咳個不停，因此睡得不安穩，白天特別會覺得疲倦，不時就需要休息補眠，四處看了不同的醫院，也找不出什麼病因。到最後，因為請假超過了允許的天數與範圍，面臨到或許必須停職的壓力，甚至已經明的暗的各種說話，都間接透過別人傳過來了。

惠君就逐漸慌張起來，男人也明白這樣處境的即將臨來，但卻沒有任何應對的想法。後來，還是男人的科長上司主動找惠君談了一次，說不如讓男人用傷病的名義，主動去申請離職，他可以盡量為男人多要一些補助金額。然後這個因此空出來的職缺，聽說就是預備給上司一個後輩打算頂去，但是這部分究竟如何，惠君並不真的在意。

當然，上司也承諾說會為惠君安排一個工友的缺：

「你知道現在要進公家單位，都老早就是很不容易的。正綱老弟和我們算是老同事了，正綱的所有事情，絕對就是我們大家的事情。但是你也知道，正綱的身體健康，當然還是一定要先顧好，免得忽然出了事情，就全部什麼都沒有了。正綱這樣忽然離職，當然是絕對很可惜的，尤其現在要進公家單位是很不容易，你也一定知道，有太多好學歷的人，全都是排隊等著要進來。其實，我有去查了你的資料，你的高中畢業學歷、加上在小學代課老師的資歷，勉強算是合格適用，我可以先安排你進來，先去接一個工友的職缺。你不要覺得工友的名稱不好聽，這總是個正式的缺，一樣有福利有保障，以後還可以找機會再慢慢升遷。而且，也還是總要先想到怎樣把兩個小孩顧好這件事情，其他的安排以後再慢慢來看，我這樣說應該是對的吧。而且，你現在如果真的就進來頂起這個職位，自然就可以完全不必太擔心，以後有我在這裡，一定會特別照應你的，完全不必擔心的啊。」

惠君有些訝異這樣一切理所當然的安排。她繼續專注地望著科長，神色顯得有些恍惚，科長又繼續勸著她：「你不用特別謝我，也不用去想太多，就先快去把這個位子占下來，其他的事情，以後一步一步來解決。反正這裡一切有我在，你就放心的進來，慢慢我自然會再做安排的。」

惠君聽了，就自己站起來，往大門的方向走了幾步。然後又停下來，回頭說：「謝謝科長的好意，願意為我們一家這樣著想，正綱這樣長時間一直麻煩也拖累著你，我們真的很過意不去。他必須主動離職的事情，我們會就按照你的意思去辦理，要是能夠多爭取一些補助的金額，就真的要多謝科長的好意與幫忙。至於幫我另外安插的工作，我就心領科長的好意了。我現在還算年輕、身體四肢也都健全靈活，找個勞力工作應該沒有問題，完全可以自己做安排，你就不用特別去為我費心。我當然知道現在公家工作很難找，這樣的機會放棄絕對是很可惜的，但是我所以必須婉謝科長的好意，也絕對不是工友這樣的職缺不夠好。事實上，是因為兩個小孩都太小，我想還是在家附近找事做，可以同時顧得來家裡的料理情況，才會比較符合我的需求。」

科長顯得困惑不解，但是也沒有堅持，就同意了這一切的安排。

惠君回家和男人說起來，男人先是低頭不語，後來還是沉沉地說著：

「有必要這樣嗎？人家畢竟也是好意，有必要這樣去拒絕嗎？」

惠君拿出手絹，在手裡絞著絞著。隔了大半天，才說：

「正綱，我知道你的意思，我也明白現在想要去占個公家機關的缺，是難上加難的事情。但我覺得這整個過程裡，你才是真正最受委屈的，生病請假又不是故意的，這樣的情誼都顧不到嗎？我更無法接受他們這樣對你之後，再給我這樣一個小恩惠作彌補。要是我接受了這個缺，就不是也一樣屈辱了你嗎？」

「惠君，你不要這樣去想事情，一點必要也沒有。沒有什麼叫做屈辱不屈辱這種事情的，我們現在就只是要趕緊把生活顧起來就好了。你根本完全不用特別擔心我的委屈還是什麼的，我真正掛心的畢竟是你和小孩日後的生活啊！」

「正綱，你放心，我也不是傻到不會去想這樣的問題，但是我也不會讓人家隨便在我的臉上吐口水的。這件事情我還是堅持我們要有個自己的原則和尊嚴，沒有那份他給的工友的缺，我就不信我們一家就要餓死沒路可走。」

「也不是這樣講的，就只是……就只是人生有時也不必這樣硬要去逞強的。」

「別擔心，我也有去問過一些人。就在黃昏市場過去不遠的那邊，有間新開的鞋子工廠正在招人，我只要騎腳踏車過去就可以到了，上下班來回都很方便，甚至還能顧得到料理家裡的事情。而且，他們說還可以自己批東西回來在家做，說都是另外論件計酬，雖然錢不算太多，但是我這樣就容易兩邊都顧到。然後，以後你要是身體好一些的話，說不定也可以一起幫忙，多少做一些賺一些的。」

馮正綱望著惠君，知道她的心意已確定，就點點頭不再說話了。

# 4. 背叛者

兩個兒子只差一歲，老大的名字叫馮唯實，老二的名字是馮唯虛。

惠君認為男人的學養知識好，名字完全依男人的想法作決定。但還是不免要問清楚原委：

「唯實這兩個字，到底是什麼意思啊？」

「很單純啊，就是說做人做事一定都要實實在在的。」

「那唯虛呢？不就是很奇怪了嗎？」

「其實也不會的。唯虛就是為了用來對應哥哥的名字，正因為有唯實，所以也才特別需要唯虛的啊。因為就是兩兄弟，彼此要互映對照，所以用虛實來對應連結，算是要互補互助。也就是說：為實若虛，為虛若實。」

惠君沒有完全明白，但她覺得男人的話，應該有著什麼道理，就接受下來。

偶爾有人問起來，便理直氣壯的以虛實互補的說法來回答，大概都應付得過去。

只是自己在內心的暗底裡，還是有些擔心小兒子的名字，也就是唯虛這兩個字，似乎總還是顯得哪裡不太對勁，什麼地方有些差錯，日後也不知道會不會讓其他小孩取笑。

但是，久了自己也逐漸習慣不在意。

兩個兒子的名字，雖然相互映照，但在成長的過程裡，卻是差異逐漸顯露。尤其在與外面世界的互動上，從小就可以見出兩兄弟心性的不同，譬如唯實對於他人對於他的排斥或拒絕，會立刻敏感的自我察覺，而且積極尋求可能的改變，也似乎總可以很快讓他人重新接納他。

而唯虛就完全不一樣，首先他似乎並不能像哥哥一樣，有辦法辨識出來他者的行徑，究竟是敵意與排斥、還是善意與接納，因此常常就會做出來讓別人意外的舉止反應。這不僅讓他越發無法順利融入外在的世界，甚至因此招來各種奇怪的說法，譬如質疑他的腦子是不是正常，諸如此類的惡意對待。

惠君對這些事情的知曉，其實大半透過唯實的抱怨與轉述，才逐漸明白的。基本上，唯實到了後來甚至拒絕他弟弟的隨行，因為「他這樣奇怪，根本沒有人喜歡跟他一起玩。如果整天跟著我，連我自己也都交不到朋友了呢！」

惠君有些擔心，會小心的觀察著唯虛。發覺他確實和其他的小孩不大一樣，譬如他並不是真的喜歡和其他人共同一夥的進出嬉遊，常常會一個人落單獨行，在他人群體外自己遊蕩著。但是，他又似乎怡然自在，並沒有像哥哥唯實那樣，顯得過度積極想參與，也在意能否與別人融為一體。另外，更神奇的事情，就是唯虛似乎感覺不到別人的惡意，他似乎無法察覺出來任何蓄意的負面舉止，彷彿他完全身處在一個既和諧又友愛的美好世界，渾然不覺也自在自得。

有一次，唯虛與眾小孩攀爬一個擱置路旁的鐵推車，有人把他從高處推下來，他直直跌落地面，下巴被一顆尖銳的石頭穿刺，戳出來一個入到唇舌裡的破口。唯虛自己淌血走回家來，彷如沒事一樣，把惠君驚嚇得幾乎失了神。但是，幸好沒劃破開大動脈，縫了幾針和止血就沒事了。

惠君向唯實問起這事情，就說他那時不在場，沒有親眼看見這事情的發生，也絲毫不知道事情發生的原委。惠君再去問了幾家的小孩，才慢慢勾勒出來當時的情況，而讓她最為震驚的，是在整個事情發生的過程裡，唯實其實一直在旁邊觀看著，到了唯虛跌倒流血後，反而隨著一些害怕的小孩，一起躲散去沒有蹤影。

這件事情讓惠君很震驚，她無法理解唯實如何這樣親眼看著弟弟受傷流血，而居然能夠彷彿沒事情的轉身消失去，甚至還說謊欺騙來掩蓋自己在場的事實？她不知道應該怎樣處理這件事情，唯虛頭尾完全沒有抱怨任何人，也迅速忘記了這事情的過程，與背後裡面所有隱身他者的惡意與傷害。

男人顯得十分憤怒，惠君先是簡單敘述並回覆男人的詢問，說只是唯虛自己不小心摔落受傷，尤其不透露唯實其實一旁觀看的事實。但是，究竟當不當直接去與唯實對質這件事情，卻反覆困擾著她，也一直都拿不定主意。後來，因為在這事件發生後，唯實顯露出某種懊惱的態度，開始一反常態的殷勤照顧著弟弟，惠君自己想了想，就決定不深究這件事情。

但是，兩人上了鄰近的小學後，這樣的問題並沒有消失，反而益發明白顯現。首先是唯實會強勢回應任何同儕的欺壓，甚至暴力相對也在所不惜，而他的肢體確實因為承襲了男人的壯碩，在逐年長大的過程裡，益加確立了無人敢輕易挑釁的地位，讓惠君有時反而要擔心唯實是否會殃及他人，特別要經常的訓斥提醒他，不可以有顯得過度暴力的行為出現。

但是，出乎惠君意料外，發覺唯虛在這樣欺凌的遊戲裡，居然才是最後真正出問題的人。恰恰由於唯實肢體的壯碩，讓他從過往的反抗者角色，逐步演變成一個讓人怨懟的壓迫者，於是有一些受過他欺凌的小孩，發覺可以將埋藏的怨氣，轉發洩到只差唯實一個年級的唯虛身上。譬如會利用下課短暫的十分鐘，迅速地尋到唯虛的教室，對他做出一些肢體的無因推撞羞辱，然後四散奔離去，或是在遊戲場上，沒有預警地從身後推倒他，再無事般一哄散去。

惠君對這事情的發生，完全一無所知，直到有一次買菜時，遇到唯虛同學的母親，對方委婉暗示了這件事情，才讓她驚覺到問題的存在。回家後，惠君詢問唯虛這一切的有無，卻得不到任何確實的答案，唯虛的眼神甚至顯現出一種詫異，彷彿惠君所說的一切，是他從來就沒有聽聞過的奇異事情。惠君雖然意外不解，但是她也完全知道，唯虛是一個不懂得也無法說謊的人，他並不會隱藏所認知的一切事實，如果他說不知道，就真的絕對是不知道，再多問也不會有用的。

轉去問唯實，他初始顯得詫異，後來惠君不斷的逼問，終於表示這種事情，不是不可能發生的，而且他應該知道會是誰如此作為。隔日惠君就親自去到學校，在老師當面的協助下，唯實直接指出來幾個小孩，表示他們應該就是那些欺凌者，這幾個小孩確實立即承認了自己的惡行，有幾個甚至因害怕而哭泣起來。

但是，當老師為了確認這一切，請唯虛一起來指認時，出乎所有人意料外的，唯虛居然表示沒有見過這些人，他們也從來並沒有對自己做過什麼不對的事情。老師表示詫異難以相信，但是惠君卻明白這一切原委，也清楚唯虛的確對惡意的這一切沒有任何記憶，就對老師說：

「謝謝老師的幫忙，我想這件事情先到這裡就好了。我們做為學生的家長，會來到學校的目的，只是要把這件事情弄清楚，也不是要老師來處罰誰，過去的就算了沒關係。但是我不希望以後還有這種事情繼續發生，我並不敢要你們擔保什麼，只希望學校能夠給我們多少注意一下，免得這樣天生老實的小孩，會注定總是要受到欺負。」

老師不斷對惠君道歉，也讓這幾個犯錯的小朋友，當面對唯虛表達過往行為的錯誤與悔意。唯虛顯得迷惑不解，但也沒有說什麼，就隨著惠君離去。

這樣的事情其實不只一端，譬如唯虛在幼稚園初入學時，完全不會主動提出任何的需求。上課時想要去上廁所，也完全寂聲不語，就只坐在自己的位置上，讓尿水從自己的褲子滴流到滿地皆是。這幾乎像是醜聞的事情，讓惠君很是尷尬與難堪，唯虛卻對母親的提醒告誡，顯得無動於衷，只說：「現在是上課的時間，不可以離開去上廁所的。」最後，惠君只能直接與校方做溝通，由老師在固定的時間，強制帶他去上廁所，才暫時化解這個問題。

這些事情讓做為哥哥的唯實，在學校裡有著丟臉羞恥的感覺，惠君自然可以完全明白原委，而唯實因此更不想要與唯虛有太多的相干牽連，也顯得有其合理的邏輯。但是，關於弟弟在學校遭到同學惡意欺凌的事情，惠君事後不斷的思索，甚至疑惑不解的想著：究竟唯實當時是否早知道這事情的發生，卻沒有告知自己與他人呢？以及，唯實為何竟然會選擇不願意去照顧自己的親弟弟，而寧願有如陌生人一樣的對待他呢？

對惠君來講，這是極其不可思議的事情，更是無法理解兩人明明就是骨肉的親兄弟，怎麼能不互愛互助呢？但是，她此刻最為擔憂的，卻是往後唯虛要如何保護自己的安全無慮，畢竟人生依舊漫長，惠君明白自己並不能永遠跟隨一旁做守護，有朝一日還是要放手任他去的。就和男人做了商量，說是否可以讓唯虛在下課後，去附近的武道館學習護身拳法，男人表示支持，因為他一直覺得唯虛的身體不夠健壯，確實需要從小就注意與鍛鍊。

「沒錯，唯虛的確需要鍛鍊一下。你也知道他從你懷孕那日起，就和你一起在鬧病，當時你不也一樣受牽連。還有你們兩人的體質很像，都是不扎實也比較瘦弱那種，不像我和唯實是屬於天生比較結實這種的。像唯虛這樣的虛寒體質，如果不及早去做鍛鍊，以後問題一定會更多。」

唯虛沒有任何意見，順服地開始課後的練武課業。惠君同時問唯實願意一起參加嗎，他一開始顯得好奇有意願，但後來卻對這規律也辛苦的課程，有著排斥的反感，逐漸不再去上課。

在這樣的一段期間，兩兄弟間的問題，其實並不只一端，譬如在唯實小三的時候，一次就跟著兩個高年級的女孩，相約溜到無人的地方，自己玩起仿大人的性愛遊戲，甚至還約著唯虛一起參加。但是，唯虛回絕了哥哥的邀請，並且隨後把這整個事情，立刻轉述給惠君知道。

惠君後來逼問著唯實，也找到兩個女孩家裡去，幾乎要把整個事情弄成醜聞什麼的。馮正綱一直勸惠君不要心急動怒，尤其不要隨便扯到女方家裡去，免得後果誰都收拾不了，但似乎阻擋不了當下情緒有些瀕臨崩潰的惠君。女方的家長果然震怒，甚至揚言要控告他們一家，幸好後來弄清楚說當初是兩個女孩主動的意願，唯實反而是那個相對年幼的被動受害者，事情如果鬧大了，恐怕誰也沒有好處，女方就也同意息事寧人的和解，並且迅速地各自搬家轉學遠去。

這樣突然的一件事情，讓惠君意識到唯實的舉止行事範圍，其實早已經遠遠超出自己的想像之外了，相對起唯虛顯現的縹緲疏離與難解，唯實卻讓自己有著擔心恐懼與害怕的感覺。唯虛像一朵自在來去的雲，唯實則像是一頭羈絆不住的野牛，她完全不知道他最終會決定往哪裡奔馳野去，或是會沿途傷害到什麼他人。惠君因此特別的告誡唯實，這件事情就先這樣過去，但是千萬不要再給我重犯，也不要再隨便跟別人提起來，尤其不可以去和唯虛計較什麼，否則惠君一定跟他沒完沒了。

惠君對唯實說：一切就到此為止，一切統統到此為止。

男人後來辭了工作，在家專心養病，換成惠君頂起養家的責任，日日奔馳在生計的兩端間。而男人究竟患了什麼病，一直弄不明白，輾轉換了不知多少醫生，最後甚至也接受中醫的診治，什麼說法都聽過試過，還是得不到什麼要領。惠君看著男人一路削瘦下去，原本驚慌難定，後來發覺男人虛弱是虛弱，卻也日漸地算是穩定下來，病情沒有繼續惡化，除了仍然是體虛身弱，並沒有其他問題出現，就不再四處尋醫問病，讓男人只是專心在家休養就好。

男人依舊日日一早起來，跟著收音機念讀美語課程，然後用電鍋煮好稀飯，把醬菜什麼的擺置桌上，讓惠君和小孩起床後，都有早食可以吃，自己會回床去休息一會兒，然後要一直等到大家都出門，才又起來活動。男人幾乎不出門上街，成日就流連在屋內，至於在屋裡能幫多少事情，就看自己的身體起落狀態而定，幾乎像個半隱形的人了。

但是，隨著小孩成長來，房間漸漸侷促不夠用，先是在主廳堂的木地板間，隔出來一個臨時小臥室，給兩個兒子當睡房。等兒子入上學，要擺置書桌讀書，更是覺得不夠用，就決定把夫妻兩人的主臥室讓出來，給兩個兒子一起住進去，自己和惠君擠進去原本兒子們的小房間。

但是，男人夜裡常會咳嗽，弄得一屋子都不好睡，尤其同樣擠在一間小臥室的惠君，更是輾轉難入眠。就和惠君商量，讓人把院子裡原本獨立搭建的小廚房，加蓋上去一個小閣樓的鐵浪板房間，再從院子搭個小梯子上下，自己就這樣一人住進去。

男人身體最不好的時候，瘦到近乎嶙峋露骨，眼睛空大無神的張望著，說話也氣虛無力，走路得要人攙扶、或拄著楞杖才行。男人當然會想到死亡這件事情，但是不大能和惠君說，因為她不喜歡談這樣的事情，會回說：「你就專心的養病就好，醫生不都說你已經沒病了嗎？就只是體虛而已，最多也只是自己的心病，千萬不可以再往什麼不好的地方想下去，這樣只會更糟而已，明白嗎？」

原本教會的聚會所活動，也因此無法跟上去，弟兄姊妹本來會定期來看他，後來大家各自也忙，就漸漸越來越少了。男人還是會自己看些神學相關的東西，尤其會去思考與死亡相關聯的字句，自己在筆記本上做一些抄寫，譬如：

「全然的接受過去，並不向未來要求任何回報，就是對生命與死亡的接納。」

「唯有透過死亡的到臨，我們才得以釋放出來內裡的完整能量。」

男人並不完全懂得這些字句的義涵，但他會有某種被震動的感覺，所以還是照樣的繼續抄寫。有一天，他注意到自己的筆記本，好像被人翻閱過了，他有些詫異地問了惠君，說完全沒有碰過他的東西。然後繼續觀察下去，發覺是小兒子唯虛會自己來翻讀他的筆記本，他並不知道那時還正在念小學的唯虛，究竟可以看得懂多少內容，也不明白他會這樣做的用意，究竟又是為了什麼。

但是，男人也沒有特別做聲張，某個程度上，唯虛願意這樣來翻閱他的筆記，其實是讓他有些欣喜的。畢竟在男人與唯虛之間，從來就找不到合適的溝通方法，一直沒法真正的說上話。對他而言，唯虛是一個他完全無法理解的人，一個顯得和善、卻又極度疏遠的人，唯虛現在會願意私下來看他的筆記，彷彿說明兩人間的某種溝通，正在暗自地發生中。

那段時間，男人做了一個夢。在夢境裡，唯虛走向他來，說要帶他回家去：

「爸爸，我們回家去吧。我來帶你回家去。」

「我沒有辦法回去了。真的，沒有辦法。相信我，真的。」

「為什麼？」

「我累了，而且找不到回去的路了，回不去了。」

「為什麼會這樣呢？」

「我已經和那裡斷絕了，已經沒有任何關聯了。」

「為什麼會這樣呢？」

「我也不知道為什麼。就是已經都斷絕了，路都沒了，所以回不去了。」

「可是，你還會想回去嗎？」

「還會想回去嗎？……不知道耶，會吧。」

「如果你想回去又回不去，那我來替你回去好嗎？我來代替你回去，好嗎？」

「什麼？你要替我回去？……真的嗎？」

「是的，爸爸。」

就忽然醒起來，依舊有些惚恍不明。在自己獨自身處黝黑的小閣樓房間裡，覺得離屋內的惠君和兩個兒子非常的遙遠，好像自己其實從來就和他們不相干，就像是隔屋隔牆正好住到一處的陌生人，莫名其妙的忽然有了什麼關係。然後，彷彿聽到遠處有什麼歌聲飄傳著，忽近忽遠的聽不分明，他就凝神專注去聆聽，覺得自己過往的人生記憶，被人如歌般的傳唱起來，而且慢慢就要飄靠過來。

男人先是覺得有些驚駭，害怕難道真的僅僅這樣的躺著這裡，忽然間就必須要被迫面對過往的記憶，因此讓一切發生過的事情，都書頁般在眼前攤露開來，一點也無法掩蔽遮蓋了嗎？但是，同時也有些期待升起，似乎也想回到那些溫暖的原初記憶裡，讓自己可以再次得到什麼慰藉或包容。那遠遠的聲音忽然又遠去地寂靜下來，一切都回復到原本的死寂與沉默。

男人益加認知到自己的孤單，並且有欲淚的感覺升起。

馮正綱的奇怪疾病，初始當然也引起眾人的關切，加上他因此又離職居家，更讓人擔憂同情。起先來探望的人絡繹不絕，後來自然就逐漸稀少了，其中不知是誰攜來幾盆蝴蝶蘭，當時被擱在院子角落的遺忘了。馮正綱的身體時好時壞，不太出得了大門，會花時間在院子裡轉著，很快注意到這幾株活得似乎相當自在的蝴蝶蘭，就開始花心思去料理。

這件事情很快引發惠君的注意，她有些意外男人會心神專注在這樣顯得瑣碎的小事情上。對她而言，男人是與日常的生活細節，很難有任何相干的人，譬如自來就不喜歡與他人來往的習性，對日常生活瑣事的某種淡忽態度，以及堅持要早起學習英文的習慣，乃至於後來閱讀跟基督神學有關的書籍，都讓人感覺得到他無意間所築構起來、那座顯得疏遠也難於理解的高牆。

這樣細心專注料理花樹枝葉的動作，好像流露出來男人內裡某個溫馨隱藏的流淌情緒，讓惠君雖然詫異，也其實暗自開心。她就去找了一本栽養蘭花的書籍，再去花店買一些養蘭花需要的器物，譬如花剪、肥料和蛇木什麼的，讓男人可以繼續在院子裡，安心地種養起蝴蝶蘭來。

惠君看著男人逐日這樣益發投注入蝴蝶蘭的養植，也會想起來幼時在稚子家日式花園的記憶。稚子父親在院子的蘭花棚架下，戴著那副顯得可笑的老花眼鏡，一株株小心用噴水器和小剪刀，檢視與照顧著盆花的神情，一直深刻強烈地留在惠君的腦海裡。她當時會疑惑地想著，一個顯得如此有學問、高深聰明也成功的男人，為何還會想要來做這樣平常而瑣碎的事情呢？尤其是稚子他們的家，其實還有可以使喚的傭人，為什麼稚子的父親，還要日日不嫌麻煩地親自來料理這些完全不顯重要的花草植物呢？

惠君尤其只要遠遠看著男人在料理蝴蝶蘭，就會不斷想起來稚子父親當初的模樣神情。若是認真去對比兩人的專注神態，確實有著某些類同的姿樣，但是，惠君也同時會納悶著：「可是，他們卻又是完全不一樣的兩個男人的啊！為什麼有著這樣巨大差異的兩個男人，居然會顯現出這麼相似的舉止與神情呢？」

男人與稚子父親二人，對惠君而言，似乎像是活在兩個世界裡面的人，無論如何都是難以把他們並置聯想，甚至拿來做對比。但是看著自己男人專注梳理著花葉的神情，卻奇妙地可以相互重疊一起觀視，這是讓惠君到後來都難以明白的一件事。

馮正綱的蝴蝶蘭越種越多，逐漸抓到竅門技巧，在附近的鄰里社區贏得名聲與稱讚，甚至會經常有人上門來，主動要求參觀以及購買，有時也有同好上門來討論交換。在這同樣的過程裡，馮正綱的身體日漸穩定下來，雖然還是有些虛弱，但是已經可以一人自己料理好身邊的生活事物，不必需要別人來擔心照料。

上門來問蘭花的人，一天多過一天，而且凌亂突兀，讓馮正綱開始覺得有些干擾難受。有一天晚餐時，他就提起來說：

「有人跟我說，可以在週日的下午，去大橋頭下的市集擺攤賣蘭花呢！」

「什麼？……擺攤賣蘭花？」惠君立刻停下吃食的動作：「你可以嗎？你的

身體……有這個必要嗎？」

「我也不確定。不知道會不會太累，所以也想問問你們的想法啊。他們主要是在對我說，我分株出來這個品種的蝴蝶蘭，目前在北部這附近，還算是特別也比較稀少的式樣，最好要趁在更普及化之前，趕快拿出去賣比較好。」

「我是覺得小心一點比較好，身體當然還是要先顧好，也許還是先留在家裡慢慢賣就好了。在自己的家裡，畢竟進退拿捏都容易許多，譬如如果上門的人，讓你覺得干擾或者不舒服，就在門口貼張紙條，說清楚什麼時候可以上門看花、什麼時候不可以，免得你想睡個午覺，都要不斷的被打斷。還有……擺攤賣蘭花這種事情，不只是身體挺不挺得住的問題，你會習慣這樣子在路邊做生意嗎？」

男人就安靜下來了。

然後，平日不說話的唯虛，忽然接了話：「我覺得當然可以啊！賣花很好啊，為什麼不行呢……？」

「你要知道不只是坐在那裡賣而已，光是把所有的花來回運送，就是很大的體力工程呢！你爸爸身體剛好，沒辦法負擔這樣的事情的。」惠君說。

「我可以幫他把花運過去，然後下午再運回來。」

「怎麼運？你自己嗎？」

「對，我自己就可以。我有個同學他家裡有一輛腳踏三輪車，我也騎過幾次，一點問題也沒有。我就去向他借一下，應該是很簡單的事情。」

「你可以踩得動那種三輪車？」惠君驚訝的問著。

「對啊，早就可以了。」

惠君確實完全詫異了，她看向這個一直令他擔心的小兒子。是的，唯虛已經國中二年級了，但是他的身軀肢幹依舊顯得纖細白弱，不像是個已經邁入青春期的男孩，哥哥唯實就完全不一樣，胸背筋肉全都結實渾厚，從身後看過去幾乎就是一個成熟的壯年男人。可是，惠君也注意到，由於唯虛有持續的練武，事實上他幾乎不曾感冒生病，而同樣也遺傳自男人身形高大的基因，讓他即令尚未真的發育完好，也已經出落得高銚細長。惠君告訴自己唯虛已經長大了，不應該總是還要去太擔心憂慮的，就轉頭問男人：

「你覺得怎樣呢？」

男人也顯得猶豫，說：「唯實今晚正好不在，是不是也問問他，讓他一起來幫忙，這樣可能大家都安心一些。」

「我覺得並沒有必要。」唯虛立刻回話說：「我很清楚這一件事情，我自己一個人就做得到，並沒有需要另外找別人一起幫忙。」

氣氛顯得有些僵滯了。惠君就接了話說：「這樣吧，我也覺得讓唯虛來做，確實沒有問題，他這幾年練武很扎實的，有他來幫忙我也覺得比較安心。要不然就先這樣，唯虛你再去問一下你的同學，向他們借用三輪車是不是都沒有問題，然後我們兩個人改天先去大橋下走走，了解一下擺攤的規矩和行情，如果都沒有問題，就先去做幾次試試看，應該也是可以的。」

馮正綱與唯虛父子兩人，就開始每週日在橋下賣蝴蝶蘭的工作。這樣的行事漸成規律，收入也出乎原本意料的好，正好彌補男人病後短缺的經濟狀況，加上男人自己身體漸趨穩定，一切看來都顯得順當如意。

唯實也會偶爾加進來一起幫忙，但是他在大橋下的時候，卻常常忽然就不見人影，與一群新結識的少年伙伴群，會瞬間就消逝無影去。馮正綱要是問起來，唯虛就四下去尋看，有時喚得回來、有時沒有結果，男人如果再繼續追問下去，唯虛就只搖著頭不說話，彷彿完全不明白男人問的是什麼。

男人也聽到一些閒話，要他注意唯實來往的人，以及他會涉足去角落的聚賭場合等等的話語。但是他要真的對唯實問起來，卻完全又被他否認，甚至還生氣埋怨男人的狐疑不信任：「我好心來這裡幫忙你們，不但沒有什麼好報應，反而還要被你們這樣東說西說，逼著來聽一頓這些有的沒的，你不覺得太過分了嘛！」又說：「阿……我到底是要做到怎樣，你們才會滿意的啊？」

一次收得比較晚，天色有些暗下來，橋下的攤販幾乎走光了。唯虛把剩下的蘭花，全部都放上三輪車平台去，然後跟男人說等一下，他去上個廁所，再回來一起騎車回去。結果他才一走，就來了一群少年仔，說是唯實欠了一筆錢，可是一直賴著不還，現在他們要把這些蘭花帶走抵債。男人意圖去阻擋他們，一下子就被架住，甚至被推倒地，還被踹了好幾腳，幸好其他還沒走的攤販一起吆喝著聚過來，才把正綱護住的扶起來，但是一車蘭花就這樣全給帶走了。

唯虛回來時，見到男人癱坐在地上，問了旁邊的人究竟發生什麼。大家七嘴八舌的說著罵著，並勸他們快去報案。男人揮著手說：不要不要，什麼都不要做。就只是要唯虛先去看看三輪車：「你先去找回來那輛三輪車，不要把別人的車子弄丟了。我沒事，快去看一下。要是車子沒事，我們就回家去。」

這事情嚴重影響了一家的平靜生活。男人身體因此又塌垮下去，幾乎是自己都起不了身，而究竟是什麼毛病，還是完全沒有頭緒。另外，讓惠君最驚訝的，是男人情緒與精神的狀態，尤其明顯的完全失了準，他開始顯露出一種經常容易失神的恍惚狀態，常常自己坐著發呆或喃喃自語，甚至連他從前生病時，都不願放棄的英語課程，現在早上也不見他起床專心收聽課程。而院子裡的蘭花棚架，經過那次的掠奪事件，幾乎去了一大半，現在剩下的又乏人照顧，很快露出荒蕪的樣貌。

惠君看在眼裡當然著急，但是光是那日究竟原委如何，甚至於到現在也還是理不清楚。唯實則完全撇清與這件事情的關係，說一定是橋下幫派的插手鬧事，跟他完全沒有關係，根本只是對方隨便找個藉口，應該也是因為我們沒有搞清楚保護費的行情，並且這種事情就算找警察也是沒用的：「因為這就是社會裡面的真實行規，大家都是要遵守的啊！」

惠君還是信不過他的話，會問：

「阿你可以老實說，這件事情真的都和你沒有任何關係嗎？」

「有什麼關係啊？你自己說啊，會和我有什麼關係？」

「如果沒有關係的話，那些人為什麼要說是你欠了他們錢？」

「這話是他們說的，又不是我說的。你就去問他們為什麼啊，問我有用嗎？」

唯實這時其實已經國中畢業，因為聯考沒有考好，沒有學校可以念，就只是在補習班準備隔年的重考，學費與生活開支都越來越大，會常常與惠君有著話語的衝突。

「你的錢到底都花到哪裡去了？要知道你現在是學生，並不是什麼社會人士，明白嗎？就是先把書念好去考試，然後進到一個學校裡面，最好學個什麼專長，以後也可以有個安穩的工作。然後，你到時想要怎樣賺錢、怎樣花錢的這種事情，可以都到那以後再說吧。而且真的到了那個時候，我可以向你作保證，我連一個小芝麻的事情，都不會再去管你的。」

「我哪裡有花什麼錢？就是最基本的一丁丁錢啊，別人每個禮拜的生活費，都要比我多好幾百，你們到底有清楚知道嗎？你是要我每天這樣辛苦的過生活，然後還妄想我要考得贏別人嗎？」

「阿你現在是在抽那個菸做什麼？不要以為我不知道。還有幹麼去訂做那些花褲子和襯衫，這是跟考高中有什麼關係？你想要交女朋友並不是不可以，但是你也先把現在的當務之急，都先稍微處理好，再去想這些有的沒的吧？要是到時你什麼學校都沒得念，又沒有什麼專長跟出路的時候，你看看到時還有誰會想要跟你交往啊？我跟你講，人生可是很現實很殘酷的，人生絕對是會活活逼死人的。」

「你少跟我講這些人生什麼的，我自己以後的人生，我會自己負責。」

「可以，那你最好也給我記住你現在講過的話，不要以後哪天自己反悔了，再又回來跟我糾纏不清的。」

「我絕對不會的，你就放一千個一萬個心吧。」

「好，你就給我記住你現在講的話。」

唯實從小就不愛念書，也難於應付學校各種大小考試。反而，唯虛有時卻會顯現出令人期待的側目資質，譬如唯實初上小學的時候，馮正綱興致勃勃地要他背誦唐詩三百首，先是一日要背誦一首，但很快就發覺這是近乎不可能的事情，不管如何恩威並施，都完全沒有用，最後甚至連僅是要求一週背誦一首，也幾乎難以達成。

有一次，馮正綱近乎發怒地斥責著唯實，惠君在一旁都看不過去了，就過來勸他：

「有必要這樣生氣嗎？他不過是個小孩，他如果不愛念就算了，也沒有規定說非要背出這些東西，人生才會有出息的啊！」

「背唐詩三百首，就是最基本的功課。連這個都做不到，以後會有什麼出路才怪。」

這時，一直在一旁靜默不語、也完全還沒上過學的唯虛，就忽然走過來說：

「我來替哥哥背好了。」

就一字不差把整首詩背了出來，讓正綱與惠君完全震驚住。

唯虛後來確實也顯現出某種過目不忘的特殊記憶能力。因此，特別輕鬆就能應付學校的課業要求，讓對唯實有著失望感的兩人，似乎得到了某種安慰與彌補。但是，這樣順利學習的過程，在唯虛大約十歲時，卻忽然就中斷，一天唯虛沒有如期的放學回來，惠君等到天黑擔心，問了唯實又說不知道，就自己尋去學校，發覺唯虛一人留在教室裡，說是無法背出課文，被處罰留在教室裡背，什麼時候背好什麼時候才能回去。惠君立刻找到教師詢問，才知道這整個學期裡，唯虛都無法背誦出來任何課文，與之前的過目不忘，像是完全不相干的兩個人。

這事情嚇著了惠君，問唯虛究竟怎麼了，卻完全得不到任何線索，就只是說：

「沒有怎樣，就是背不起來啊。」

「可是你以前完全不用背，就可以什麼都記得的啊。」

「以前就是以前，現在已經就是現在了啊。」

「你自己想一下，到底是有發生什麼事情，才讓你現在忽然這樣了嗎？」

「沒有啊，什麼都沒有發生啊。」

那段時間，唯虛的功課與成績，就奇異的滑落下來，似乎無法尋求什麼補救。但是，有時又會顯示出來曾經的殊異記憶或演算能力，讓成績會忽然的亮麗起來，弄得兩人撲朔難明，最後也就只能聽任唯虛去自然發展。

惠君對唯實卻常失去耐心，甚至兩人針鋒相對。馮正綱私下會勸惠君：

「你不用那麼動氣的跟他說話啊。要知道雖然唯實個頭已經那麼大了，其實在心底根本還是個小孩，有些事情現在跟他生氣也沒有用，等時間到了自然自己會明白的。」

「你以為我喜歡管他，你也知道他要是再考不上學校，以後就是只有流落到大橋下或是菜市場裡，和那些小混混在一起的命了。」
「事情先往好的方向想吧！」
「還能往好的地方想？你知道再幾個月就要考試了，你看看他現在這個樣子，我有什麼本錢和功夫，可以往好的地方想呢？」
「就讓他先去考了，然後再說吧！」
「好，就聽你的。到時要是又落榜，你再來擔心著急的吧。」
「惠君，我其實有問過一些也是待過軍中的人，他們說其實不如讓唯實去念軍校，讓部隊學校去管一管，可能也是不錯的打算。」
「去念軍校？你自己不是一直最反對讓男人去從軍什麼的，怎麼忽然又會要唯實去念軍校了呢？」
「現在畢竟不比我那個時候，平日也沒有真的在打什麼仗，看起來以後究竟會不會打起來，機率和成分都不高。讓唯實去念軍校，也是因為我們兩人確實都管不了他了，他真的要去學壞，也沒人阻止得了的。不如就交給國家去管，而且我們的經濟狀況，看起來一時三刻也是好不了，念軍校不僅省了錢，他還自己有生活零用金可以拿，應該不算是什麼不好的決定。」
這樣一番說法，惠君似乎聽了進去。她就沉靜下來，想著的又說：「這樣講也是有道理。可是你覺得唯實……唯實他會同意這個想法嗎？」

「這當然就很難說了，畢竟他現在已經有自己的主見。終究會怎麼想，還是要問過他的吧！」

惠君另外尋了機會去問，出乎意料的，唯實完全沒有排斥這樣的想法，甚至說他自己本來就有這樣的打算：

「是啊，我自己也有這樣想過。你們也知道考高中什麼的，我的機會不大，就算去念個後段班的學校，以後還是要碰到大專聯考的，早死晚死大概都是死路一條。反正我天生就不是讀書的料，不如另外選別的路走。我也有以前的同學，就是去念了軍校，最近我還有碰到過，聽他說起來好像也並不太差，而且每個月都還有錢可以領。就算在裡面真的被別人整，或是日子苦一點，熬一熬應該挺得過去的。這樣以後的人生，至少算是有了保障，也不需要再去用到你們的錢。」

唯實對於整個回答的說法，讓正綱與惠君大為意外。而唯實最後考試結果，也真的讓他進了一所訓練低階士官的軍校去，沒多久就住入到那間位在外縣市的學校去了。

唯實升學的事情，算是初步有了好的安排。但是，讓惠君依舊懸掛難安的，卻是男人的身體狀態。馮正綱那次遭受的肢體碰撞，雖然讓他整個人塌垮下去，也因為醫院一直診斷不出什麼問題，就只好定時轉去巷口的中藥鋪，讓那個師傅幫他舒氣通血，慢慢做身體氣血的調養。

但是，馮正綱情緒的低落，卻還是困擾著惠君。她會問著：

「阿……爸爸啊，那個大兒子都已經去念軍校了，你的身體狀況，醫生也說不覺得有什麼大問題，你是不是應該打起精神，看要不要再把蘭花重新種起來，或者收幾個小孩來家裡教英文。你的英文學得這麼久，應該已經是很厲害的吧，也有一些鄰居的太太，私下都在問我這樣家教可不可能的呢。」

馮正綱就只是搖搖頭，說：「那種蝴蝶蘭的品種，現在已經到處都是，老早賣不了什麼價錢了，再去種只是白花錢而已。我學了一輩子的英文，也根本從來沒真正學起來，要去教學生應付考試，大概就是要讓人笑話而已。」

惠君沒有回話，也不再去做什麼堅持，因為在心底深處，她也知道男人說的是實話。就隨口訕訕說：

「兩個兒子都要大了，我們自己就學著放輕鬆些吧！」

「惠君，你知道嗎，我最近特別會覺得自己一事無成，根本完全是一個失敗的人生啊。」

「為什麼要這樣去想呢？人生哪有什麼成功不成功的，就大家一起認真把它過下去，我們大家都沒病沒痛、不缺飯吃也有床睡，不就是很好的人生了嗎！」

「我其實並不是在擔心我們兩個人，反而是會特別另外去想，像唯實和唯虛這兩個被我們生下來的小孩子，未來的人生到底會怎樣呢。我越來越覺得我根本就沒做好父親的角色，本來應該要我去承擔的責任，從來都沒有真正承擔起來，也沒有好好引導他們走上正路，讓你現在反而特別辛苦，還要挪出精神來照料我。」

「你不要這樣去想事情，這只會把你的心情弄不好去。而且，我並沒有覺得什麼特別不好的，我們家有床鋪有屋頂有牆壁、三餐吃得也不比人家差到哪裡，還可以平安的聚在一起，這就真的很謝天謝地的了，完全沒什麼可以抱怨的。」

「惠君，你真的是這樣子想的嗎？」

「是啊，為什麼不是呢？」

「我總覺得我們應該還可以過得更好一些，而且要不是我的身體這個樣子，一直拖累著你們，我們一家的生活，一定是會很不一樣的。」

「我不會這樣去想，我也不覺得有需要這樣去想。」

「惠君，所以你沒有怪我，你也真的沒有後悔過當初決定嫁給我嗎？」

「當然沒有，正綱，當然沒有。」

「真的嗎？」

「當然是真的，正綱。」

事實上，有件事情馮正綱一直隱瞞著惠君。就是在橋下事件發生不久之後，他還接了一通離奇的電話，對方用粗魯的喉嚨聲音，嘶喊著要找馮正綱。他小心回問著：

「請問你是哪一位？」

「哪一位？我跟你講啦，你給我認真聽好，只說一次不說兩次。我就是那個遠近馳名也名不虛傳的阿永啦，知道嗎，你知道了嗎！」

「哪一位阿永？」

「不用給我多囉嗦，好好給我聽好。就是，以後你最好不要再把你那些什麼蘭花的，再給我隨便拉出來賣，還有你家那個唯實的事情，你也識相一點少插手，懂嗎！還有，這件事情過了就是過了，你不要再給我隨便說出去，你要是說出去的話，後果就自己等著看吧！」

這一通突然出現的電話，讓本來身心失寧的男人，頓時更加覺得慌亂不安。他想著要不要告訴惠君，和她一起商量討論，看是不是要去警察局備個案什麼的以防萬一。後來反覆再想了幾回，還是覺得不要跟惠君說，一則以她直率的脾氣，應該更是要理個清楚不可，這樣恐怕只會把事情弄得更僵，甚至最後難以收拾，而且自己本來就不打算再去碰蘭花的買賣，也已經預備要把唯實送去給軍校管，自己不會再插手他的事情，所以事實上也沒有再去追究這通電話的必要。

但是，那之後幾個禮拜，只要是自己一人在家的時候，電話鈴聲要是響起來，都還是讓男人會心驚膽跳好一陣子。馮正綱對於自己的情緒竟然如此反應，有些意外也難堪，情緒因此益發低落下去。但是儘管如此，畢竟唯實還是已經遠離開這裡，有個安穩的環境會照顧著他，暫時確實可以先不必憂心著了。

# 5. 記憶與夢境（病者與傷者）

一切事物跡痕
存有我的記憶
恍如無名南風
拂開半掩夢境

兒子：父親，我很久沒有作夢了。
父親：為什麼？
兒子：不知道，也許是不需要了吧！
父親：不需要，為什麼會不需要？
兒子：夢是必要的嗎，父親？
父親：應該是吧，每個人都會作夢的。

兒子：是嗎？那你自己呢，你最近做了什麼夢？

父親：最近的夢？說真的，我記不起來了。

兒子：如果記不起來的夢，依舊還能算是夢嗎？

父親：兒子，這已經太複雜了，我無法回答你。

兒子：父親，對於我的誕生出來，你那時會驚訝嗎？

父親：驚訝？不會啊，為什麼會驚訝。而且你的誕生完全不是突然的，中間還有經歷了十個月的等待，我們可以說是完全準備好你的誕生了。

兒子：母親曾經多次訴說了其中的艱辛，甚至一度她還有想放棄這次生孕的念頭。就我所知，似乎我究竟會不會最終被誕生出來，一直是你們在過程中無法確認的事情。

父親：是的。你的受孕與懷胎過程，比起你的哥哥要顯得艱難許多，而原因究竟為何，其實我們到今日也依舊不能真正明白。我們詢問過各種不同的醫生，有的建議留著、有的卻建議流掉，讓我們徬徨無章。最後是你的母親說她得到了一個神祕的訊息，說應該要把你誕生出來。

兒子：母親得到神祕的訊息？可是，父親你不是基督教徒嗎？怎麼還會相信這樣不明來源的訊息，尤其，這訊息又竟然不是透過你得到的。

父親：兒子，我確實並不相信這訊息的真確可信。但是，當時我也已經全然不知所措，對於究竟當讓你誕生出來與否，完全失去判斷的自信與勇氣。

兒子：因此，你就決定相信母親得到的訊息。

父親：可以這麼說。

兒子：所以，對於我究竟當不當被生出來的判斷，關鍵是在於信心的有無，而不必然是訊息來源的真假。

父親：可以這麼說的。但是，關於所謂的訊息，我並沒有任何的成見與反對。同時我當初也理解到，你的誕生與否其實真正關乎的，是你母親的意志與決心，而不是我的建議與看法。

兒子：那你現在後悔嗎？我是說，你後悔選擇相信了母親接受到的這個未知訊息嗎？

父親：我並沒有真正在意，我只是因為自己的膽怯，而放棄做決定的權利。而你的母親當時所顯現的信心與力量，都遠遠比我更要強大，因此我只是自然地讓她做了最後的決定。

兒子：那你現在相信那個訊息的真假、以及或許有其他訊息存在的可能嗎？

父親：我無法回答這個問題。我曾經懷疑我信仰以外，任何其他真正力量的真實存有，但是隨著我年紀與際遇的增長，現在我越來越不確定自己曾經堅持的所在為何了。

兒子：那麼……父親，你會擔心我的過往與未來一切嗎？

父親：會的，一直都會的。

兒子：為什麼？

父親：兒子，你從出生下來，就一如預料的多病而且難照料。我與你的母親一直都有著清楚的感覺，你隨時就會離我們而去，像一顆微弱星子的忽然隕落。也因為你天性的不愛言語溝通的個性，更讓我們時時被你隔離在你的世界之外，完全無法理解與猜測你的心思何在。

兒子：我確實一直體弱也不愛言語，但關於這樣特質的差異，其實到了很晚以後，我才開始有些自覺與明白。

父親：你一直是個與他人不同的小孩。

兒子：我記得你曾經帶我去爬山，似乎想藉由登山的繁難過程，來鍛鍊我的身體與意志，並尋找機會與我相處溝通。

父親：我完全不記得有這樣的事情了。

兒子：是的，我們曾經一起登過一次山。那是在一個週日的早晨，我們相約在天未亮就起床，我與哥哥都掙扎難以起身，你告訴我說到達山中的溪谷之後，就有潤滑溫暖的溫泉可以洗身，我因此決定起床與你一起上山。而哥哥依舊無法起床來，最後他就放棄了與我們共有的登山計畫。

父親：我完全不記得這件事情。

兒子：那你想聽我敘述那次登山的過程嗎，父親？

父親：好的，兒子。我想聽你敘述登山的過程，也許可以喚醒我消逝的某些記憶。

兒子：那山徑的入口相當幽微，只是路邊一個向坡面走下去的狹窄石階梯，甚至還掩蔽在叢草中，只要一個不注意就會錯身過去。我跟著你走進去這個陰暗蔽蓬的路徑，其實心裡充滿了恐懼。你走在我的身前，我問你這山徑最後會引導我們去到哪裡，你說就是那個傳說中有著碩大苦花魚的溪畔。我並不知道苦花魚到底是什麼，也其實並不好奇任何關於溪流或釣魚這樣的事情，反而一直思考著究竟會是誰人要在這樣的密林裡，闢出來如此一條隱藏難以辨識的窄徑？以及，究竟這樣平凡的一條土徑，真正意想引導的去處，又會是什麼呢？

父親：那麼，後來你知道答案了嗎？

兒子：是的，我日後確實去圖書館翻閱書籍，找到一條應該是我們當時走過的古道。那是泰雅族昔日的狩獵祕徑，最終去處是那個傳說中的神祕獵場，據說在那裡溪水翠碧透底，手臂大小的游魚自在穿梭，微風吹拂林木旖旎，鹿群山羌和樂徜徉其中，就連蔬果花木也都隨手可得。

父親：所以，那是一條通往幸福祕境的暗路嗎？那麼……我們兩個人，最後有去到了那裡嗎？

兒子：當然沒有。

父親：為什麼呢？

兒子：因為那個祕境的真正去路，已經無人可以再尋得。

父親：可是所謂的祕境，不就在古道的終點嗎？

兒子：在過往百年的幾次大風雨後，古道就逐漸斷絕了。研究的書籍裡說，古道後來岔成兩條路，一條通到溪畔就忽然消失，另外一條在幽林裡迷失方向，連泰雅族現在最好的獵人，也難以辨識出消逝前的過往跡痕。

父親：也許是他們蓄意讓古道消失去？

兒子：你是說這是誰的蓄意？是泰雅族的獵人嗎？還是，那不可知的神明？或者，是我們這樣絡繹不絕、卻又不知目的為何的登山者？

父親：我不知道，我只是隨心說出口的。

兒子：你希望我繼續敘述那次的旅程嗎，父親？

父親：當然，兒子。抱歉打斷你了。

兒子：我一直緊緊跟隨在你的身後，很害怕你的背影會從我的眼中消失去。陽光這時隨著日頭的出現，也漸漸明晰起來，一隻美麗的雉雞在我們眼前的山徑撲翅而起，她生養的那群小雞立刻各自竄藏入草林裡掩藏。我忽然覺察到肚腹的微微絞痛，你說我可以步入路旁的草叢，把肚腹裡積累的那些污雜遺物排除去，應該就會舒服許多：「慢慢來不用急，我會在這裡等你。」我一蹲下去就被四圍叢草掩隱，聽見雉雞禽鳥啼叫忽遠忽近，想像這山林究竟居住多少生靈動物啊？覺得有股寒氣襲過外露的白晢屁股，彷彿頓時我已經成了幽暗密林的耀目焦點，因而想著會不會有什麼隱身窺視的動物，即將穿爬出來惡意咬噬我的身軀。焦慮於是增高起來，便微微呼喚你的名字，卻聽不到任何應答聲音。我匆促排泄出來肚腹積累的餘物，聽到嗡嗡嗡蒼蠅成群飛繞過來，倉皇間拉起褲子跨出來草叢，卻發覺已經尋見不到你的蹤跡。其實到日久後來我才終於明白，我一直有著或將會忽然失去你的恐懼與預感，或許會是在這樣閉天的密林裡，或許是在我們日常的生活中，或是在一個盛大的慶典饗宴裡，你就必將突然命定地消逝去無蹤影。而這樣失去你蹤跡的想像，曾經長時間成為我焦慮的源處。

父親：你知道我不可能拋棄你不顧的，你根本完全不需要這樣去想像。但是，為何我那時會失去蹤影，那時我究竟去到了哪裡呢？

兒子：你再次回返來時，說你忽然記起來這附近曾經茂密生長著鮮嫩山蘇，就決定在等待的時候，去探詢看這些山蘇依舊還在嗎。然後，我問你究竟有找到任何山蘇嗎？你露出失望神情說：沒有，什麼東西都沒有了，連一棵像樣鮮嫩的山蘇都找不到了。你並沒有察覺我那時猶然驚慌不定的神色，也不明白我的心情究竟所在何處，只是即轉身繼續我們的步行路程，並且反覆說我們得要走得更快一些，免得回程時天色暗去難行。父親，我一直不明白為何你會想要引領我與你共走這樣一段辛苦的路程，雖然你不斷反覆敘述前方遠處的風光美景是多麼難得可貴，我卻時時憂慮著舉步的辛苦與危險，也思索這樣自勞艱辛的行為，究竟是有終究為了什麼嗎？

父親：這路程真的有如你述說的那樣艱苦嗎？

兒子：對我而言，路程的真正艱辛，並不全然在於時間與路程的漫長，或是終點何在的不可預知，而更是在於步履的戰戰兢兢。因為前夜襲過的一陣豪雨，使得那日的路徑泥濘窒礙，我屢屢覺得自己寸步難移，因為彷彿我隨時即將滑落那深淵般的溪谷，並不斷想像自己墜落時的可怕形貌反應。

父親：你不當去想像那永不會出現的答案與現象，那是魔鬼的陷阱與詭計。

兒子：我望著你的背影越走越遠，心中疑慮漸起。雖然你的確有幾次回頭來看望我，以鼓勵與寬慰的殷切眼神，鼓舞心神逐漸疲乏的我。但是，我對於這樣一趟旅程的安排，越來越是懷疑與憤恨，甚至心生放棄的念頭。我們那時都彼此知道，再來的選擇只有繼續共伴前行，以能到達你所宣稱的美妙溪畔，然而我也暗自思想著，是否我只能依循你所帶引這唯一的路徑行走，是否可能會有另一條屬於我自己的祕密暗徑，忽然為我一人顯現出來？因此，我便讓自己微微抖動的雙腿，逐漸放緩輕鬆下來節奏，不理會也不懼怕你的背影是否將要消逝無蹤影，因而決定真正依照自己的路途行走，而不是緊隨著你的步伐不敢放撤去。

父親：難道我並沒有停下來等候扶持你嗎？難道我就自己一人繼續前行嗎？以及，因此我們就漸漸分途岔路，讓你一人落單於無人的路徑中嗎？

兒子：我告訴自己必須先忘記去這是一趟我們兩人共同的旅程，要堅定相信從一啟始這就是我一人自主的行動，這與你最初的提議、安排與引導皆無關係。正就只是我的心意與命運，促使我步上了今日的一切結果，並與你絲毫沒有任何必然的因果或關聯。所以，我不必遵循你為我設定的姿樣、節奏與終點，而可以更顯自在地想像與享受所有發生在我身上的一切事蹟。並且，就從那一刻開始，我才似乎有辦法忘卻一直縈繞我不去的失足恐懼，而得以真正去觀看與聆聽周遭的一切，彷彿新生嬰兒對撲身來的凡事凡物都能覺得歡欣顫動。

父親：那你後來究竟觀看與聆聽到什麼了呢？

兒子：首先，必須承認當我意識到我們不再有必然連結的時候，我立刻感受到前所未有的孤獨感。先是不知如何投注自己的目光，也不知應該去聆聽什麼，當我已經習慣以你做為路程中唯一訊息源處，而忽然這樣的失去你的身畔依靠，確實讓我覺得有如一名盲人與聾者，處在全然黑暗封閉的狀態裡。然後，我即像一個等待被啟明的人、或是盼望被啟聽的人，開始探詢著這個神祕森林的一切。我逐漸注意到地上鑽進鑽出昆蟲們的勤奮聲響，樹頂微風與翔飛來去鳥隻的撲翅節奏，甚至遠處草叢雉雞對四散小雞殷切的回返呼喚，都忽然變得纖纖清晰貼身歷目。原本對我隱藏自身的周遭一切，彷彿都聽到啟幕鑼鼓紛紛向我亮相出場來，既且細微又豐富。父親，正是因為身處在這樣絕對的孤獨狀態，我發覺自己竟然能打開封閉已久的內在沉重門扉，而得以進入到一種想像與真實無所別的處所。在那裡，所有的不幸似乎都能得到當有的慰藉呵護，不管是宿命、貧苦、困境、勞動、殘忍、拷打、暴死以及疾病，都終於能夠得到應有的護持與安慰。而類似這樣一切因襲而得的困頓與不安，我在過往雖然也曾殷勤的發出無聲呼喊求助，卻完全被那樣浩大滿盈的無邊沉默所吞噬，不曾得到任何眷顧與回應，因此逐日失卻掉重獲聆聽樂音的能力與信心，甚至只能聽任自我去流亡失所。

父親：兒子，你不害怕自己會因此迷路了嗎？

兒子：我確實因為失去你，而覺得自己一無所適。但也正因為這樣，我似乎才終於得以在這陌生的萬物中，找到一個如何身處的適當位置，並能開始聆聽到各樣有如呼喊般的真實聲響。有時候真實世界的一切讓我懼怕無依，幽靈般悄悄出現的想像與呼喚，卻立刻會協助我安然穿越危境，有如雖然目睹森林已然四處失火，卻見到萬物眾生依舊能平靜無擾的沉著走動，安全無恙避開這襲來的烈火災難，彷如什麼神祕奇蹟的顯現。我發覺我並不需要依從你的指引以得到方向及安定，僅僅只是順從內在的細微聲音，來探照我前行時的路跡，就似乎可以步入坦途。此時選擇與跟隨已然不再對立，我以著看似極其平常也完全不引人注目的微小舉動，便似乎可以砍斷所有臨來有如巨木般的困難險阻，並終於安抵那美好的溪谷地。

父親：兒子，我現在已經迷失在你的話語裡了。我完全無法分辨你的敘述裡，何處是真實、何處是想像，這令我擔憂與不安。那麼，你究竟有再次與我會合嗎？以及，我們有一起抵達那個我們原本共同期待的溪流河床嗎？

兒子：有的，父親，我們各自最終都到達了那個溪流谷。但是，當你到抵時發覺我已經安息靜坐那裡，並且衣服身體皆乾淨無穢，與你的疲憊骯髒如此相異，因而顯得極度詫異不能相信。你問我來時的路徑為何，我描述我方才跨經過四條相異大小的溪流水澗，與那片碧色竹林裡喧嚣不能止的猴群，還有昨夜坍落只餘游絲窄徑的山壁，都與你的路徑完全無所差異。

父親：你如何能夠迷失在我的身後，卻終於又超越在我的身前抵達呢？

兒子：父親，因為你的雙足只能行走於現實裡，我的步伐卻總在現實與想像間迷失撲朔。你認為一切皆有其必然性，我恰恰認為那自以為的必然，正是阻擋真實存在的綿密簾幕，若不先戳穿破這阻隔的高牆厚壁，想像將無從發生著床，路途也因而必會遙遠，至終我們也必定無法真正合一。

父親：兒子，我開始擔心你是不是病了？

兒子：父親，我不是病者。你才是生病的人，我只是一個受傷的人。

父親：病者與傷者有什麼不同？

兒子：病者只剩餘著記憶的能力，傷者卻依舊可以依賴夢境過活。記憶本是屬於人間塵世的，一如真理只能屬於死亡；而夢境與想像同樣有著神性的翅膀，是蒙受到天使祝福的，也有能力到達那急湍河流的彼岸。

父親：但是我的確也依舊還是能夠作夢，雖然我時時不復記憶。你願意聽我述說我的夢境故事嗎，兒子？

兒子：當然好啊，父親。

父親：我曾經夢見過自己是一株巨大的蝴蝶蘭，而你們所有與我相親的人，全變成了蜜蜂與蝴蝶，只是不斷飛繞著我，輕輕沾一下我的身軀，把我身上最好的花蜜全都吸走。然後，你們就又全部飛走遠去，讓我就一個人獨自凋謝去。

兒子：有如死亡那樣的凋謝去嗎？

父親：是的，就是像死亡那樣的凋謝去。

兒子：……。
父親：我另外還有一個夢，你還要聽嗎？
兒子：好的。
父親：我夢見我病得很嚴重，而你的母親對我的疾病，感覺到與自身牽連的巨大愧疚，認為這必是她的過錯導致。直到有一天，她自己也染了同樣的重病，才覺得鬆了一口氣，不再對我有任何虧欠的罪惡感。
兒子：喔，是的。母親確實總是擔心著你的身體健康啊！
父親：你的母親總是懷抱著對我們的歉疚感。
兒子：是的，父親。……你的夢境非常的真實啊！
父親：然而，和你登山的記憶相比，我的夢境顯得既單薄又無趣。
兒子：我的記憶是與我的想像相通，你的夢境卻僅是遲遲無法展翅的現實。因此，我們必然會著落在不同的土地上。
父親：兒子，在你敘述的時候，我不禁想像著我們難道在各自登山的路途中，並不曾有發生過任何爭執嗎？
兒子：父親，你是對的。我們在路途中確實發生各樣大大小小的爭執。
父親：兒子，你為何不對我敘述這些細節點滴呢？
兒子：父親，這些爭執最終都是無益的，而且必須等待記憶與時光的洗滌，才可以被我們真正的共同分享。現在我猶然無法對你做敘述，因為它們尚未找到自己各自的模樣與話語，因此無法顯身出來至終的真實本樣。

父親：兒子，你會和我再一次這樣的一起登山嗎？

兒子：父親，你現在已經相信關於這個登山的記憶，確實是真實的了嗎？

父親：我並不能完全確認。我一直感覺得我只是在分享著你的夢境或想像的一部分，並沒有真正自己親歷登山的感受。

兒子：希望有一日你會覺得其實是我在分享你的夢境或想像的一部分。

父親：我只是希望我可以不必堅持走在你的前方，可以有時帶領你、有時則被你帶引，甚至可以走進唯有你見到的那片風景裡面。我也希望你不總只是見到我的背影，而可以看見我正面迎向你的模樣，並最終與我攜手一起到抵那個豐美的溪畔青草地。

兒子：父親，我也深深期盼這一日的到來。

父親：兒子，你是否記得在這次登山的那時，你究竟是多大了呢？

兒子：父親，我無法正確的記得。在我的記憶中，我既是嗷嗷待哺的嬰兒、又是頑皮難羈的小孩，是亭亭長成的青少年、也是堅實茁壯的成男子。

父親：那麼，我呢？

兒子：父親，你卻是持恆不變的同個模樣。我無法清晰描述你的形容，因為我總只是見到你的背影，而且你偶爾回眸顧視我的時候，也總是逆著刺目的陽光，讓我只能見到模糊不定的輪廓。我唯一能確定的是你灰白相雜的兩鬢，你說話時雖顯嚴肅、其實暗藏溫柔的語調，還有雄渾壯碩、讓我心生安定的那座肩背。

父親：我願永遠是你記憶中的這個模樣不改變。

兒子：父親，你的模樣是無法改變的。

父親：兒子，你在這次登山的過程裡，是否有學習到什麼嗎？

兒子：父親，我確實明白了許多事。首先，我不再害怕幽蔽不明的隱藏路徑，也不會再時時想像自己迷途幽林的驚慌模樣，或是必將失足落谷的事實，而可以放鬆心情隨著路徑的引導自在前行。因此，為何必須要如此艱辛地與你共同登山的真正意義，也不僅止於期待抵達終點時的歡呼，而更是享受著路途過程的所有聆聽與對話，就譬如我逐漸聽得到那遠近重疊的鳥鳴叫聲，牠們彷彿有意識地在進行一場和諧的整體鳴唱，與我之前無知地以為牠們單調突兀各自鳴唱的印象，是完全徹底不一樣的。在這樣整體的鳴唱裡，每一個聲音都有著自己獨特的聲階與位置，但是卻又能在整體的大統一裡，讓自我消融於無形，是一種個體與統一的和諧共存。

父親：你覺得這樣的整體鳴唱，就是為了你的聆聽而存在的嗎？

兒子：父親，一初始我確實是這樣感受，但立刻我就發覺並不是這樣。因為我應該也是要有能力處身在這片鳴唱中，而不該總是成為那置身事外的聆聽者。我必須讓自己學習如何能夠有如一隻新到來的鳥雀，立刻能輕鬆自在地發出自己最誠實嘹亮的聲音，並與他人的所有聲音融洽地合而為一。

父親：所以這一切的鳴唱，都是為了誰的聆聽呢？

兒子：我還不能知道答案究竟為何，父親。我似乎感覺得到有真正聆聽者的另外存在，但是我無法確切地指出來那是什麼，那似乎是一種寬大無邊、能涵蓋一切的溫暖狀態。而那個隱身的真正聆聽者，應當即是那擁有愛的最大包容者。所以，最後的和諧與完整鳴唱，也許都是為了這樣不可見的聆聽者，我僅是一個祈求能加入整體的鳴唱者。

父親：所以，你一直期待被包容與納入嗎？

兒子：是的，可以這麼說。

父親：兒子，我現在開始有些羨慕你的登山過程，以及顯得如此豐碩歡愉的收穫了。

兒子：父親，你也可以是那和諧與完整的一部分啊。

父親：真的嗎，兒子。你真的相信我也可以是那完整狀態的其中一部分嗎？

兒子：當然，父親。

父親：兒子，那你真的會願意再一次和我一起去登山嗎？

兒子：我深深期盼這一日的再次到來。

兒子：父親，對於這次的登山，只有我和你同行，你會不會覺得遺憾？

父親：你是說你的哥哥這次並沒有共行，我會不會失望嗎？

兒子：是的。

父親：完全不會，我一點也沒有感覺到他的不存在。你為什麼會這樣問呢？

兒子：因為我似乎感覺到這次的登山，已經不僅止於攀爬與征服，而更在於我們間一直匱乏的對話，得以藉此來試圖重新建立。而對於這種相互溝通的需求，我也感覺到我的哥哥對於你的同樣渴切。

父親：是嗎？但是你說過正是他自己放棄了這次的登山，並非你我或任何人的蓄意排拒。你和你的哥哥原本就是極為不同的人，如果你們會選擇不同的行走路徑，或是分岔出不一樣的人生去向，我完全不會覺得意外。

兒子：那你會想與我的哥哥也做一次這樣的登山嗎？

父親：兒子，我們兩人這樣登山的成立與存在，其實全是在你一人的心念裡完成的，我並沒有主導任何事情，也可以說我只是一個被你邀請的共行者。因此，你的哥哥是否會與我共同登山，並且一起到抵最後的終點，應該也是全部存在於他的心念裡面，不是我的意識所能決定的。

兒子：那你覺得你確實有和我一起完成了這次的登山嗎？

父親：兒子，我真的希望我確實有與你一起完成了這樣的過程一切。但是，同樣的我也無法確切回答你的問題，我覺得你才是真正明白答案為何的人。

兒子：父親，你確實那日有與我同行登山。

父親：真的是這樣嗎，我的兒子？

兒子：真的是這樣的，我的父親。

父親：兒子，那麼你會希望有朝一日，你也能與你的哥哥一起登山嗎？

兒子：父親，是的，這確實是我的願望。

父親：兒子，我也希望能見到你們的共同登山啊。

兒子：父親，你會擔心我的人生一切嗎？

父親：會的，一直都會的。

兒子：為什麼？

父親：因為，我完全不能明白為何自幼小起，你就看起來滿臉憂愁？我與你的母親都十分擔心，也因此自責是否因為我們曾經無心做錯了什麼，所以導致了你一直的不快樂。

兒子：我並不是這樣的不快樂。

父親：那你顏面的憂愁，究竟是為了什麼呢？

兒子：父親，自從我有感知的幼小以來，就一直預感著某種殘缺與不完整的存有，而且團團環繞著我與你們的四周一切，完全無出路也無可逃脫。

父親：兒子，你究竟見到了什麼殘缺、以及什麼不完整呢？

兒子：在我聆聽與學習的過程裡，所有對於這世界的一切描述，我都見得到一種強行捕捉的假象，有如對於那月陰所缺掉的形貌內涵，某種無法自制的任意解說，甚至自我暗示著這月陰的不存有，以及其實月亮依舊持恆明亮完整如舊。

父親：這是一種自我欺騙的過程嗎？

兒子：應該更是不自覺的沉溺，與某種逐漸昏醉漂流的過程。

父親：兒子，我應該明白你所要說的是什麼。但是，所謂的不完整與殘缺，可能就是生命不可迴避的本質，因此也不需要去特別在意啊！

兒子：父親，我並不是在抱怨什麼。我只是因為認知到這個事實，覺得有如認知到月陰的必然存在一樣平常，因此特別驚訝眾人對於這樣顯而易見的事實，為何竟然能夠如此頑固的拒不接受。

父親：月陰總是會引發人們內心的擔憂與恐懼啊！

兒子：月陰所以出現，自有其原因所在，我們無可解釋，或許也不需要解釋。

但是，也不該如此目盲般的完全視而不見。

父親：兒子，那你會懷念月圓的日子嗎？

兒子：是的，父親。我懷念在那久遠以前，我們曾經共有的月圓時光。

父親：那你相信那樣的時光，會再度重新回返來嗎？

兒子：當然會的。父親，當然會的。那樣的時光，必然會再次重新回返來，而且必然會以著榮光滿溢的形貌回返來，我對此毫無任何疑慮。

父親：所以，你並不是如我們所擔憂的那樣不快樂？

兒子：我不知道我是不是真的不快樂。我只是按照我所認知的道路行走著，我不會用快樂或不快樂來做自我描述。

父親：兒子，你是這樣的與他人殊異，有時候我和你的母親會覺得我們非常不了解你，甚至會感覺你其實距離我們非常遙遠。因此，也不免困惑為何你竟然會成為我們共有的小孩。

兒子：父親，我不知道應該如何回答你。

父親：也許一切皆有其猶然隱而未顯的緣由吧？

兒子：是的，父親。

兒子：父親，你為何不詢問我關於最後溪谷青草地的景象模樣呢？

父親：就是那一片最終的美麗溪谷青草地嗎？

兒子：是的，就是你最初希望帶領我到達的去處啊！

父親：我們真的有一起到達了那裡了嗎？

兒子：是的。

父親：你可以為我描述一下那裡的景色風光嗎，兒子？

兒子：好的，父親。那溪谷確實如你承諾般的風和日麗，鳥鳴聲不斷迴盪在山谷裡，蝴蝶與花朵都歡欣迎接我們。你雀躍地奔到溪邊，解去你的所有衣物，有如一尾乾淨的新生魚隻，立即躍回入返溪流水中，載浮載沉穿梭來去。我有些膽怯探望著這一切的發生，並不斷環顧四圍的每個浮露細節，意圖與你過往對我陳述的美景相印證，發覺一切確實皆歷歷如真，完全沒有任何虛妄與欺瞞。忽然，我明白了所謂相信與懷疑，原來皆是源自同一處所，也就是說，其實並沒有所謂的真實與虛假，沒有什麼所謂的對立，也沒有二者的合一，你我眼前所見的一切，即正是真實、也同是虛假。然後你忽然憤怒自水中出身，也不避諱我望著你淋溼無掩的裸軀，對我喧囂說：「可惡，太可惡了。」我問你究竟究竟發生了什麼，你遞給我手中一尾死去泛白的弱小魚隻，說：「可惡可惡，他們又來毒殺溪裡的魚群。」我再次問你究竟到底發生了什麼？你說：「他們總是會在無人的暗夜裡，來放毒獵殺溪裡的魚群。」我問你究竟他們是誰呢？以及，為何他們要這樣殘暴在暗夜廝殺無辜的魚群呢？你說他們會把毒死的大魚隻，賣給山下的餐廳煮食，小尾不堪用的則放逐隨著溪水流走。我說你以前就見過這樣的景象嗎？你說是的是的當然有見到過，總是屢屢會遇到這樣屠殺後的悲慘形狀。我問你：「那為何你依舊堅持要帶我親來到這裡，並且還不斷告訴我此地的美好無瑕呢？」你說：「兒子，那就是為何我必須不斷一次又一次地反覆再度回來這裡的真正原因啊！我總還是希望這樣的死亡與屠殺，其實並沒有真正的發生過，而只是我以往昏鈍的錯誤想像與猜測。」我說：「所以，你原本希望我陪你來到這溪谷見證美好的真實存有，卻反而遺憾地讓我們再次同見到殘暴與貪婪的無所不在嗎？」你說：「兒子，是的是的。」我說：「那這一切的因果與不幸，就真的是你登山的目的與所願嗎，父親？」

父親：兒子，這絕非我所願，這絕非我的所願。

兒子：父親，你應該要對你初始的信念，有著亙古難移的堅定態度，不可以心存懷疑與猶豫，否則你就必會這樣反覆一次又一次的不斷登山，並且持恆陷入自我失望的混淆與憤怒中，甚至因而永遠見不到那溪谷青草地的真正美好存在。

父親：兒子，我明白你的意思。

兒子：父親，你記得在我們到抵的時候，你那時驚訝地望著我說：「兒子，為何你歷經這樣艱困的路途，卻依舊衣履如新呢？難道你沒有在途中顛簸失足、沒有陷入那條泥沼河流，因而毀損污穢了你的衣裳嗎？」

父親：是啊，為何你不顯骯髒？

兒子：為何會骯髒呢？

父親：登山必會讓身體骯髒，這是必然的事實。恰如我自己的衣履，在每次的登山攀行後，必定如此污穢難堪。

兒子：是的，父親，你在旅途的終點，確實看起來艱辛疲倦、困頓也蹣跚。然而，我們不正是要來赴宴這溪谷的美好等待嗎？污穢難堪的衣著，確實會使得這樣的期待、以及先前一切的努力，都顯得白費與徒然。

父親：是的，我能明白到抵溪谷時，讓自身回復潔淨的必要。那麼，你為何能始終如此潔淨呢？

兒子：父親，我不能回答或告訴你這原因究竟是為何。

父親：是你原本就是潔淨的，而我就是髒污的嗎？

兒子：父親，我不能回答你這個原因究竟為何。

父親：兒子，你有忘記了對我描述的什麼登山過程的細節嗎？

兒子：是的，父親，你是對的。我確實有一段過程尚未對你做出描述，你還願意繼續聆聽嗎？

父親：當然，我的兒子。

兒子：在我步伐跟隨你的過程裡，忽然起了一陣濃霧。這陣濃霧像幽靈般從深遠的密林裡，慢慢惚恍游移屏息探身過來，並伴隨著乳白如牛奶的濃稠雨霧，迅速包圍了我們與周遭的一切，也使得我們無法再看得見彼此的存有。

父親：我並不記得有見過這樣的白霧。

兒子：我先是慌亂呼喚著你，害怕我們將失去彼此間依賴的共行連結，甚至因此遭遇到什麼隱身暗物的突然攻擊。我可以感覺得你確實就在我前方的某處，但是又不免時時揣想著我或將會永遠失去你。

父親：我難道沒有停留腳步等候你，或是與你一起攜手並行嗎？

兒子：我那時湧現的無助恐懼，被必須只能向你求救的羞愧覆蓋，使我無法張口對前方的你呼喊說話。我努力在忽聚忽散的濃霧裡，辨識出你那時隱時顯的身影，並藉此確認我依舊是跟隨著你的腳步沒有迷失。

父親：我為何沒有停留腳步等候你呢？

兒子：其實那時最讓我感到懼怕的，除了是你的忽然消失外，還有整個森林忽然的靜謐，彷彿所有生靈都預感了某個訊息的即將來到，因此全部屏息的靜候聆聽。我那時能夠聽到的唯一聲響，就只是我雙足在潮溼地面踩踏的噗嗤節奏，以及我半因勞累半因緊張的急促呼吸聲音，此外一無所知所聞。

父親：那時我在哪裡呢？

兒子：父親，這樣的濃霧不僅逐漸覆蓋掉原本你我間的實質連結，更是讓我墜入到這片乳白迷霧的想像裡，逐漸處身步入到獨自無依的狀態。後來，我發覺我其實已經忘記我們必須亦步亦趨的早先約定，也如同密林裡的其他生靈一般，開始豎耳屏息靜待著什麼訊息的即將宣布。

父親：你終於有聽到這個訊息的宣告嗎？

兒子：我那時已經開始嚮往著什麼未明訊息的出現，因此不再對於繼續襲來濃霧心生恐懼，甚至會蓄意往著濃霧源處行走進去，彷彿聆聽到什麼美妙召喚，而歡欣應答前去。

父親：那時候我究竟在哪裡呢？

兒子：父親，那時候我已經全然忘記你的存在，也不覺察這本是我們兩人的共同登山旅程。

父親：所以我就這樣失去了你嗎？

兒子：並不是這樣的。我從對你的深深依賴、到被濃霧包裹的恐懼，慢慢地意識到聆聽另外聲音的可能。並且，藉此感知明白這樣全新的聲音，其實正與我內在海浪波濤的澎湃起落，其實更加地和諧共振，也能讓我更是覺得安寧平靜。

父親：所以我最終失去了你嗎？

兒子：並沒有的，父親。後來濃霧忽然散去，陽光再度從樹梢林間穿射入來，讓我看見你其實仍然走在我的前方不遠處，以著同樣的步履低頭行走，彷彿完全沒有覺察到剛才那陣濃霧的到臨與消逝。

父親：這陣濃霧的出現與消散，對我們有什麼重要的啟示嗎？

兒子：是的，父親。正因為這樣濃霧的出現，才讓我理解到必須有開始行走自己路徑的決心。

父親：我明白你的意思。

兒子：父親，你會介意我這樣中途離你而去，自己尋求另外的行走路徑嗎？

父親：並不會的。

兒子：為何不會呢？你難道不會覺得擔憂或憤怒嗎？

父親：不會的。因為我清楚知道，無論如何，我們終於還是會在那溪谷河畔重聚相遇。

兒子：是的，父親。

兒子：父親，你有曾經想過放棄這個饗宴，並且離開這美好溪谷，繼續走入前往泰雅族人那昔日真正獵場的最終所在嗎？

父親：兒子，那是一條非常困難的路徑。我不知道我們兩人能否完成這幾乎不可能的使命，那是需要有著全然的神聖與祝福的。

兒子：那麼，你就甘心滿足於接受這樣反覆入林，卻發覺自己又再次被欺騙的旅程嗎？

父親：兒子，我不覺得我有在欺騙你。

兒子：父親，也許我們都一起被欺騙了啊！

父親：那個神聖獵場是難以到達的，兒子。

兒子：但是，你為何總是不願去嘗試呢，父親？

父親：也許因為嘗試終究也是無益的，兒子。

兒子：但是，我們必須繼續相信那獵場的真實存在，父親。

父親：兒子，我無法回答你對這件事情的想像。但是，你會不會自己某一日決定自行前往嗎？

兒子：父親，我不知道。我確實有聆聽與預感到某種未明破曉的呼喚與召喚，這也有如對於陰晴難料明日路徑的盲目期待或點燈照路，我完全不敢雀躍也不敢放棄。

父親：我已經預感到你的即將前行，兒子。

兒子：你會給予我餘生路途的祝福嗎，父親？

父親：兒子，我願意給予你最豐盛滿載的一切祝福。我希望正因為你過往的能夠一度聾啞，而得以聽聞得到最終所有真正的聲音，並辨識出來每一條岔徑的真偽取捨，也能因此得到密林裡眾神明的庇佑，順利避開所有困難險阻，並到抵那片真正美好的神聖獵場。

兒子：謝謝你的祝福，父親。

父親：我同時期望你的純真與善良，就是最終帶引你到抵那片真正美好神聖獵場的一盞明燈，即令是必須穿越這樣一個被諸神詛咒的叢林時代。

兒子：父親，我的明燈承襲於你。因此，我必將在那裡等候你，不管人間要終究如何詛咒諸神、或是諸神決定如何踐踏人間，我都必在那裡等候你的到來。

父親：兒子，謝謝你對我所持恆具有的信心。

兒子：關於未來的路徑，你會給予我祝福嗎，父親？

父親：當然會的，我的兒子。

兒子：謝謝你，父親。

父親：祝福你，兒子。

# 6. 思念的人

惠君有一日想起來自己的母親，發覺竟然無法清晰把母親的面容描繪出來，記得的就只是那笑容了，還有母親身體的香味，以及顯得若即若離的遙遠聲音。她不知道別人究竟是怎樣，他們是不是能把自己思念的人的一切，都牢牢不忘的銘記在腦海中呢？或者，也像自己一樣會慢慢地忘記去，像是黃昏從那窗櫺格子所投注入榻榻米的橘色光線，一寸一寸的自己消褪去，完全不理會觀看者的焦慮與不捨心情。

惠君也會試著問男人：「阿，那個……那個你也會想念你的母親嗎？」

「什麼？」男人詫異地抬頭看著她。

「沒什麼啦……，就是我忽然想到我的媽媽，所以就連帶順便也跟你問一下而已。」

「喔，……是喔。當然應該會的吧，難道有人不會的嗎？我的母親死去真的也好久了，你看我們唯實現在都幾歲了，母親當初就是早他出生一年走的，所以還要往他現在的歲數，再多加一年上去呢！但是現在聽你這樣一說，倒是提醒我該上山去掃墓了，要是再不去的話，搞不好要給人當無名墓占去了。」

「我不是說這個啦。我只是有在想，你究竟是有多麼想你的母親，還有你都記得她的所有事情嗎？」

「究竟有多想，真的說不準啊。有時就會忽然想起來，特別是到了逢年過節的時候，那種氣氛還有吃的東西什麼的，就一下會忽然想起來了。應該大半還是和年節的氣氛、或者是吃的食物有關係，大家都是這樣的，不是嗎？」

「那你都能清清楚楚記得你媽的樣子嗎？譬如她的臉啊、講話的樣子這些的，還有你們之間以前發生過的事情，還是吃過的那些食物什麼的啊？」

「應該都可以記得的啊！你自己不也是一樣的嗎？」

「是啊，是啊。」就胡亂的應答著。

惠君發覺其實不知不覺的，自己已經和生長的那個小鎮極為陌生也遙遠了。這令她十分詫異，當時怎樣也從來沒有想到過會是如此，僅僅這些年突然來到了這個北部的大城市，竟然不覺就和自己以為生死都難以分離的小鎮，越來越覺得彼此的分歧不相干。

最初的時候，是因為剛結婚就懷了老大，想說才剛懷了孕，還要搭長途火車回去，似乎並不很恰當，不如等小孩生下來，一切都安定好了再說。沒想到老大才一生下來，沒多久立刻連著懷了老二，人竟然隨後病了下去，根本不必想說要有什麼出遠門探親這樣的打算，光是接著忙碌招呼兩個小的和自己，就已經忙得沒有頭緒，而且這樣頭尾來回一弄一耽誤，竟然就過去了好幾年。

再後來，當然跟男人得了這個怪病有關係，惠君整個人又被拖住，幾乎更是完全脫不了身。嘴裡雖然念著說要回去小鎮走走，卻驚覺到究竟想回去做什麼，其實都弄不清楚了。真正懷念的到頭來可能還是已然模模糊糊的母親，尤其是在自己也生養了小孩以後，有些相連帶的記憶，就會特別容易想起來。譬如在餵食小孩母乳的時候，就好像感覺得到自己在母親懷裡，那種溫熱飽足的安適感覺，或是幫小孩換尿布時，母親當時烘烤尿布的情景與氣味，恍惚會依稀撲面而來。

當然，也會想起來與稚子那一段情誼，那樣蜿蜿蜒蜒有如電影場景的細節，確實會回繞著地自己顯身出來。但是，現在要真的再回去那個小鎮，會不會處處見到熟悉景物，反而要觸動對這些已消逝去的人，譬如母親與稚子的思念情感，而讓自己措手不及或應接不暇呢？也有可能根本就不會再有任何反應的了，或許自己對這些人物和景致，老早已經完全沒有什麼自以為的濃烈感覺。然而，自己究竟是個念舊會流連在記憶裡的人，或者根本是並不想跟過往有太多糾纏的人，說真的在這麼多年下來，只是益加模糊不定，甚至反而不時會自我懷疑起來。

唯一真正召喚內裡波瀾的處所，還是那間煙霧濃烈旖旎昏暗的三山國王廟。惠君發覺自己在孤單、或是猶豫害怕的時候，確實就要想起來這間老舊小廟宇，僅僅是幼時隨著母親多次出入，以及後來自己偶爾去燒香納金這樣的片段經驗，就還是能夠不斷安撫著自己的徬徨情緒，也同時呼喚著再度重返的心願。

另外一個沒有回去的原因，是阿爸在惠君婚後隔年，竟然自己也娶了老婆。阿爸在母親突然消失去之後，私下就一直有著情人往來，可能是顧忌惠君與他人的感覺，從來沒有名正言順的公開出來。但是，事實上小鎮老早都傳得人人皆知，也某個程度理所當然的了。當惠君接到阿爸要再次成親的訊息時，還是有些驚恐地略略嚇著了，她好像無法想像這樣的一件事情，真的就要這樣突然發生到阿爸和她自己的身上來。

那時，她和男人商量，問他怎麼看這件事情。男人顯得不專心，左右探顧地擺著頭，尷尬也魯鈍的說：

「這是你們家那邊的事情，老實說，我真的完全弄不清楚。問我的意見看法，不如由你自己判斷作主，絕對要來得更加可靠穩妥的吧。關於究竟要怎樣應對，我也都一切聽你的，你打算怎麼決定就怎麼好。但是，我們當時匆忙結婚成家，本來說好要回去補請宴客，一直都沒有做到，說真的到現在我還一直耿耿於懷。我覺得這當然完全是我的錯，是不是這次乾脆怎樣的一起合併看看，算是把當初不足的禮素都補起來，你覺得怎樣？」

惠君並沒有立刻回答男人的提議，就說讓她再想想好了。

她心裡並不想去參加這個可笑的婚禮，她完全知道要結婚的那個女人是誰，好幾次在鎮上的活動場合相互碰到過，那女人會識趣的自己避走開。惠君不覺得那女人有什麼不好，也明白阿爸終究是要有個人在一旁照顧才行，但總還是心裡排斥著這個事情的發生。這樣矛盾的情緒，難道是為了替阿母抱委屈和不甘嗎？但是，好像也不全然是這樣，母親可能自己也並不會在乎的。那究竟是為什麼呢？為什麼會這樣的不舒服呢？她真的不明白。

後來，就還是決定算了不去。當然是說因為自己懷孕體虛等等的，阿爸那邊似乎也很理解，完全沒有為難的意思，甚至也連帶勸他們兩人，可以不必再煩惱補請婚宴的事情：

「現在大家都忙，禮素其實都不太在乎的了，只要心意到了，就已經很好了。惠君從來身體就一直不好，這樣才剛生一個，就又馬上懷了一個，身體當然會要吃不消，還是要先顧好自己要緊，其他的事情來日方長，不必現在趕緊什麼的，反正來日方長啊。而且，你們都知道我們就會一直在這裡，不像你們年輕力壯的，要去四處哪裡都可以。總之，以後你們一家什麼時候方便，就什麼時候全家大小都一起回來，隨時都是歡迎的，我們也一定恭迎大駕光臨。」

惠君確實也是這樣想，等兩個小的稍微大一點，再全家一起回去一趟，到時大小事情全部一次解決算了。後來，聽說阿爸新娶的阿姨，居然也懷了個小孩，甚至還沒有晚唯虛出生的時間幾個月，就接續生了一個男孩。這似乎讓惠君益加不舒服了，她對男人有些埋怨地敘述這件事情，男人只是勸她並不必那麼介意，說這樣的事情也算難得可貴，而且畢竟總是好事一件的啊。

卻意外惹火了惠君：

「什麼叫做不要介意，到底是不要介意什麼啊，你說……你自己說啊？我們大家都是大人了，當然知道事情就是要有個分寸嘛，誰也不要隨便去踩那條線。這樣兩個人結婚也就算了，還馬上要去生一個小孩，到底是要怎樣啊？年紀根本不小了，難道自己還不知道嗎。非得要再生一個不可，來弄亂我們所有人的輩分關係的，才算歡喜開心嗎？是有一定非要……非要這樣才夠滿意嗎？」

「你何必要去想那個呢？事情哪有這麼嚴重。這本來就是他們兩人的事情，不是這樣嗎？而且，你看我們兩個從結婚到現在，兩個小孩都已經會走會跑了，還是沒有好好的回去到你的家鄉拜訪探親。連我這樣其實還不太直接相干的人，都覺得有些過意不去了，別人一定更是有想法意見的。其實也就只是帶小孩放假去走走，應該對大家都絕對是好的事情，尤其對他們這兩個城裡的小孩子來講，一定也會覺得很不一樣很新鮮的。」

「很好啊，你說的很對啊，那就由你自己來帶他們回去啊。你來去安排一下宴席請客的事情，我們也好補收一下禮金紅包，順便讓兩個小鬼學學台灣話啊，免得以後讓小鎮的人笑話，說連台灣話都不會講。」

這話也暗暗刺痛到男人，就閉嘴不再回話了。

惠君確實察覺到自己對於小鎮，似乎有著奇怪的排斥，別人家年初二都忙著張羅回娘家的事情，自己就好像從來沒有意識到這回事，甚至連小孩也很識趣的從來不問。是真的不想再回去那裡嗎？還是不想去到父親新建構起來的那個家？或者，根本就只是不想再去碰觸自己對小鎮的記憶呢？

那麼，我的母親呢？

母親現在究竟怎樣了呢？

我會希望再次見到母親嗎？

母親自從被娘家那邊的人，半搶半接回去鄰近的客家村後，其實就算是完全斷了訊息，這當然和父親當時與母親家那邊的嚴重衝突，導致的緊張關係有關。至於母親與父親到底有沒有離婚，以及究竟是何時辦了離婚，惠君從來沒有弄得很清楚。但是，其實也並不是會太在意，總之就是一家人裡裡外外的，就忽然把母親曾經在這屋裡生活過的這件事情，一起很有默契的都忘記去了。

惠君也是這樣，似乎忽然就把和母親有關的一切，就全部從記憶裡抹消去。但是，現在卻有時會想起來母親，想說她那時究竟是發生了什麼，所以導致後來這一切的事情因果？是父親所說她早有暗藏的精神疾病，慢慢自己發出來的嗎？還是後來的人生境遇，並不能盡如她的心意，因此抑鬱得病的呢？

惠君在離開小鎮一陣子後，也有私下去探詢過母親後來的狀態，說因為外公那一輩都陸續走了，母親同輩的兄弟也年歲漸大，沒有心力再去照顧確實有病的母親，就決定把她送去附近大城的公立精神病院去。說現在的醫院可靠也衛生，而且這樣有專人和醫生全時顧著，還可以有政府的生活津貼可以領，大家都比較可以安心下來。

住在精神病院裡的母親，究竟會是什麼模樣呢？她也必須穿著那種灰灰藍藍的袍子，然後和一群不相干的人，每日一起在大廳繞圓圈走，一起唱歌做體操，等候吃飯或吃藥的鈴聲響起來，然後排隊去領自己的配額嗎？這樣奇怪的生活，會讓她覺得平靜嗎？對於過往共同生活的記憶，她還能想得起來多少，並且也會因此偶爾想起我嗎？

離開小鎮越遠越久，惠君也越來越清楚，她終究還是一定要去找回到母親，不管只是遠遠看著她，完全不必和她相認也好。惠君知道自己必須做這件事情，也不是什麼歉疚補償，或是母女親情相認什麼的，反而是覺得自己需要確認母親真的曾經存在過，也真的和自己的生命有過連結，這一切並不是誰人任意空想、或是胡亂作夢的結果，這一切都是確確實實存在過的。

但是，惠君意識到當自己認真去回想童年一切時，卻經常只是能斷斷續續的無謂任意作撈捕，像在一片平靜無波的水面上，完全不知應該如何、以及要從何下手，只能耐心等待著有如沉船殘骸的片段記憶，忽然從深淵水底緩緩自主浮現出來，讓自己有如樂於拼圖遊戲的小孩，因為意外收穫到的小缺片，而覺得歡欣鼓舞。然後，繼續耐心等待下一個缺片的再次浮起，並暗暗擔心著那個似乎一直拒不露面的真正完整最後圖像，會不會終究決心永遠無情地躲藏水底。

惠君尤其發覺到自己的童時記憶，似乎總是必須勾連著與他人相關的事物，才可以容易被自己視見，很少是以完全單體獨自的狀態，自在地浮露現身出來。也就是說，為何自己的過往記憶，總是必須勾連著這人與那人，而無法自己一人清明的出現來呢？那麼，到底我自己那時的童年生命，是怎樣日日流動穿梭過去的啊？當我完全一人的時候，我究竟在想著什麼、做著什麼呢？或者，我那時都夢見了什麼、會恐懼與喜悅著什麼呢？

惠君告訴自己：我一定要安靜地想一想我的童年，讓它們願意安心也誠實地自己顯身出來。

惠君記得家裡曾經養過一隻貓，但那貓大半的時間都流連在外面，偶爾回來吃食母親放置的剩菜剩飯，有時也會叼著獵食的老鼠或麻雀回到家來。母親其實並不喜歡養貓，因為她覺得貓咪不乾淨，她完全不讓那貓貼靠上身子，她所以會養這隻貓，是父親當時堅持的結果。

父親說：「惠君需要一個伴，要不然她會覺得太孤單。」

惠君一直是孤單的，這與家裡有沒有養貓其實並不相干。但是她懂得父親的意思，父親其實是在安慰母親的心情，因為母親那時確實生了一個小弟弟，但是在沒有滿足週歲就夭折去，原因到底是什麼，惠君那時太小並不清楚。父親察覺到母親的失落情緒，就自作主張帶了一隻小貓回家來，希望喚起家中瀰漫的低落氣氛。

那貓後來就自己消失去了，彷彿完全感覺得到這一家人，至終也沒有真正的接納過牠的存在。父親說貓本來是無情的，不認人也不認家，走失去是很平常的。母親雖然從來就不喜歡貓，但她其實每日還是認真養著這隻貓，買菜時會特地去向魚販攤子索取剖出來的魚肚臟，晚飯後拌進剩飯剩菜裡，拿到屋外的小平台，學著貓叫聲的呼喚進食。

母親在那貓走失了之後，就斷續有精神徵狀發作，不時會自己失神的上街，四處喚叫著弟弟的名字，或是學著叫貓進食的聲音，不斷吆喝著回家來回家來，總要被旁人牽引回返來。但是此外，母親大半時間還是能夠如他人一樣，正常的舉止生活，也依舊能料理著家裡的大小事務，只是就會忽然的自己失神去，誰也無法真正牽引她的心神回返來，而且日日益加頻繁嚴重起來。到最後，父親甚至也聽任鄰居朋友的建議安排，請法師來家裡作法招魂許多次，還是不能阻止這樣的事情，不定時反覆持續發生來。

惠君現在好像終於有些明白，也許母親只有在那樣失神的狀態裡，才能真正接近到那個遠去的弟弟，也才能夠重返他們之間共有的時光與記憶。因此，關於母親逐漸的病情加重，原來也只是自然而然的事情，也只是母親藉以尋回與小弟連結的路徑吧。惠君這樣自從幼小起，其實就一直蒙受著母親有病陰影的籠罩，她可以從大人們投過來的同情目光，或隱在暗處切切私語的姿態，以及小孩子們直接對她粗魯的說話，不斷反覆地感知到母親的不幸，以及自己因之的長期壓抑不快樂。

甚至，讓她因此無意識地在某一個時刻，出現來這樣決定放棄母親真正存在的信念，處在自己其實本來就沒有母親的想法裡，讓這樣的某種似乎不幸，成為一種自然而然的事實。並且，努力在其中尋找可以安心與自在的狀態，就像一隻因為從來不能認知母親究竟為何物的小魚仔，所以才能一生真正自在逍遙優游於無盡的水域中。

父親說惠君是孤獨的小孩，其實也是完全沒錯的。她記得小鎮的西邊外緣，那時滿滿種植著甘蔗，那是糖廠從遠地大批雇工來種植的公家田地，和小鎮大半自己私人的稻田很不同，也顯得特別遙遠陌生。在收割的季節，惠君會隨著其他小孩一起群聚到蔗田的遠外側，看那些外地來的蔗工男女，把一捆一捆紮好青白的細甘蔗，疊放到一旁軌道的小火車上，然後在孩子的歡呼聲裡，嘟嘟嘟地慢慢啟動遠去。

那時候，蔗田變得乾禿一片，空氣中瀰漫著甘蔗的香甜氣味，沉落中的太陽橘紅紅鋪灑滿一切事物，工人紛紛坐到堆疊的甘蔗堆上方，有人躺著有的坐著，悠閒地隨著火車離去。然後，較大的孩子就帶頭衝向依舊還緩慢啟動中的火車，用力抽拔出幾根甘蔗，車頂上的工人作勢吆喝著，但是大家都完全知道，這就是一場人人期待的歡樂遊戲，幾乎每人最終都能如願帶著一根細白甘蔗回返家去。

這樣年年有如儀式般發生的事情，惠君當然也都會一起參加。但是，她發覺自己終究沒有加入那最後的分享甘蔗過程，並不是害怕車上工人的吆喝，也不是自己弱小無力完成這件工作，而更是某種奇怪的情緒，總會在那最後阻擋住她。

惠君到了許多年後，還是深深記得那紅豔豔的落日景象，以及那瀰漫不去的香甜氣味，那一片忽然消逝成為荒地的甘蔗園，那注定要隨著軌道火車遠去的工人，這樣的一切景象是如此美麗與深刻，並且注定要永遠消逝難返，因而透露出什麼難明的悲哀。

她立在那裡，再一次望著這樣熟悉又陌生的神奇景象，有著想哭泣的感覺，像是望見什麼華麗悲劇的某種預兆與呼喚。這樣奇異的悲傷情緒，自幼就伴隨著惠君不離，她並不太能夠對他人說起，就像在身體某處隱藏的一個瘡疤或傷口，有一種暗自的驚嚇與得意，也明白他人的永遠無法介入揭曉。

當孩子們歡呼帶著各自的甘蔗返家時，惠君通常會依舊站立在原處，遙望著小火車發出越來越寂遠的嘟嘟嗚叫聲，與同步沉落下去的太陽，一起逐漸消失入軌道遠處，然後才會一人慢慢走回家去。

小鎮的另外一端，有個神祕幽暗的小樹林，那是大家通常不准涉足的地方。關於那片樹林的傳說許多，通常是某些被夫家苛刻不快樂的外地女人，如何獨自悲哀暗夜上吊死去，然後會月夜出來幽魂徘徊的故事。惠君隨著其他小朋友同去探險幾次，大家都知道樹林的深處，其實有一座日本人遺留下來的老神社，雖然沒有人明白神社究竟是做什麼用的，但也總會把那裡當作尋幽探險的終點。

神社旁邊有一間獨立的小木屋，住著一個老瘦男人和一隻狗。據說老人是個啞巴，但是他為何會獨自住那邊，以及如何營生度日，鎮上的說法也紛雜不明。孩子群聚的每次探險，通常都在老人伊呀呀吆喝與狗的狂吠裡，落荒地各自驚嚇奔足回來，年紀小些或初次去的，通常還要返家嚎哭許久，再次讓大人訓斥不准再私自進入那片密林去。

惠君有一次和稚子提起這件事情，稚子就輕鬆地說：阿我認識那位阿伯啊。惠君完全詫異這樣的應答，稚子說她從小就會和她母親進去那裡，因為母親會去神社定期祭拜，父親有時也會去。那阿伯呢，那個阿伯到底是誰啊？惠君問著。我其實也不知道，母親每次都會帶著一些食物跟其他東西給他。稚子說。

然後，忽然想起什麼的，又低語神祕對著惠君說著：「對了，就是在這一個星期日早上，媽媽就又要帶我去神社呢！你要不要跟我們一起去啊？我可以回家去問我媽媽可不可以。」

惠君聽了，愣住地點著頭，說：「好啊好啊。」

她們一起走靠近樹林的時候，惠君不自覺緊握稚子的手。稚子母親打著陽傘戴墨色眼鏡，手臂挽著一個沉沉的提袋，一路都十分優雅地沉靜不語。那隻黑狗先是吠了幾聲，就搖著尾巴跑跳過來，與稚子母親顯露出熟識歡欣的模樣，老人立在木造簡陋小屋外，對她們親切揮手招呼。惠君這時止住腳步不願再走過去，稚子母親問她怎麼了、有哪裡不舒服嗎？惠君只是搖頭不說話，堅持不願再繼續往前走入去。

「怎麼了，惠君？你有哪裡不舒服嗎？」

她沒有回答，只是繼續搖著頭。

稚子母親無法勸動她，就讓稚子留在原地陪她：

「稚子，那你也在這裡陪惠君。你們要照顧好自己，不要四處亂跑，草裡有很多毒蛇，還有什麼跳蚤怪蟲的，不要隨便走進去。」

然後自己走向小屋去。

惠君遠遠望著稚子母親的背影，看她與那個傳說中的聾啞男人，一步步相互靠接近。然後，她遞過去手中的大提袋，與老人寒暄對話起來。

惠君驚訝的說：「他不是啞巴嗎，他不是一個啞巴嗎？」

稚子說：「阿伯並不是啞巴啊，他只是不會說我們的話而已。」

「那他會說什麼呢？」

「他都只說日本話，好像還會說一些山地人的話。」

「為什麼呢，他為什麼會這樣呢？」

「不知道。」

「那他為什麼會住在這裡呢？」

「阿母說他一直就是住在這裡。聽說本來以前還有機會搬去日本住的，但是他最後還是決定要單獨留在這裡。」

「他在這裡做什麼呢？」

「他就是住在這裡照顧這個神社，還有也看顧這一片樹林的啊。」

「就他就自己一個人住嗎，為什麼會這樣呢？」

「阿君，這個我也不知道。」

那日後，惠君沒有再回去過那片樹林與神社，聽說鎮公所後來決定把那塊地徵收回去，改建成為鎮上的公墓，同時把那片樹林全部剷平去。至於那個老人，聽說最後就搬回到鎮外的山上部落，沒有人再見過他。

關於那個位在遠處山脈裡、總是瀰漫著雲霧的部落，自然也是惠君幼時遐思的嚮往所在。鎮上在週日早上，會見到從部落下來的男女，他們的皮膚黝黑臉上刺青，並且多半不能用平地話作溝通，只能搖頭笑著或是用手做比劃。通常就是帶著山林裡獵到的鳥禽或山羌，以及其他的山產物品，像是香菇藥草什麼的下來賣錢。他們在買賣完的當日下午沒多久，常常就已經醉倒在路邊，男男女女都是一樣，會一直昏睡到隔日上午，才幽轉醒來各自回返山裡。

稚子家的騎樓，通常是他們固定會駐足的地方，一方面稚子的父親特別樂於收購比較昂貴的山產，所以族人幾乎一下山，就會來到稚子家，讓他們先做挑選。同時稚子父親也會讓他們在騎樓下擺置販賣，喝醉後可以直接就睡在那裡，甚至到了隔日上午，稚子母親還會準備茶水以及一些米飯糰，給他們吃飽後回家去。

惠君會與稚子故意穿梭在廊下，聞著他們身體傳來顯得濃重不熟悉的氣味，聽他們用奇怪的話語彼此溝通。有時，他們的小孩也會出現來，用好奇眼光看著惠君與稚子，看望她們因此蓄意擺弄打扮的洋娃娃，一旁露出羨慕渴望的目光，有時也會遞過來一些黑焦的芋頭，交換她們平日的餅乾小食。

但是，稚子母親不喜歡兩人這樣流連不去，會不時出來吆喝她們入屋內去：「馬上進去寫功課，不要在這裡亂亂來，只會妨礙別人的事情。進來，你們兩個現在就給我進來！」

稚子與惠君只好乖乖進屋去，卻依舊被這群不熟悉也顯得奇異的人吸引著，不斷尋找藉口的出屋來，並穿梭在他們之間。

有一次，從山上用木籠扛下來一隻活生生的黑熊，置放在稚子家的前廊下，立刻引來鎮民圍觀。黑熊慌亂暴躁的低聲咆哮著，一隻腿瘸著並發出流膿惡臭，他們說應該是落到陷阱裡，那隻腳大概因此被夾斷。稚子父親拒絕收購的邀請，並且不悅地喚回稚子與她，把大門嚴厲緊鎖了起來。

最後，部落那群人與那隻受傷的黑熊，還是一起消失去，有人說是鎮上最大的那間文明樓酒家，出價整隻全部買去。後來，惠君越來越少見到族人下山來，他們說現在有平地商人會開小貨車上山，直接到部落收購山產，並當場交換平地的百貨用品，族人不再需要每週步行下來鎮上了。

惠君會想到那些從山上下來的人，以及一人獨居幽暗密林裡的那個阿伯。

有時，也會想起來那個死去的小弟，或說，從來沒有機會長大的那個嬰孩。惠君與弟弟差了三歲多，關於弟弟的模樣，恍惚間似乎有些記得又不記得。努力去想的時候，會浮現出搖籃裡一個可愛嬰孩擺動四肢的樣子，但是也會同時看見躺在醫生館的白布檯上，那個瘦小乾黑的可怕東西，讓自己驚懼不已。

是的，所謂的那個弟弟嬰孩，應該就是不斷擺盪在生與死之間的頑皮傢伙，像是永遠不知疲倦地盪著鞦韆或玩著蹺蹺板的好玩小孩，把這樣出入生死的短暫生命事情，當成一場晴日遊戲場的隨興旅程，既且還是固執又任性，完全沒有去顧到其他人的心思感受。

對於弟弟的記憶，不如說就是對於母親的記憶。惠君其實真正印象最深刻的，是在那段時間裡，頻繁隨著母親出入三山國王廟的過程。她記得有時天色才剛剛亮起來，母親就拖著睡眼依舊惺忪的她，急急忙忙趕去燒香念經。她完全能感覺得到這件事情的嚴重性，除了一路認真隨行外，還是會問著：

「阿母，為什麼一定要這樣早啊？」

「這時辰是神明選的，我們都要配合。不可以埋怨什麼，神明會聽到的。」

「阿母，神明到底在哪裡？」

「舉頭三尺就有神明，舉頭三尺就有神明，你還不懂嗎。真的是阿彌陀佛，阿彌陀佛！」

「阿母，那這樣阿弟會好起來嗎？」

「阿君，這都要看神明的意思，我們不能去插手的。」

「喔，為什麼會是這樣的呢？」

「這一切都是神明的意思，我們是不能去插手的，明白嗎。」

「喔。」

就是直到小弟死去，並且入葬後，母親依舊沒有停止這樣往返三山國王廟的行程，甚至更加頻繁所有的膜拜儀式。父親會試著勸阻母親：

「阿，人走了就是天意，你也不必再這樣了吧！」

「就算人現在走了，還有後面的遠路，以後還要繼續走的。這輩子福分不夠活下來，也可以說是我們積德不夠，現在能多做幾分、就補做幾分，要心存感恩與福報，這樣去做絕對不會對誰有不好的。」

「生死的事情只能隨緣，活著的人還是要先顧好，才是比較要緊的吧。」

「該顧好的事情，我絕對都會顧好。你不必擔心，也不用來管我太多，這樣可以嗎？」

像這樣的對話爭執反覆無數多次，惠君自小就已經可以倒背如流。她幼小時顯得寂寞孤單，有時會自己想像那個弟弟其實一直都還在身旁，可以陪伴自己玩一些祕密的遊戲，並且相互吐露由衷的心事。

「阿弟，阿那個你現在一個人在那裡，到底都過得好不好啊？」

「還好啊，阿姊。」

「你為什麼要離開我們大家呢？難道這樣自己一個人，不會覺得孤單嗎？」

「阿姊，我也不知道是究竟是為了什麼，最後會變成這樣的啊。我當然也會孤單啊，我常常會覺得一個人很孤單的啊。」

「那怎麼辦呢？那你孤單的時候要怎麼辦呢？」

「有的時候就發呆啊，有時候自己玩，有時候就來找你玩啊！」

「阿弟，你要是孤單的時候，就來找阿姊一起玩好不好。孤單就記得要來啊，要是覺得孤單了，就一定要來的啊，好不好呢？」

「好的，阿姊。」

惠君在看顧初生不久的唯虛時，會恍然想起來自己的小弟。她專注望著窩躺在搖籃裡，同時睜眼望著她的唯虛，就要想起來母親與小弟，這兩個各自消逝離自己生命軌跡的人。惠君不知道這就是人們所說的思念嗎？或者，只是他們兩人自己選擇要用這樣的方式來親近我，是他們決定怎樣回來探視我的時機與方法，並不是我可以自己選擇要如何去想念起來他們的。

對於逝去的小弟，她並沒有深切印象，但是總會在唯虛的平日舉止反應裡，忽然像是重新熟悉地浮見到久去的小弟模樣，因而覺得驚駭不已。可是，小弟在此時的這一刻，還要回來這裡做什麼呢？小弟與唯虛之間，難道有什麼相干嗎？或者，根本是我自己用絲線把他們一起牽綁起來，他們才必須這樣的相互牽扯，所以兩人的影像無法斷分開來，必須總是勾連並體的出現來嗎？

關於小弟的所有事情，惠君一直沒有對任何人說起，包括正綱與兩個兒子。一個夭折死去的弟弟，與一個瘋去的母親，幾乎是一樣丟臉難堪的事情吧！這些說不出口的事情，幾乎占掉她大半的過往記憶，也讓惠君不想靠近去，因此更加覺得離自己的家鄉如此遙遠，遠到有時覺得自己根本是飄著的，像一個沒有過去也沒有什麼未來，就只是隨著風想吹往哪裡，就往哪裡飄那樣的一片雲朵。

但是，光是這樣定神望著唯虛，卻奇異地會讓她心底沉靜。在兩人對目凝望的過程裡，惠君一方面覺得離奇地平靜安定，另外一方面，有些內隱久藏的思緒，反而會格外紛飛蓬發起來，好像突然被誰攪動起來的陳年酒罈子，使得那些一直伴隨著時光，潛隱在罈底的暗色沉積物，忽然就灰霧瀰漫地眼前紛擾一片。

譬如那時懷著小孩離去的堂姊，她決定留住肚子裡的小孩，並接受因此必須要被遣送回原本那個家的命運，連帶必須遠離她當時心中所愛的人，究竟這一切是為了什麼？到底是什麼樣力量的驅策，讓她可以這樣的決斷勇敢與固執，堅持往著完全昏暗不明的那條路走去呢？堂姊後來的人生，不知過得怎樣？到最終，有沒有得到她那時想像的美好愛情呢？

此外，把唯盧和死去小弟反覆做聯想的念頭，其實也讓惠君有些隱約不安。她不知道這算不算是一種彌補的心情，是覺得自己當時也許犯什麼錯，或是沒有把什麼做為姊姊本該做好的事情處理完善，所以才導致這樣突發的死亡與災難？自己應當是有錯與罪過的，這一切不會是平白無故的。因此，自己當然與這一切點滴發生，有著必然不能閃躲的因緣關聯，所以應當要逐日吐絲來做償還，甚至到現在還繼續要迴繞在這樣的記憶裡，以回想的方式一點一滴去做彌補。

歉疚的心情，總是環圍著記憶影像一起緩緩現身來。

唯盧看望自己的目光，顯得尤其驚心透徹，好像不管什麼樣的底蘊，都要被他視見光光，完全躲藏不住。這樣的時候，唯虛通常十分專注的凝目盯視，不會被其他事情分神轉移，好像要重新召喚出來什麼內隱的記憶、或是根本直接要把事物看穿去，不像唯實總是要轉頭四探，很難固定停留在一個物件或對象上面。而且，唯虛的眼神有些奇怪，當望著惠君的時候，先是會覺得他正認真看著自己臉面的什麼小細節，因此才會如此的目不轉睛，但是再過了一會兒，卻又會覺得其實他的心思所在，老早已經穿透過自己的顏面形貌，也根本和此時此刻的一切無關，不知翔飛遠離到哪裡去了。

在這樣顯得惚恍難測的時刻，唯虛臉上就會慢慢綻出一種異樣的笑容，彷彿他正看望見什麼光明華彩的景象，或是聆聽到了什麼神祕悠揚的樂音，身心於是同時地散發出燦爛溫暖的光彩，讓惠君覺得既是困惑又是嚮往。

這樣的時刻，就是惠君最覺得溫馨與思念的記憶了。

有時，也會忽然想起來在稚子家花園玩耍的景象。像是有一天的下午，她們兩人尋常在金魚池與蘭花棚架下穿梭遊玩的時候，注意到女傭從樓上抱捧著一盆植物下來，稚子母親隨身在後面，顯得緊張也焦慮的指點著如何安置，以及如何小心不要碰撞到什麼。最後依著牆緣遮蔭處，認真安置好這個盆栽植物，一離去惠君立刻好奇走過去看，就只是一株青色平常的植物。

「不要去碰，不可以去碰。」稚子在身後叫起來。
「為什麼？」惠君不明白地問著。
「這是很珍貴的花，是媽媽在婦女會最好的朋友，特地從日本帶來給她的。」
「真的嗎？那……這是什麼花呢？」
「這叫玫瑰花。」
「玫瑰花是什麼啊？」
「我媽說玫瑰花本來就是最珍貴的花，而且這是我們全部鎮上僅有的一株，是最最美麗的花朵啊。而且，不光只是這樣而已，這是一株有著黑色花朵的玫瑰，是非常非常少見和稀有的品種，開出來的花是黑色的呢！我媽說因為這是從日本皇室的花園裡，特別被移植出來的，只有在那個皇室花園裡面，才長得出來這樣的黑色玫瑰花，是最珍貴不過的品種了。」
「喔，黑色的玫瑰花，好奇怪啊。那這花……那它開出來的花，真的是黑色的嗎？」
「當然是的啊。……但是，我其實也沒有看過，因為這盆花從來沒有開過。」
「為什麼會這樣呢？」
「我爸說有可能是因為這是溫帶氣候的花，我們這裡的天氣太熱，玫瑰花是開不了的。」

「那怎麼辦呢？」

「我媽並不相信我爸的說法，她認為只要好好照料，這株玫瑰花當然一定是會開花的。所以她就把花放在房間的窗台上，每天早晚都會固定添加肥料養分，而且不要讓花有太多的陽光和雨水，偶爾才拿出來曬一點太陽、吃一點露水。」

「所以，以後應該就會開出黑色的花來了？」

「也許吧，我也不知道。」

「可是如果沒有真的開花的話，其實看起來沒什麼特別的，也不會有人知道這是一棵珍貴的黑色玫瑰花啊！」

「嗯，……沒錯。可是，這株玫瑰花是我媽最愛的寶貝，千萬……千萬不要隨便去亂碰，她會生氣罵人的。」

「哦，碰一下也不可以嗎？」

「是的，碰一下都不行。而且，你知道有一次……有一次我自己偷偷去摸，結果就居然被刺出血來。」

「什麼，怎麼會這樣呢？」

「你靠過來仔細看，你看在那細細的枝幹上，長著許多像小尖刀一樣的花刺，只要一碰到就會流血，很危險的呢。」

「阿，真的是這樣的啊。」

惠君驚恐注視著玫瑰枝幹的成列小細刺，完全不敢伸手去做觸摸。

那是惠君平生僅有一次見到的黑玫瑰花株，以後就不曾再見到或聽人說過了。有一天忽然又想起來，問稚子說那棵黑色的玫瑰花，後來到底開花了嗎？稚子說黑玫瑰最後枯死去了，怎麼照顧也沒有用，就一天一天自己枯死去了。

「怎麼會這樣呢？」惠君驚訝地問著。

「我也不知道。我媽媽很傷心，她說這是真正日本皇室的品種，怎麼會這樣被自己種死。我爸爸跟她安慰說這不是誰的錯，是在這種天氣這樣炎熱的地方，誰也絕對種不活這樣嬌貴的花，如果真的想要種這樣的花，就還是一定要去住在日本那樣的環境，才是有可能的。」

「真的是這樣的嗎？」

「當然是真的……當然是真的啊。」

惠君一直記得這件事情。隔了很久以後，她還曾經在稚子家花園的陰暗角落，看見那個已經空洞無物的漂亮花盆，像是注定將要被久遠遺忘般地，擱置在那個角落的寂寞模樣。後來，每次在花店裡，只要看到有著美豔色彩的玫瑰花，就會想起來稚子家的那座花園，以及那盆枯死去的黑色玫瑰，同時會有一種奇異難解的複雜心情升起，像是忽然聽見一首童時熟悉愛戀的舊歌曲、不斷留聲機般縈繞迴轉耳畔的感覺。

# 7. 密林記

她意識到他的逐日老邁，但這並不是真正的問題所在。兩人其實都清楚明白一件事，就是在看似高大強壯的外貌下，他其實柔弱得近乎不堪一擊。他們曾經的一次肢體衝突，她憤怒衝過去搥打他，他有些錯愕以雙手扭抱住她，相互意圖將對方置倒於地。她本以為這是徒勞的嘗試，並不相信自己真的可以扳倒男人，卻忽然就被她用腳側劃開，砰一聲重響摔落去。他們兩人那時都驚異止住動作，甚至同樣地難堪起來，無法相互面對這樣的真實景象。

她忽然記憶起來自己童時其實曾經習於與人扭打，只是後來就忘了這件事，因而以為自己是無法與他人在肢體上爭鬥，是一個只能尋求話語和平解決的人。但是，儘管如此，她那日之後就不曾再企圖以肢體挑戰男人了。

這個事情發生後，惠君發覺到自己的內裡，一直存有著沉重的莫名罪惡感，不僅是對於男人的逐漸年邁老衰如此感覺，而是幾乎所有與她有生命連結的人，她或多或少的都懷抱某種虧欠著什麼的心情。甚至有時嚴重起來，還會覺得就是因為自己，才導致了別人的所有災難與不幸，正就是自己的疏忽與大意，或者是潛藏的什麼不明惡意本質，才肇始了眼前這一切不快樂的結果。

唯虛在國中畢業前兩個月，告訴惠君他不打算去考高中了。

惠君完全不能相信自己的耳朵，唯虛雖然並不是成績特別好的學生，也沒有顯現熱愛讀書考試的模樣，但一直以來也都能維持不錯的分數，甚至還是被分到升學班，不像他的哥哥早已經被認知難以繼續升學。而且惠君一直相信著唯虛，也不知道為什麼的，她從唯虛還是嬰孩的時候，就對這個孩子懷抱著一種信任，她知道這個小孩一定不會讓自己失望，甚至是可以讓自己最終得以做依靠的人，這並沒有什麼特別的理由，似乎唯虛生來就有著這樣可以被信任的品質。

這樣全然的信任著唯虛，究竟源自何處與何時，惠君其實也不明白。她試著認真去回想，當初懷著唯虛的時候，其實自己的身體狀況很不好，甚至還動念想打掉這個胎兒。好像就是從哺乳期起，開始注意到唯虛吸吮乳汁時，並不像其他的嬰孩一樣，就是只會全心專注於吸食的渴望上，反而會睜眼盯望著自己的臉，用一種近乎陌生、卻帶著感謝的神情望著她，甚至會伸出手來意圖探摸，讓惠君詫異難明。

對於這個自來就奇異的兒子，她心裡暗自確實有一些不知因何而來的期待，好像他必然是應該會蒙受特別的庇佑，必然得以安抵到什麼幸福處所去。因此，更是完全不能接受唯虛放棄升學的決定，尤其這樣突兀的宣告，完全整個打亂了她的底蘊心思安排。惠君想說會不會是因為唯虛擔心家裡生計的壓力，因為不想要平添更多的負擔，才會打算早點出去謀生來幫忙？這其實也很符合唯虛一向會為人去著想的個性，就像是過去幾年，因為他在武館裡技藝學得不錯，不僅不用再繳付費用，還讓師父指定擔任助手，協助教學並處理各種雜事，基本上自己的生活開支與其他花費，都已經可以料理起來。

「唯虛，你怎麼會忽然這樣子想呢？你是擔心我們家的收入不多，負擔不了你以後的升學開銷嗎？我跟你講，你絕對不需要來擔心這個，我自己一直都有在盤算做計畫，也一直有私下在跟會存錢的，就算你想一直念完到大學，都不會有任何的問題。你完全不用現在就來煩惱這個，就儘管專心的去把該念的書念好，一步一步的走下去，其他所有的事情，我一定會來想辦法的。」

又說：「而且你哥現在不是已經去念軍校了嗎。他說如果念得順利，還可以有機會直升入軍官學校，更是完全不用再花到家裡的錢，這你不都是已經知道的嗎？」

「我知道，這些我都知道。我並不是擔心錢不夠的問題，我就只是覺得應該要出社會去看看了。我覺得讀書很沒有意思，好像並沒有真的學到什麼。」

「怎麼這樣說呢！讀書考試當然一定很辛苦，但是這也是沒有辦法的事情，大家不都是這樣熬過來的嗎？只要這段時間辛苦過去了，以後就可以自由自在，也才可以有好日子可以過的了。」

「阿母，你不用太擔心。你也知道我本來就是會自己做好安排的人，並不是會衝動去做決定的那種人。我不想再繼續念高中，並不是表示說我就會流落街頭什麼的。」

「那你打算要做什麼呢？」

「現在還不很確定。我可能先會繼續留在武館幫忙，因為我反正畢業也離開學校了，可以全天專心在那裡工作，自己的生活開支應該沒有什麼問題，還可以幫你分擔一些開銷的。」

「那你以後有什麼長遠打算呢？」

「這我還不知道。就先這樣走一陣子，以後再慢慢看。」

惠君雖然顯得失望，但也知道唯虛若是做了決定，是很難讓人改變的，即令男人一起勸說也是一樣。她並不是真的擔心唯虛的未來，而是有些遺憾唯虛最後做了這樣的選擇，彷彿自己一直對唯虛有著的期待與憧憬，忽然間全部落了空。過往長期以來，自己確實總覺得這個奇異的小孩，必會在某一日做出什麼令自己驕傲開心的事情來，現在面對他這樣突兀的決定，卻忽然覺得有些失落與無措，也一時不知道當作什麼其他想像。

惠君知道唯虛一直有著強烈的自我意識，有時會停倨在自己的世界裡打轉，這是他自小就有的特質。但是她也記得唯虛同時是一個難於拒絕別人要求的人，他總是會把別人提出的需求，看得比自己的需求重要，甚至幾乎已經到了令惠君擔憂的程度。譬如，在他很小的時候，電視看到有一個沒東西可吃的挨餓小孩，竟然當場就嚎哭起來，不管如何對他解說電視並不是真正的現實，也似乎都毫無作用，讓惠君只能難堪的把電視閉關起來。然而，更令惠君與男人驚訝地，那天晚餐他竟然就拒絕上桌進食，不管怎樣打罵威脅都沒有用。

「這個小孩究竟是怎麼回事呢？」男人問著惠君。

「也不知道啊。就下午和他一起看電視，看到裡面有個小孩沒有東西可吃，他就哭了起來，應該到現在人還在那戲裡吧。」

「你沒跟他說那只是電視，根本不是真的，也不必當真嗎？」

「當然有啊！」

「怎麼會這樣子。那現在怎麼辦呢？」

「我也不知道。」

最後，惠君想起來在靠近橋頭那裡，有個經常流連來去的流浪漢，乾脆帶著唯虛一起尋過去。在一個騎樓下找到了流浪漢，惠君拿過去兩個還溫熱的包子，流浪漢蹲在原處吃起來，並沒有特別理會誰。唯虛先是站一旁盯望著他，後來也伸手向惠君索了一個包子，一樣蹲下去的吃食。等兩人都各自吃完，惠君才帶著唯虛回家去。

惠君注意到唯虛日後還會自己尋回去，陪著流浪漢一起吃著飯盒什麼，兩人也不說什麼話，就各自吃著的、然後各自散去。這些事情透過旁人都會傳回來，惠君已經逐漸習慣，不會去說明什麼，也不會想再去問唯虛什麼原委。

這樣類似的事情，其實發生不只一次，惠君雖然納悶不能理解，但是也逐漸明白唯虛的某些行為特質，雖然乍看去奇異難明，但是要是認真去想，也完全是合理正常。並且，如果真的要認真和唯虛說起來，也絕對完全得不到什麼要領，就只是徒勞的舉動。

「唯虛，你為什麼要這樣去做啊？」

「做什麼？」

「就是去和那個流浪漢一起吃東西啊。」

「這本來就是應該的啊。」

「為什麼是應該的呢？」

「沒有為什麼，就是應該的啊。」

有一次，有個馬戲團來到鎮上表演，男人興沖沖帶著全家去看。他們四個人一起擠在階梯的木板座位上，神奇地望著各種從來沒有見過的景象，譬如搞笑的小丑、會噴火吞刀的強壯男人，還有幾匹漂亮白馬與華麗美女騎士的現身。然後，有個騎重型機車的黑皮衣男人，在巨大的圓形鐵籠裡，開始先是緩慢、然後逐漸加快引擎，繞著鐵籠內騎轉起來，直到最後幾乎看不見任何形貌，只有咆哮震耳的轟隆聲響，以及急速繞轉著鐵籠時，不斷冒出來瀰漫的排氣白煙。大家就開始鼓掌歡呼，男人與唯實都露出興奮的神情，惠君這時注意到唯虛異常地安靜著，讓她有些擔心起來。

「唯虛，你還好嗎，有沒有哪裡不舒服？這個機車旋轉鐵籠的表演，有時候會把頭腦裡面的平衡感，轉著轉著弄得旋暈起來，就像是暈車一樣的。要是真的很不舒服，可以先把眼睛閉起來休息，而且現在的煙味比較重、汽油味也難聞，等過一下全部散去，就不會有事了。……唯虛，你現在覺得還好吧？」

唯虛就只是望著惠君，點頭沒有說什麼。

但是，在後來的表演時，惠君益加發覺唯虛的離異。尤其，獅子出來的時候，馴獸師手中揚起長鞭，不斷在空中發出啪啪啪的嘹亮聲響，讓獅子或者乖乖坐上圓凳、或者依序輪流跳過火圈。但是，在有不聽命令或反應遲緩的時候，馴獸師就揚鞭抽打下去，獅子立刻憤怒的齜牙咆哮，但最終還是依照馴獸師的指令完成動作。

唯虛這時候拉了幾下惠君的衣角，說：媽媽，我不想看了，我覺得不舒服。惠君看他的臉色有些慘白，就帶他出到帳棚外的空地，兩人並排立在有些寒意的空曠土地上，看滿天兀自亮閃著的星星，聽見龐然帳棚的內裡，陸續傳出來陣陣歡呼的喝采聲響。

「唯虛，你覺得身體不舒服嗎？應該是那個摩托車汽油味的緣故，而且整個帳棚裡面又悶又不透空氣，連我也開始覺得有些暈了。沒有關係，你先放輕鬆些，慢慢呼吸一些新鮮空氣，等一下就會覺得舒服了。」

「媽媽，我們為什麼要來看這個東西？」

「唯虛，這個表演是很難得才能看到的，也是每個小朋友都想看的，不是嗎？你爸爸特地花錢買票，帶我們大家一起來看，怎麼會還問說為什麼要來的呢？」

「我並不喜歡看這個。」

「為什麼會不喜歡看呢？」

「我不懂他們為什麼要一直拿鞭子打那些獅子，難道他們不知道獅子會覺得痛的嗎？」

「唯虛，這只是表演，你不要去想太多。這就只是表演，只要節目演完以後，獅子就可以回去休息，也不會有人再去打牠們的了。」

「真的是這樣嗎？所以這只是表演，這全是假的騙人的嗎？」

「是的，唯虛。這只是表演，這都是假的騙人的。」

那晚，唯虛無論如何都拒絕再回到帳棚裡，惠君最後就帶他先回家去。日後再回想起來時，似乎會感覺得到唯虛當時心底的一種傷心，那也是後來一直駐留在他身上的某種奇異痕跡，印記一樣地銘刻在那裡，從此就不再消失去。

唯虛就這樣開始在武館的全時工作，因為必須配合下午與晚上的授課時間，大半都是中午前就出門離開，晚上入夜才會回來，基本上兩餐飯都跟著武館吃，和惠君及男人見面的時間，就顯得更少了。後來，武館甚至整理出一個小房間，讓唯虛有時直接睡那裡，可以同時在夜裡顧著武館的意味，就更難見到他回返來的出入行蹤。

惠君感覺得屋子忽然落空，有時不免空虛與感傷，但也不知如何對人訴說，就埋在心底自己悶著。男人有些覺察，會側繞著和她說話：

「阿，小孩現在都大了，都很難可以看見到，有時也真的很不習慣呢！」

「對呀，一下子好清靜，真的不太習慣。」

「對了，那個唯虛這樣成天在武館幫忙，看起來好像自己還很開心的樣子，應該也是做得很順手。可是，你覺得這樣真的合適嗎？他總不會就是打算一輩子就一直這樣下去的吧？難道真的就完全不願意再去讀書了嗎？如果……不讀書拿個文憑學位的，未來還可以有什麼好的出路嗎？」

「他到底還讀不讀書，只能以後再看看了。反正誰也勉強不了他的，你自己也完全都明白他的脾氣。只要心術能夠維持正派，沒有交錯朋友學壞去，我們就可以暫時放心下來，而且他其實也有說在學腳底按摩，就先多學一些技藝起來，反正一定不會有壞處的。」

「……學腳底按摩？」

「是啊。」

「為什麼呢？」

「他是說自己大概很難學到他師父這樣的功夫，在武館這樣繼續發展下去，最後到底頂多也只能當個助手。不如現在早點開始學腳底按摩，以後也許還可以找人一起合開一家店面。」

「他真的這樣想嗎？」

「是啊。」

「做這個什麼腳底按摩，也可以是長久之計嗎？而且做這些的，不都是一些三教九流的人，他應付得來嗎？」

「我知道，我就是這樣和他說的，但是他並不這樣想。而且，你也知道……這種事情就算我們急，也絕對是急不來的。我想反正他現在年紀還是很輕，就先讓他去學一些技術也好，隔一段時間再說吧！」

惠君有時也會想著日後或是長久的這種事情，尤其是關於兩個孩子的未來。但是，她回想自己人生大半的時間，似乎都是被當下的現實所羈困牽拖著，好像從來就沒有什麼真正的機會，可以認真地抬頭遠看與思考，大半就只能全力專注應付著一個接一個襲來的現實問題，若是想要舒暢地遠遠眺望一下未來，或好好讓整個胸腔深沉飽滿地呼吸到底，似乎都是不敢任意隨便奢想的事情。

但是惠君也逐漸明白意識到，確實是到了應該讓自己人生稍作停頓的時候。男人的身體依舊不上不下，基本上無法真的去做什麼事，就只是在屋子和院子間打轉行走，偶爾會出去街巷繞一圈，逐日慢慢和整個外面的世界脫節，也對與人來往越顯排斥。大半就抱著那只老舊的收音機，或是自己坐對著電視機，聽中央廣播電台或電視台的整點新聞，此外每天一早會繼續聽著同樣的英文教學，其他時間並沒有真的在做什麼，只是越來越看不慣現實的各樣演變，有時甚至要動怒發脾氣的議論起時事來。

這樣情緒失控的情形，雖然並不多見，但偶爾發起來的時候，也是會讓大家都緊張難安。以前唯實還住在一起時，對男人的論點會出言反駁，甚至兩人直接發生口角爭執。惠君只好盡量去排解，私下勸著兒子說：爸爸畢竟是年紀老了，就多讓著他一點，就讓他盡興說一說他心裡的想法，我們大家就隨便聽聽就好，不用太去當真計較，聽完然後就忘記去吧！

惠君的工作算是穩定，也順利升到小組長職位，薪資待遇都比以前好一些。只是廠裡不斷謠傳著老闆可能隨時就要關廠，打算把整個廠移往大陸去，而類似這樣的事情，已經見到許多其他工廠的實際發生。惠君知道這只是早晚一定會要發生的事情，但是她不知道如果真的就這樣發生來，自己究竟到時候要怎麼辦？現在也完全看不見下一個工作要往哪裡去找，好像知道其實以自己現在的狀態，已經完全不能去勝任什麼新工作了。

唯實暫時入到軍校，算是讓原本最懸掛難安的狀態，有了一個不錯的處理。唯虛決定不要入學高中，雖然自己和男人都覺得失望，但是她後來再仔細想著，或許也未必是件不好的事情。因為唯虛雖然算是讓人安心、也不用掛慮的小孩，但是依舊有著不能順利與人相處溝通的問題，就是總有著似乎想要避開其他人，像幼時那樣必須自己獨處，才能真正覺得安心的個性傾向。

惠君覺得唯虛所以不想要再去上學讀書，應該也是因為不想再與這樣群體的事情掛勾，不想繼續那樣集體一致的規律生活，也不想要與那麼多人來往交際。這些事情從來就是會使他覺得痛苦難安，因此現在能夠斷絕掉的避開來，也未必不是一件好事情。儘管唯虛的人生未來一切依舊難明未解，眼下現階段看起來，他至少應該是可以過得比較自在開心些，然而僅僅就是這樣，其實也讓惠君覺得可以安慰著了。

這些來去的大小事情，就算是內心的擔憂與焦慮逐日翻擾著，惠君還是無法想像未來究竟會是如何，以及到底應該是要怎樣去做應對準備。有時困頓著不知如何是好，很想找個人傾吐討論，卻又不知該和誰說比較好。男人會怎樣來回應答話，大概早都是可以猜測得到的，而且真的讓他接話多說起來，可能反而怕要引發情緒與嘮叨出來，還是避開這些話題比較恰當。

惠君也想過直接去廟裡燒香問籤，但是這樣想著想著，卻又不知道該去哪裡比較好。她搬住到這個大城市後，幾個有名的大廟都有去燒香拜過，但是不知道為什麼，就是沒有真的覺得和其中的任何一家廟，能特別有什麼相親的連結感。這種連結感也很難簡單說明白，並不是廟大不大或是神明靈不靈的問題，而就是一種覺得可以歸依安心的信任感受，就是你只要一進去到那裡，就覺得可以得到庇佑指引的心情。

雖然自己眼前生活一切，看起來都似乎無慮平安，也比過往一路來的日子，顯得順遂無恙。但是，惠君依舊在心底繚繞著強烈的不安，總覺得有什麼不好的事情，必然就要發生來。她不知道這與幼時就有的那種負罪或受難感受，是不是同樣一件東西，也就是在無端預感到不幸即將到臨，或是真的眼見到不幸的真正發生時，同時會湧起一切的災難與不幸，必定都是肇因於自己的感受。這樣莫名就懷帶著罪惡的感覺，其實一直困擾著童年的自己，當時也曾經隱約對母親做過述說，母親望著她耐心聽著，完全沒有多說什麼，就直接帶她去到三山國王廟，要她一起燒香跪拜在神明前，母親嘴裡喃喃念說著什麼，然後和她一起回家去，就這樣明快處理自己那時浮現的不安躁動。

是啊，為什麼不回去到那個同樣的三山國王廟，像母親一樣把所有的不安與恐懼，都全部交付給神明去處理，讓自己可以再次回到那種簡單素樸的無慮狀態呢？就是重新成為一個虔誠也謙卑的信從者，完全甘願也全心臣服的去聆聽神明作安排，把人生交付給神明來指引決定，這樣不就是最好的處置了嗎。

惠君就匆忙做了決定，對男人說南部老家有事情發生，突然要馬上做處理，會回去大約兩三天。又說這只是一些突發的事情，也其實並沒什麼重要嚴重的，會看情況盡量的快去快回，不用去特別擔心。另外，想著要不要先和阿爸通電話說一聲，告訴他自己要回鄉的事情，但是最後決定還是先不要說，等人真的回到小鎮的時候，看那時情況心情怎樣再說吧。

就買了火車票，搭一大透早出發的頭班車，往小鎮自己奔駛去。

她一人到達小鎮時，猶豫著是否當先買好回程的車票。但是，老實說她完全不知道自己究竟打算在這裡待多久，或者說能夠待下去多久。這個曾經如此熟悉的小鎮，如今卻忽然顯得迷濛生疏，那些童年曾經熟識的人，應該都還住在同樣的街巷裡頭。但她完全沒有想要去探尋的意願，也似乎寧願不要與任何人不期而遇，因為她完全不知道要彼此說些什麼，或者說有什麼可以互相述說。

她首先走出去顯得過於巨大也突兀的新車站。他們甚至還在繼續蓋著什麼，用鐵皮圍籬把站前的區域整個圍起來，不時出出入入的工程卡車，不僅弄得塵土飛揚，也讓她進出時覺得危險不安。終於穿離開那裡的時候，注意到已經是接近中午的時候了，可是一整條站前大街的路燈，竟然都還是照舊亮閃著，讓她有些日夜不分的錯亂，甚至開始覺得歧異，像是見到了什麼將臨的不祥預感與昭告，或者自己某種過往的潛行隱身惡意，忽然再次被誰揭發攤露出來，因而覺得有些赤面難堪的不安了。

她走去到站前最是熟悉的三角公園，找個石板凳獨自落坐下來。公園中央的那棵老榕樹依然無恙，也如過往記憶般繁茂與壯碩龐大，樹底散坐著幾個老人，隨意地四下看望穿流的車輛與人行，顯得完全無心卻自在。惠君仔細看著這幾個老人的面容，想要從中辨識出什麼熟悉的過往記憶，但是卻覺得完全陌生徒然，甚至對他們話語的腔調，也似乎有些突兀不熟悉。

有個老人注意到她，轉臉來盯看著，讓惠君忽然慌亂起來。她並不知道自己現在這樣遊走在小鎮的街上，究竟會有多少人還能夠模糊或真切的記憶起她來？或者，其實自己根本早已經是個不相干的外地過客，老早就與這裡的所有一切，統統失去任何的真實關聯了。

在婚後的十幾年裡，她其實也曾經回來過兩次，一次是阿爸的六十歲生日，另一次則是阿爸忽然有個小中風。頭次回來的時候，還是和男人以及兩個稚小的兒子一起，那間原本小時候居住長大的學校宿舍，那時已經被農會整個收回去，說預備要拆掉重蓋公寓大樓，正好阿爸也有打算要退休的念頭，就決定搬回去到鎮郊外的老家農宅去。老家房子當時還沒有完全整理好，暫時還是不方便入住，離鎮上有一小段距離，出入起來不是很方便，惠君就和一家人住到鎮上的旅館。全程的頭尾來回，幾乎只是和全家一起吃頓慶賀的晚飯，再包個紅包送送禮的，就匆忙又趕回去北部了。

另外一次，就是自己一人回來。惠君直接趕到醫院去看阿爸，那時阿爸已經脫離危險，也有再婚的阿姨和小孩在旁邊顧著，自己似乎插不上什麼，就是叮嚀囑咐阿爸日後要小心點，推託間塞個紅包給阿姨，也直接回程去。

基本上，兩次的來回經驗都很不真實，好像確實有回來了，又好像根本沒有真的回來，心底總是有著急急想趕快離開的奇怪情緒。因此，並沒有特別想要去找誰或是去看什麼地方，就似乎是想把自己與小鎮隔著遠遠的，相干又不相干的相互望著，依舊弄不清楚究竟應當要用什麼樣的情緒與姿態彼此相待，彷彿因此才可以確知自己對待小鎮的態度，最終到底應該是要溫情相認，或者連寒暄敘舊都根本不必的了。

這樣奇怪也難堪的心情，一路隨行著自己，也一直懸空吊著晃著，完全不能舒坦安靜放心下來，最終還是只能急急離返去。

惠君想著要不要先去找間旅館，讓自己安頓下來，然後再看要去做什麼的。但是，她其實只攜有一個背袋，沒有什麼重物必須立刻擱置，而且也還弄不清楚今天會留在小鎮過夜，或是根本趕在天黑前，就直接搭車離去，於是要不要住房就更難下決定。這樣猶豫著的，還是決定先四下走走，反正只要在最後天黑前，能去到三山國王廟，就已經算是有完成此行的目的。其他相關的人和事什麼的，到底要干涉或者介入多少，就看自己到那時候，究竟怎樣感覺再說吧。

從袋子裡取出一只墨鏡，順手和遮陽帽子一起戴起來，開始沿著火車站對面那條路直直走下去。這裡曾經是鎮上最是氣派繁華的馬路，也是第一條鋪上柏油路面的摩登街道，所有響亮有名氣的老店家，當年全都集聚在這裡。惠君用一種回顧榮光記憶的姿態走著，彷彿要重新召喚什麼過往的景象，但是同時立刻感覺到身後奔馳著、那條更寬大的外環道路，不管在規模與氣勢上，都已經遠遠壓勝過這條老街。

起先，還是擔心會不會被人視出來，但很快就發覺並沒有人特別注意自己，也許離開這麼多年後，自己早已經和來來往往的無數陌生過客，沒有什麼不一樣的了。逐漸安下心，慢慢沿著騎樓走著，大半還能記得的店家，都已經改頭換面，形貌跟內容都很不一樣，也難於辨認聯想。惠君特別注意到那一家私人小診所，現在居然已經蓋成六層樓的大型醫院。在稚子他們一家遷走後，這間診所立刻就成為鎮上最被信賴的醫生館，當時那個還很年輕的醫生，也是鎮上公認最會讀書的小孩，剛從北部大學畢業以及實習回來，立刻與鎮代表的女兒成親，並且藉由妻家的支持，蓋起來一間嶄新的小診所，然後逐步成功贏得大家的信賴。

再走下去的大路口左轉，就是自己曾經居住成長的農會宿舍，因為知道那棟漂亮的洗石子二層樓屋宅，現在已經完全被拆除去，後來究竟蓋成什麼樣的房子，完全並沒有想去窺見的心意，就蓄意地放慢下腳步，不想立刻靠近去。而在接近街尾的這一段馬路，因為逐漸不屬於繁華所在，反而有些老店家可以辨識出來，譬如那間老牌的米店，幾乎完全沒有改變，而在它隔壁的餅店，雖然門面布置都改得新穎時尚，但是店名招牌依然和過往一樣，這讓惠君有著熟悉與寬心的愉悅感覺。

這時，她注意到了街對面的舊市場。這個當年擁擠狹窄的小市場，惠君曾經無數次跟隨阿母穿梭出入，是她童時最是溫馨難忘的經驗。惠君那時就注意到，阿母的買菜與煮食習性，與其他人家不大相同，阿母喜歡先要停留到魚販攤子，探視大家平日比較迴避的魚鮮，反而不像他人常去買那些雞肉豬肉，另外也會買較多的水果，偶爾還會帶一些鮮花回去。這些似乎平常無奇的習性，在惠君當時的日常感受裡，已經覺得使得他們的一家生活，似乎與宿舍裡的其他人家，有些隱隱的歧異分別。

阿母一般買完菜，還會帶她去吃點心。她們大半會去市場裡的湯粄條攤子，在特殊的情況下，阿母有時候會帶她走遠些，去到市場外面另外一個攤子，那裡賣的是甜不辣或是烏龍麵。當惠君專心吃著有許多豆芽菜的粄條時，母親會暢意與那個顯得健壯扎實的女人，相互用客語大聲聊天起來。那樣顯得熟悉、陌生也遙遠的話音，一直縈繞在惠君的腦海裡。甚至後來她幾次驚訝地發覺，自己其實可以約略聽懂這個殊異的語言，好像就在那樣年幼不經意吃食著湯粄條的時候，就不覺埋藏對這個陌生話語的某種理解了。

惠君還是常常會無端想起來這個粄條攤子，但也是到了很久以後，她才逐漸意識到其實當時母親與她，都是更喜歡甜不辣與烏龍麵，母親所以仍然不斷反覆回去到那個粄條攤子，應該只是為了可以與那個女人說客家話。母親在自己家裡以及整個宿舍樓裡，其實並沒有任何人可以同她說客家話，而每日與那個女人的短暫聊天，應該就是讓她們母女兩個人，所以會不斷回去吃食那個湯粄條的真正原因吧！

舊市場現在已經改建成三層樓的屋宇，雖然中午也才剛過，就像是已經散市無人的模樣。惠君還是決定穿街走入去，她其實有些懷念那個粄條攤子的滋味，雖然也知道隔了這樣長久的時光，要能夠再找到那個攤家，必然是十分困難的。她把回字形狀的陰暗市場繞走一圈，小心迴避穿著雨鞋努力沖刷著地板的男女，果然完全沒有看到那個粄條攤子的跡痕。惠君顯得失望地問了幾個人，都只是用奇怪神色搖頭看著她。

惠君出來菜市場，繼續沿著同一條路走著。接著看到記憶中堂皇的鎮公所，現在卻顯得殘破老舊，往日那些成排的日式官樣屋宇，也只剩下殘餘的一小間，甚至還躲藏在新蓋的混凝土建築後面，顯得有些難堪與羞辱的姿樣。不過，隔著馬路的遠後面、那間日據時期建蓋的郵局建築，依舊被完整保留下來，讓她覺得有著些許的安慰。這裡曾是惠君在幼小的時候，最是喜歡獨自穿留回繞的地點。

有一次惠君在花園玩耍，不小心手掌就扎滿了毛蟲細刺，她哭著回家求助，母親用小夾子把一支一支的細刺，慢慢挑出來清理乾淨，再為她敷上止癢的紅藥水，並用溫熱的口氣吹呼著，慢慢安撫著她哭泣的騷亂情緒。

這些細微的記憶，都彷彿還歷歷如新。

再過去一點，就是以前的警察宿舍區，低矮連綿的日式住宅群，現在竟全部荒廢在那裡，完全無人看顧，每一人家的木材大門，幾乎都被斜木幹封釘起來，讓這一大段的馬路幾乎無人出入，顯得益發死寂。惠君過去就讀的高中，矗立在遠一些的馬路對面，她停步遙遙立望著，完全沒有想走靠近去的念頭。那是一段回想來依舊情緒複雜的時光，自己曾經忽然沉陷到莫名的憂鬱情緒，不僅不喜歡與他人言談交往，也會歇斯底里的哭泣與發脾氣，僅僅是可以順利地讀完到高中畢業，就已經讓大家都鬆口氣，當時沒有繼續升學去考大學，也完全不讓人覺得有什麼意外。

這一段路沒有任何商家，原本住著的人也遷走遠去，只剩下兩旁種著行列的巨大鳳凰木，顯得特別的空曠寂靜。幼年的夏天夜裡，母親會在晚飯後單獨帶她出來這一帶散步，因為屋裡還殘留著白日未褪的熱氣，很多人家會搬著桌椅板凳或是草蓆，各自坐到屋外吹風聊天，顯得很是悠閒和樂。那時家裡住的是二樓，沒有屋前的庭院或街道可以坐臥，只能外出四下閒走。然而惠君和母親都知道，她們事實上更是喜歡這樣的共同散步。

她們常常兩人攜手走著，母親另手會挽把扇子，有時用來幫兩人吹搧涼風，有時用來拂走繞身的蚊子。這一段路的街燈昏暗稀少，通常也沒有太多人出入，只剩下她們母女兩人一起相互依存。偶爾從警察宿舍的圍牆裡，忽然傳出來什麼尖銳的聲響或呼喚爭吵，牆頭會竄過去一隻夜貓黑影，其他還剩下的，通常就是兩人間的沉靜步伐聲響了。

母親這時已經很少說話了，就是安靜地活在自己的世界裡，好像知足又寂寞孤單的一個人。惠君那時年紀太小，不能全然明白這樣的情緒，現在回想起來，開始可以懂得母親當時的狀況。在那樣拂著安靜微風的夜裡，街燈投射出來兩人的細長身影，無聲一起走著街路，既是幸福又暗藏什麼未明哀傷的記憶，此時就鮮明地再次浮現出來，讓惠君忽然對母親有著強烈的懷念。

雖然還不到真正的盛夏時候，但是現在這樣在午後的走路，已經讓惠君覺得疲憊不堪了。決定還是先住進去個旅店，洗個澡也順便休息一下，等到傍晚涼快一點的時候，再找過去三山國王廟看看吧！就在朝往廟宇方向的那條建基路上，隨意走進去一間旅店，自己迅速更衣洗個澡，然後小睡休息一下。

惠君一下子就熟睡去，後來是聽到飯店走廊有男女爭吵，把她突然驚醒來。趕忙拉開緊閉的窗簾，看錶已經五點出頭，外面街道依舊亮著，沒有更顯熱鬧的跡象，馬路上闌闌珊珊只有少許人行模樣。她想著等一下除了去到廟裡外，究竟還可以做些什麼事呢？也許先走去看看稚子她們的家，究竟現在還在不在那裡，還是有沒有改變成什麼模樣去了？另外，最早和男人一起進去過的那間老冰店，也還在原來的地方嗎？不知道現在怎樣了？

就信步自己走了出去。

這時惠君的心情，比起早先剛才到抵時，要遲緩平靜許多，沒有原先緊綳與某種疏離的感覺，四圍景象因此顯得可親起來。惠君先緩步尋過去稚子的家屋，在她記憶地點附近反覆繞走，卻完全看不到那間印象中、總是精巧華美的屋子，但是也不能確認原本位置何在，就只能徘徊四顧的探看著。但是，惠君沒有因此覺得意外或失望，那間房子的終究消逝去，與稚子她們一家最後的無音訊遠離，某個程度，應當就是必然的結局，所有的記憶與現實的一切，本來就都一定會是這樣結局的吧！

原本已經放棄尋找的心情，忽然在惠君一轉身時，就又重新看見這間記憶中的房子。那個熟悉的騎樓與洗石子牆面，現在已經全被木板封釘起來，像是掩蓋在現實之外的什麼廢墟。惠君先是看見透出木板頂的那幾個雕花柱頭，以及二樓那寬大的平台走廊，才視出來這間舊屋子。她繼續問了隔屋的老婦人，終於完全確認這屋子的真實，她們並說這屋子原本有一直要賣，後來好像價錢與市場有些落差，就長時乏人問津，最後只能封釘起來，免得有人闖進去破壞屋子。旁邊的婦人接著說，好像不只是這樣，是屋子產權還歸在最早的醫師一家身上，但他們搬去日本已經很久，好像連自己原本的親戚，現在都尋不到他們究竟何在，根本就無法買賣或是做產權轉移。

惠君望著這棟顯得凋零無依的屋子，自己緩緩走轉到側邊的花園，從圍牆的鐵欄杆望進去，還看得見已經乾涸的那座小水池，與坐落一旁的幾個假山石頭。原本矗立在院中央的那棵大芒果樹，已經砍去不見蹤影，依靠屋牆的蘭花棚架，也完全毀壞消失去，整個花園現在布滿半人高的芒草，與當初的典雅細緻風韻，根本完全難以做聯想。

惠君離開前，過去謝謝兩個鄰屋的老婦人，再次探問稚子她們一家的音訊，依舊是完全沒有任何的答案。她就折回去旅店，用房間裡的信紙，寫了一封簡短的信，大意是向稚子說明自己現在的狀態：「我現在過得很好，也搬去台北很多年了，還生了兩個兒子，一切都很平安幸福。如果你看到了這封信，請記得一定要和我再度聯絡啊！」

向櫃台要了個空白信封，先黏貼好信封口，再寫上稚子的名字，以及自己的姓名地址，走去到那屋子前，小心投入掛在外側的老信箱，確定聽到信封落下去著底的聲響，才繼續轉身離去，一人往著廟門口的方向走去。

惠君看到三山國王廟的廟門牌坊時，立即有某種難明熟悉紊亂的心情湧起。廟口外的那家冰店果然不見了，現在換成一家顯得生意很熱鬧的海鮮熱炒，牌坊內的廣場依舊空敞寬大，那座用來酬謝神明的水泥戲台，仍然高高地聳立原處。惠君記得在這裡看過無數的表演，像是勞軍團的巡迴歌舞團、酬神的外地戲班子與布袋戲，還有學校師生的節慶表演，許多美好的童時記憶，都悠悠長長源生自這裡。

然後，惠君轉臉望向去三山國王廟。這個總在記憶中迴繞不去的廟宇，現在看起來顯得有些老舊去，也比印象中要顯得矮小侷促，但是，除了新裝的跑馬燈和電子看板，讓自己會有著些許不適應的感覺外，並沒有其他什麼特別的改變。惠君認真盯視這座記憶中的老廟，深深感覺得它依舊存有著的雕琢繁複和美麗，不能不從心中暗自讚嘆了。這座廟雖然根本不能算是有怎樣特別的規模，也完全不是什麼神蹟顯著的著名寺廟，卻是不斷在惠君遠離故鄉的生命中，反覆出現來的唯一廟宇。

惠君就一人立在原處，張眼盯望著這間廟宇，回想起來從過往一直到此刻的每一個日子裡，這間廟宇竟然尚且不斷對她持恆暗示與承諾著，必會擔待起她的一切苦難與不幸，就特別覺得感動與恩情。這樣讓她可以在身心上，同時感覺得定心妥當的處所，現在就這樣如常的立在眼前，日出般永恆地立在那裡，用一種無動於衷的神情望著自己，讓她剎那間有些惚恍難明。

這時，惠君突然感覺內心侷促不安起來，整個軀體有些硬僵難移，像是剛才被誰下了符咒般地寸步難移。當年要離走家鄉那個早晨，就是特地匆促來到這裡叩拜神明祈求護佑平安，心中因此一直對於廟裡的神明念念難忘，覺得必要應當回來酬謝報恩。然而，為何終於回到來這裡的時候，竟然有著此刻這樣的惶恐與不安心情呢？

記憶起幼時一次與母親同來，把她安置入廣場邊的攤販，點了一份鹹米糕，母親自己入返到廟裡去燒香問籤。她在吃食完畢後，依舊見不到母親回返，決定步走進去尋找母親何在。那時，她看到母親在側廊一端，與一個模樣老邁的男人說著話，頭低垂不時用手拭淚，只能遠遠隱約聆聽著兩人的對話：

「那……老大人，你說如果這樣子的話，那我們要怎麼辦呢？」是母親顯得焦急的聲音。

「這個……我真的也不知道啊！這應該就是命、就是天生帶著劫數的運命，這是老天注定的，我們也沒有辦法奈何的。」

「那我們現在還可以做些什麼來彌補呢？」

「就還是自己要懂得避開來，不要讓身邊的人因此遭殃受禍。如果不幸有了這樣的運命，不只自己一定會不好過，可能連帶還是會害到別人的，就是要懂得自己避開來，也要幫別人避開來，免得大家連帶一起受遭殃啊！」

「可是……就還只是個小孩啊！」

「這個就是運命，不分大人小孩的，也是沒有辦法的。」

「我可以來代替承受這些嗎？」

「可以不可以，也只有神明能決定，問我是問不到的。」

然後，老人忽然看見她立在那裡，就用下額示意母親。母親回頭來望見她，立刻過來牽她離去，並且一路緊步回返家，始終完全抿嘴不發出任何聲響話語。

那日以後，惠君會不斷反覆思考著，是不是自己真的就是他們所說的、就是那個注定帶著詛咒的人，生來就是一定要讓身邊所愛的人遭殃的人呢？譬如最終一人孤單老去的母親、還有懷著小孩被逐離去的堂姊，以及與自己原本最是親近、卻終究不能相往來的稚子，難道她們都是遭受著我的詛咒的嗎？

這個突然間就莫名回返來的記憶，像是廟宇此刻對她的訴說與提醒，好像要昭告出來自己居然長久忘卻了什麼被交代與身負的隱密使命，也居然不明白自己可能就是他人受苦源頭的事實。對於這個曾經最是依賴的廟宇，卻傳訴給她這樣帶著恐懼的記憶提醒，確實就讓惠君忽然慌亂著了，好像自己就是那個做了錯事的小孩，那個始終背負著什麼罪惡與歉疚的人，因此永遠無法乾淨坦白回到這個最本初的地方。

惠君發覺到自己所一直回繞難忘的一切，譬如這廟宇、母親，甚至這個曾經成長過來的小鎮，其實正就是自己最害怕去真正面對的事物，彷彿自己就是一身髒污與被嫌棄的小孩，因而只能永遠徘徊遲疑著，不敢也不能夠回返進入最眷戀的家中。不敢真正面對的，其實不全然是那個家，更應該是自己宿命的罪惡感，自己莫名背負的什麼使命，以及因此會帶給他人的不幸，還有最終會因而責備與擔憂著自己的母親吧！

對於小鎮一切的回憶，總是必會回歸到母親的身上，二者其實牢牢相互捆綁難分別。譬如，關於母親那始終未能明白的不幸患病命運，某個程度一直讓惠君有著深深自責，或許就是因為自己所攜帶的不明罪惡，以及個性的懦弱與殘缺，在當年不自覺地選擇了無意識的閉耳不聞問，任由母親獨自去承接那些臨加來的詛咒，才會肇始出母親這一切的不幸吧！

三山國王廟正是這一切的目擊證人，她完全清楚視見到自己在對待母親時，所有內隱的不堪、邪惡與迴避。因此，自己一直所蓄意迴避的，並不是故鄉所在的這個小鎮，而是記憶中的母親與她那不幸的命運，以及無所不知、有如證人般的三山國王廟。因此，自己真正最害怕面對的，就是因為自己曾經的不足與無能，導致的所有流離與悲傷，與因之無可脫逃、必須承擔的餘生責任。自己本來就是命定的負罪者，即使不斷地回來到三山國王廟前，只是再次讓自己明白所有罪惡與不安，其實是如何宿命地與自己牢固不移。

就是這樣的一切，才會讓自己一直難以返回到故鄉來。

惠君意識到這件事情的因果後，彷彿忽然也理解這整趟旅程的可笑與徒然，立刻決定轉身離去。她覺得好像落入了什麼奇怪的陷阱，讓她的內裡赤裸難堪地攤露出來，似乎只有立即離開這裡的一切，才可能平復此刻的惶恐不安，並得以逃離那陷阱般的報復懲罰枷鎖。

她先回返到旅館，收拾東西結帳離開。馬上去到火車站，詢問當夜是否還有回去到北邊大城的班車，他們說只剩下一個平快夜班列車，但是還有兩個多小時班車才發。

售票員特別提醒她說：「到達回返去的大城終站，應該已經是天要亮的時候了。」

惠君思索了一下，還是決定搭這班列車回去。

這時候，她的心情比較安定下來。大半天一直沒有吃東西，決定先吃頓晚餐墊飽肚子，就轉到火車站對面的小巷子，漫漫四處穿走看著。最後進到一家像是客家飲食的小店，女老闆招呼她坐下來，點了香菇肉絲炒粄條和一碗旗魚丸湯，獨自吃食起來。

離開付帳的時候，惠君想起來當年的老照相館，就向女老闆詢問是否知道。女老闆想著說應該是後來搬走去，然後又新開的那一家：「已經搬離開那裡很久了，不過店名一直沒有改，現在應該是他的小兒子在經營生意。」

惠君依照女老闆的指示，在不遠的小巷子裡，果然找到店名沒改的照相館。她有些興奮地走進去店裡，整個屋內陳設與以前的記憶，仍然很吻合接近，只是空間似乎顯得緊促狹窄一些。坐在玻璃櫃後的中年男人，用詢問的眼神望過來。

惠君就說：「不好意思，就是很久很久以前，我有在你們那間以前的老店，拍過一些照片，應該是你父親拍的。因為很久沒有回來這裡，今天正好又路過，就想說進來看一看。」

中年男人說：「是喔。歡迎歡迎，那就自己隨便看，不用客氣。如果是以前在老店拍的照片，那應該都是我父親拍的，而且那時鎮上大多數人的家庭照片，應該都是他拍的，大概是沒錯的。」

「你們為什麼會搬到這裡來呢？」

「因為後來照相館生意就很不好做了，尤其連鎖店進來，更是不容易賺錢。然後原本在大街的房租太貴，就決定搬進來這裡省點錢。」

「喔，是這樣啊！」惠君四下看著，注意到玻璃櫃裡，陳列著一些早期彩色手繪風景作背景的照片，就指著說：「我以前就拍過這樣的呢！」

「現在已經沒有人要拍這種照片了，可能拍了還會被笑的。」

「是嗎，為什麼呢？」

「就是不流行啊，年輕人會覺得太老派了。」

「要是我現在想再拍一次這樣的照片，還有辦法嗎？」

「這我不知道耶。我阿爸不知道把這些背景和道具，當初都收到哪裡去了。而且就算可以找出來，說真的還能不能用，也是很難說的呢！……你是真的還會想要拍這種照片嗎？」

「確實有些懷念呢！」

「哈哈，應該很難找到還可以拍這種風景背景的照相館了。」

「是嗎？都找不到了嗎？」

「應該都找不到的了。」

惠君從照相館離開後，決定要繼續穿走這些顯得陌生巷子。這裡離老家住處比較遠，不是她與玩伴會經常過來玩耍的地方，而且她記得在幼小時，這條巷子曾經有一隻兇惡的黑狗，會嚎叫著追咬路過的小孩，讓她們總是遠遠避開這一段路徑。

這時，四周暗黑下來，惠君朝著車站方向漫漫走靠去。不知道究竟為什麼，完全沒有想去阿爸那裡看一下的念頭，他們應該都是過得很好，見了面也不知道該說什麼，不如就不要驚動他們算了。然後，走經過一個路邊的小廟宇，廟門口坐著幾個赤膊上身的老人，一起喝著米酒花生相互聊天，相互顯得開心也暢意。轉了念頭決定走入小廟，惠君先依序投錢取香火，然後在神案前跪拜下去，喃喃敘述著自己一直的不安與懼怕，以及期盼的護佑與平安化解。

抽一支籤，寫著：先損後有益，如月之剝蝕。玉兔待重生，光華當滿室。

把籤條收入皮包裡，就離開了。

那個夜裡，惠君一直無法睡眠。她坐靠著車窗，睜眼望向外面不斷流逝去的黝黑大地，月亮從遠處悄悄現身出來，把一切的事物景象，忽然整個照亮起來。想到在遠處的男人與兩個兒子，意識到自己與他們的連結，以及必將出現不可免的命運分離。然後又輾轉想著：他們會不會因為自己的緣故，可能也必須承受著什麼不明的苦難，尤其覺得沉重難安。

拿出籤條輕聲讀著：先損後有益，如月之剝蝕。玉兔待重生，光華當滿室。拉開車窗細縫，風簌簌吹颳進來，顏面覺得有些冰涼痲痺，再把籤條用力擲拋出車窗，看紙條竄逝入黑夜無蹤，鬆口氣也開始有一些睡意。

就這樣醒著睡著的，車子最後回到了北邊的城市來。

# 8. 星子與花朵

唯實與唯虛雖然是兄弟，從許多角度看，卻又像是不相干的兩個路人。譬如唯實從來長得結實渾厚，與父親的肢幹比較相近，尤其在進了軍校後，運動起息吃食都正常，就更顯茁壯厚挺。相對之下，唯虛卻是細支支的，這也是本來天生的緣故，就算後來有進去武館練拳，還是不顯壯碩模樣，反而更是抽拔得益發高䠷，讓惠君與男人都詫異。

「你說唯虛怎麼就一直長高不停止，反而完全不長肌肉、還是骨架什麼的，會不會是哪裡有問題啊？」惠君私下擔心問著男人。

「哪裡有這種事情。本來每個人的身體模樣，就是天生基因的關係，這都是普通常識了，你不要自己隨便東想西想的。」

「基因這東西我當然知道，但是你看我們兩個人的樣子，怎麼會生一個這樣體型的小孩出來呢？」

「有時也是會隔代遺傳的。對了，我記得小時候去我娘的老家，就看到一個遠房的長輩大人，長得比別人都高一個多頭，把我那時嚇得緊張害怕極了。這種事情很難說的，唯虛只要平安健康就好，究竟到底最終是要長高長矮、或是變得胖啊瘦的，可能也由不得人，就順其自然、只要健康就好的吧。」

「這些我知道啦，我當然知道的啦！」

惠君嘴上這樣說著，卻其實一刻也沒有停止掛慮著唯虛，尤其是身體肢幹的長成狀況。

兄弟兩人間的關係，看似平淡和氣，其實就從來遠遠近近，也因此一直顯得撲撲朔朔，不要說旁人無法弄清楚，惠君與男人自己都無法說得明白。基本上，唯實顯得積極熱切，會有長兄的自我責任感，某些時候尤其要顯露出同根兄弟的義氣相挺氣概，甚至不時要對唯虛強調一下，兩人應當如何互助與和樂的重要。唯虛對這樣一切顯得溫熱的說法，卻像是沒有聽懂似的，通常就睜眼望著他哥哥說話，頭尾完全不置可否，彷彿正看著一場不相干的什麼演說或戲劇。

儘管男人不斷提醒不需要過慮，惠君還是會擔心地注視這兩個兒子的成長，並特別關注著兩人間向來顯得歧異的關係發展。有一次兩人不知為何起了爭執，惠君發現事後唯虛就不再與唯實說話互動，也因為唯虛原來就喜歡生活在自己的狀態裡，所以這樣類似杯葛與對抗的舉動，竟然連男人都完全沒有任何的察覺，彷若一切都依舊如常。

惠君有些氣急敗壞，好像預感到什麼風暴來臨，決定把事情清楚的理出來。她從唯虛的口裡，完全問不出原委，只好換轉去問哥哥唯實，說也記不清楚究竟發生了什麼，又因為本來唯實的平日生活，確實也與唯虛沒有多少交疊，就更對這樣態度上的冷淡疏離，沒有特別在意的感受。惠君幾次反覆詢問後，大概知道應是唯實某次忽然顯露大哥長兄姿態，對唯虛使喚指引一些生活動作，這讓平日雖然顯得平靜無爭、其實完全不愛受人干預的唯虛動了氣，並且就在相互些微的推拉動作後，忽然對他的哥哥說：「我以後不要再和你說話了。」

唯實以為這就是尋常爭端話語，等事情過了氣也消了，自然一切又會如常，所以完全沒有去特別在意，很快就不再留意這件事情。然而，唯虛卻固執地執行著他的話語諾言，此後就不再與唯實有任何互動，惠君對此顯得憂慮憤怒，私下幾次去和唯虛說話，意圖消弭這隱而未顯的家庭爭端。

「唯虛，你為什麼要和你哥哥生氣？」

「我並沒有在和任何人生氣。」

「可是你卻不和你哥哥說話，不是嗎？」

「是的。」

「為什要要這樣呢？」

「沒有為什麼。我就是這樣做了決定。」

「你們是兄弟，不可以這樣的，這會給人家笑話。要不要我找唯實一起來，兩個人都說說看，究竟到底是誰對誰錯，是該誰道歉就道歉，說個清楚就好了，可以嗎？」

「不需要的，媽媽。」

「可是你自己這樣的在生氣，是不好的啊！」

「我並沒有在生氣，是真的。我只是決定現在不想和他說話而已。」

「那你要永遠這樣子嗎，永遠就不再和你自己的親哥哥說話了嗎？」

「我並沒有這樣去想。」

「那你會再和他說話嗎？」

「當然會啊。」

「那是什麼時候呢？」

「我也不知道，順其自然吧。時候到了就會到了，你也沒必要這麼擔心的。」

「會是什麼時候呢？」

「不用擔心，媽媽，我一定會再和哥哥說話的。」

「真的嗎？你要知道你父親如果知道了，會十分生氣的。」

唯處沒有答話，就睜眼看著他的母親。

這樣的事情也奇異地竟然男人完全沒有察覺。然後在將近一年多的時間後，唯處在一個晚餐的中途，就忽然對唯實開口說了話。究竟當時說的是什麼，惠君其實已經不復記憶，但完全記得當下的那一刻，整個心彷彿被什麼東西揪抓住，肢體也跟著抽搐了一下，眼淚轉滑就要滾落出來。那種激動與感恩交夾的感受，日後一直牢牢記得不能忘。

看唯實當下愣著不知反應，就趕忙岔話轉移開來，尤其不想引起男人注意，把這事情平淡無波的覆帶過去。同時，彷彿感受到不知源受自何處的巨大庇佑，在心底不斷反覆暗念著：「謝謝你呀，真的謝謝你呀！」

唯實入到軍校裡，整個人顯得振奮愉快，假日回返時會敘述他的優秀表現，甚至不斷帶回炫示成果的獎章證明，與過往他在國中升學歷程裡，挫敗與沮喪的模樣，完全大不相同，好像忽然換了一個軀體與靈魂似的。這樣軍旅中的訓練與經驗，同時神奇地拉近唯實與男人間，原本一直疏遠的距離，唯實會因為自己的新身分，而顯得好奇地不斷追問男人，關於當年從軍與受訓的過程點滴，語氣與態度流露著景仰和嚮往。原本對於自己這段生命歷程，一直迴避不願談起的男人，也會被唯實這樣的殷切期待所勾引，因而吐露出來一些平日少聽聞的話語。

「阿爸，你當初是怎麼會決定去從軍的啊？」

「就是那時候聽到委員長公開號召全國青年，就說是要『一寸山河一寸血，十萬青年十萬軍』。我那時一聽到廣播，就內心澎湃激昂，完全擋不住想報國的衝動，立刻離家投軍去了。」

「那你算是黃埔的嗎？」

「我不算是正期生，也沒去過真正的陸軍官校。那時抗日已經比較後期了，黃埔也有不同的訓練基地，我才一參軍入伍，就直接去到昆明受訓，然後就參與了緬北大反攻的戰役。」

「你說你以前是砲兵的對吧？」

「沒錯，我那時是么洞伍榴彈砲部隊，算是當時很菁英的部隊啊！」

「阿爸，你有什麼照片的，還是什麼物件資料的嗎？我怎麼什麼都沒看過，能不能找一些東西出來，讓我可以拿去給同學朋友看看嗎？一定很威風神氣的，也一定會讓所有人都羨慕的呢！」

「都沒有了，全都沒有了。」

「為什麼會這樣，真的什麼都沒有留下來嗎？」

「是啊，就是全都丟光了。因為抗日結束後，後來又被調去東北剿匪，可是卻遇到埋伏打了大敗戰，幾乎全軍被殲被俘。我算是命大運氣好，還可以和幾個老鄉伙伴們一路逃出來，可是為了怕半路被認出來身分，所有相關的物件東西，老早都拋得一乾二淨的了。」

「是喔，怎麼會這樣，也太可惜了吧！」

「是啊，現在再回頭想，確實真的很可惜的啊！」

惠君一旁聽著，有些詫異男人會這樣坦然開始談起自己的某一段生命故事，這在惠君過往的經驗裡，似乎是難以想像的。在惠君與男人生活的這許多年裡，雖然男人最早會幾度在酒後說了一些自己的故事，但是只要隔日一酒醒，這話題就立刻雲霧般消散去，不會對人再提起來，後來更甚至完全一次也不再聽到過。兩人都很有默契地相互知道，這些屬於男人的私己片段生命，就像是一個不見底的大黑洞，根本是無從眺看、也不可任意挖鑿。

但是，惠君曾經無意間在男人皮夾裡，看到他收藏了一張泛黃的黑白照片，就壓在男人母親照片的後面，是當年軍裝打扮的男人，與一個同樣年輕、也穿著軍服外國人的立姿合照，照片背面還有著字跡模糊的幾個英文字。

她好奇問著男人這個照片裡的外國人是誰啊？男人說是部隊裡的美國少尉。她又問部隊怎麼有美國人呢？男人說那時美軍已經有支援對日戰爭，這軍官就是他們砲兵隊的教官。她再問那他後來人在哪裡呢？男人就冷漠地說：已經戰死了，拍完照的那個月，就被日本人打死了。惠君聽了愣住，咿啊張嘴不知當怎樣接話，整個事情就這樣斷了話題。

惠君後來再回想起來這件事情時，忽然想到男人一路學習英文的認真態度，以及婚後曾經說過好友被擊落出吉普車外的事情，不知道是不是跟這張照片裡的外國男人有什麼牽連關係。然而男人對於這些過往的事情，一直保持著奇怪謹慎與寡言態度，讓惠君只能自我迴懼，不敢輕易再去叩敲。

那張無意間看到的泛黃照片，自那日談話後，就不曾再次見到過了。

唯虛依舊是沉靜無息的生活著，即令在家中生活出入，也讓人覺得彷彿躡足行走的風一般，完全無聲也無覺。一日，惠君彷彿覺察了什麼異樣，就忽然問著唯虛：你還是在那間武館裡面工作嗎？唯虛平靜地抬頭回看著她，說：並沒有，我已經不在武館裡工作了。惠君立刻詫異追問著：怎麼會這樣呢？是有為了什麼特別原因嗎？唯虛搖著頭說：並沒有為什麼。

「那你現在呢，你現在都在做什麼呢？」

「我現在換到一家腳底按摩店去做了。」

「那你還是可以住在武館裡面嗎？」

「不可以。」

「那你晚上都住哪裡呢？」

「按摩店比較遠，而且有時上班會過到半夜，我就在店的附近，自己租了個屋頂加蓋的房間，上下班出入比較方便。」

「發生這些事情，你怎麼都不說啊？」

「這種事情沒什麼特別的啊，沒有什麼好說的吧！」

「我會擔心啊！」

「你並不需要擔心的。」

惠君後來還是覺得不安，請朋友回去武館打聽原委，說是他們開始發覺唯虛情緒會起伏騷動，甚至有時會突然對學員發出莫名其妙的怒氣，雖然並不嚴重，但已經讓許多人覺得擔憂，所以武館決定讓他離開。

「怎麼可能會這樣呢？」惠君完全詫異不能相信。

「應該是真的，因為我不只問了武館裡工作的人，也問了一些我認識的學員家長，好像真的情緒會起伏難預料。」那個朋友說。

「那他有真的去做出什麼威脅到別人、還是危害到別人的事情來嗎？」

「那倒是沒有，完全都沒有。不過，對了……真正讓他們這樣決定的導火線，並不是他情緒的難以預料控制，而是有一天夜裡，武館外的一排機車忽然失火，等消防車來撲熄之後，都已經燒成黑焦去了。消防隊看了現場的判斷，說應該是有人蓄意縱火燒去的。」

「阿，怎麼會有這樣的事情呢！」

「最特別的事情，是武館的人後來在燒掉機車的附近，還找到了幾個菸頭，和一個裝過汽油的空罐子。」

「然後呢？有找出來是誰做的嗎？」

「當然沒有人，誰會出來承認和這些東西有關係呢！可是武館老闆娘卻立刻認得出來那些菸頭，說是她去日本玩時，在機場海關買了帶回來的，她還有分了兩包給唯虛。」

「可是唯虛並不抽菸的啊。」

「他其實有抽，只是我們不知道而已。」

「可是就算這樣有抽菸，也不可以說就是一定和唯虛有關吧！她只分兩包給唯虛，另外一定也還有分給其他人吧？」

「沒錯沒錯。沒有人真正知道究竟是怎麼回事，連警察也找不到什麼線索和證據，當然更沒有人敢說這事情和唯虛有任何關係。但是老闆娘自己有往這方向去想，再加上唯虛情緒的躁動不安，她就決定乾脆讓唯虛離開走人了。」

「怎麼會這樣呢？怎麼可以這樣子來對待唯虛，他根本就還只是個小孩子，這樣單純也無辜的人啊！」

「是啊是啊，唯虛當然是這樣子的人，我們都是知道的。這件事情你也千萬不要想太多，頭尾到底究竟怎樣，現在根本也還沒有人說得清楚，武館那邊其實並不想聲張，大家就當沒事過去算了。本來現在的社會上，就有太多怪事和意外，天天在不斷發生，最好的方法就是快快把它忘記去。」

這事情對惠君造成了很大的衝擊，她不斷反覆思慮來去的，並不全然是唯虛是否真的與縱火有關係，反而更是因為這件事情，所聯想起來自己母親的故事。母親後來幾乎無因由的忽然精神失常，連父親也詫異不能明白緣故，又因為擔心不知她會做出什麼不可預料的事情，只能把她單獨控鎖隔離起來，最終甚至任由她家族的人蜂擁上門來究問，並且把人強行擄遷去。

難道唯虛也承襲著母親一樣的艱苦命運嗎？唯虛會同樣地步往向母親那樣不幸也悲慘的一生嗎？難道這是一種存藏在家族的命運內，永遠輪迴不能終止的詛咒嗎？光是這樣的想著，已經讓惠君全身哆嗦不能停止了。

惠君沒有和唯虛說起任何事情，只是說改日想要去他住的地方看一看，唯虛狐疑地看了她一眼，點了點頭沒有說什麼。那間四層公寓的屋頂加建，是在城市偏靠西南邊的區塊，離他們住家看過去的對面河岸並不遠。惠君因為有一次看到唯盧無意夾帶的電費單，就私下已經先依地址找去，在外面及四圍瀏覽觀看過，算是有些熟悉清楚。

真正進去到屋子內裡，首先還是有些驚訝，對於所有陳設擺置的簡潔有序，感覺到某種意外的不熟悉。唯盧一直是個會把自己料理好的人，完全不會想要去拖累別人，但是這也還是惠君頭次見到他如何安置自己的生活，雖然屋內的生活物件顯得稀少零落，一切卻依舊井井有序。在這個顯得簡陋的頂樓鐵皮屋子裡，就一個單開長條空間，上面覆著雙斜面的鐵皮頂，屋內擺設有一張單人床、一套方形餐桌椅和塑膠衣櫃，連電視機都沒有看見，另外用花布隔開起來，說後面是浴間與小廚房，惠君並沒有進去看見。

屋外有大塊平台空地，置放許多大小盆栽植物，看起來都有被小心照顧好。從這個平台上，光是站立著就可以遠遠看見蜿蜒流淌的河水，以及河對岸參差的林立屋宇。惠君覺得自己住居的家屋，應該也落在對岸的其中哪裡。

「阿母，你想要喝杯茶嗎？來到我這裡，其實沒什麼事情可以做，你會不會覺得無聊啊？」

「不會，當然不會無聊。你這裡的視野很好，好像都可以看到我們家去了。只是，夏天會不會很悶熱啊？屋頂……會漏水嗎？還有……如果颱風真的來了，會不會有問題啊？」

「還不知道，我也才住進來三個月，現在看起來都還好，以後就再看看吧！對了，要不然你就乾脆在這外面坐，吹吹風看看景色，應該也比在屋子裡舒服，然後乾脆讓我來順便幫你做個腳底按摩吧？」

「好啊，我就一直有聽電視在說腳底按摩是怎樣好怎樣好的，又解疲勞又能治病的，但是也不敢真的去給人家按，怕花錢也怕丟臉。現在既然你是專家了，就讓你服務一下了。」

「當然當然。」

唯虛入屋去燒水準備，惠君自己坐下來，一邊看著遠處，一邊想著該怎樣和唯虛談他近來發生的事情。唯虛很快出來置擺好用品，開始專注地按摩著惠君的雙腳，兩人間沉默著，只有水波漾起來時的輕微聲響。惠君回想著小時候幫唯虛洗澡的愉悅景象，同時望著此刻反而是他在為自己洗腳，覺得有些情緒的複雜與唏噓。

這是接近黃昏的時候，歸去的鳥禽長鳴穿飛過去，鄰屋人家也開始飄出晚食炊煮氣味，讓惠君懷念起一家人以往能共食的晚餐時光。但她並沒有表露什麼，就繼續望著埋頭專注工作的唯虛，吁口氣然後說：

「唯虛，我有聽說你離開武館，是和你的精神情況不好有關係，是真的嗎？」

「也可以這樣說。」唯虛並沒有抬起頭來。

「究竟是怎樣，你可以告訴我嗎？」

「就是這一年多來，我確實覺得情緒有時會很不好控制，究竟是什麼原因，我也不清楚。這樣覺得波動不太能控制的感覺，其實從小一直也都有，只是現在忽然變頻繁、也越來越嚴重而已。」

「你會擔心嗎？」

「有一點。」

「唯虛，你知道我的阿母，也就是你的阿嬤，她在我差不多十歲左右，就有精神疾病的症狀，那時候醫學知識沒有像現在這樣發達，也不知道該去看醫生，結果就只是家人自己把她關了一輩子啊！」

「我有聽說過一點阿嬤的事情。」

「阿，那個就是……就是我有在想，不知道你現在的症狀，不知道會不會和我阿母當年的病有關係。所以，所以……唯虛，我說了你不要生氣，我是有在想你要不要去大醫院掛個號，去給醫生診斷一下，也許吃吃藥什麼的，你覺得這樣可以嗎？我這樣對你講，你不會生我的氣吧？」

「當然不會，我怎麼會生你的氣呢！其實我本來也有這樣想，既然你也擔心起來，那我就早一點去掛號，讓醫生看一看好了。」

「你不會覺得我把你當病人，是很粗魯不禮貌的呢？」
「不會。其實我一直就覺得自己是個病人，你會這樣想，反而是很正常的。」
「你說一直覺得自己是病人，這是什麼意思啊？」
「就是說我從來沒有覺得自己是完全健康的，只是一直不知道自己究竟哪裡有問題而已。我本來就是一個病人，我覺得這很正常，不見得是不好的事情啊！」
「你怎麼會這樣去想自己呢？」
「這並沒有什麼奇怪的啊！」
唯盧就立起來，說要去加一些熱水，但是會馬上回來。
再回來的時候，惠君又問著：
「唯盧，你要我陪你去醫院嗎？」
「不用了，我自己一定會去的。」
「你覺得這樣的疾病或症狀，和阿嬤當年發病的事情，有什麼關係嗎？」
「我並不在乎這個，也不會這樣去想。也就是說，不管是不是都沒有關係，對我也根本無所謂。」
「你會覺得自己這樣很倒楣嗎？」
「並不會啊。」
「那你會不會覺得這樣很丟臉呢？」

「為什麼丟臉？因為我是一個病人嗎？」

「我也不知道，就是我一直覺得我阿母生病這件事情，即使一直到了現在，都還是讓我們整個家族覺得很丟臉呢！」

「我不知道別人怎樣想，但是我也沒有覺得別人的看法，會對我有什麼重要差別的。」

「我們還是會擔心啊！」

「那你會覺得如果我真的生病的話，也讓你覺得丟臉嗎？」

「唯慮，不會的，當然完全不會。我只是希望你能健康起來，希望你能平平安安的過日子，這樣就好了，其他的事情，我並沒有特別去想。」

「阿母，你會覺得我們家裡人的這些奇怪的遭遇，都是你自己一人的錯嗎？」

「不知道耶，我這幾天確實有在回想你小時候的事情，也一直在想說是不是我那時候哪裡疏忽掉了，所以才讓你變成現在這樣子的啊！」

「阿母，千萬不要這樣想，這樣想並沒有任何用處的。」

「我知道。」

「我一定會去看醫生，也一定會依照醫生的囑咐診斷，認真去吃藥什麼的，你就不要繼續在那裡擔心的了。」

「好的，我知道了。」

又說：「唯慮，你現在這樣自己賺錢養活自己，也有自己的地方可以過生活，我其實覺得很放心。但是，你不要因此就太過習慣了，反而忘記你其實還有另外一個我們大家一起生活的家，也還是在那裡等著你的啊。你一定要常常記得回來看我們，不要以為自己是沒有家可以回去的那種人啊！」

唯慮就點了點頭，並沒有回話說什麼。

惠君隔了一會，又說：「唯慮，你自己這樣一個人住，不會覺得孤單寂寞嗎？你不會覺得離我們大家很遙遠嗎？要是臨時有事情發生，還是會需要身邊有個人在旁邊顧著，比較可以心安一些吧？」

「我並沒有離你們很遠，我覺得還是一直在你們的身邊的啊！」

「我是說你現在還要去看病還要上班，是不是有人幫忙你處理生活的事情，會比較適合跟容易一些呢？」

「我的生活一直都很適合也容易的。」

「是喔。那這樣就好，這樣就好。」

後來惠君急著離去，說必須要回返去買菜煮飯給男人吃。在回程的公車上，她一人坐靠著窗邊，看著路旁許多穿梭在天色即將暗黑的前一刻，猶然各自急忙奔波返家的行人，覺得心情雜亂也不安。同時，想著唯慮的人生與將臨的一切，彷彿預見到什麼不幸的必將到來，就一人暗自哭了起來。

唯實在學校的表現優秀，屢屢拿回來各樣表揚的證章，也敘述他被賦予學生領袖的職位。臨畢業時，說他不但已經通過直升陸官正期班，如果持續能有這樣好表現的話，大家甚至看好未來有機會到美國西點軍校深造。男人與惠君都覺得光榮欣喜，另外因為唯實將在畢業典禮儀式中代表學生受獎，兩人也決定要特地南下去參加這場典禮，一家氣氛都歡欣興奮。

就在這時候，忽然惠君接到學校的一通電話，是一位高階長官親自打來的，說唯實被發現在過去一年負責全校師生伙食費管理的過程裡，不僅有私吞公款、還被舉發向菜商索取回扣，證據罪狀都非常確實，唯實已經被學校關到禁閉室，等候進一步的裁決處理。

這訊息讓男人與惠君陷入惶恐狀況，這樣完全沒能預料的突發事件，不僅讓兩人不知如何應對，甚至連究竟該向誰求助，也完全沒有頭緒。惠君反覆想了想，明白只有自己親身去一趟學校，先把事情的來龍去脈，好好徹底理清楚，才能夠思考再下來的步驟。男人雖然執意要一起去，但是顧慮他身體狀態不穩定，以及害怕他情緒的過度激動，就還是自己一人動身前去。

「你還是在家裡看顧著吧，我一個人來去比較簡單。反正事情到現在這樣，就是要把是非對錯盡量弄清楚，絕對不要讓唯實受到任何冤屈，其他的事情不管要怎樣，都可以由我們來承受的吧。」

男人點著頭。然後嘴裡嘟囔著什麼，惠君聽不清楚，追問著也得不到回答。後來惠君再回想起來，覺得男人好像是反覆說著：美國啊、美國啊！惠君不知道是不是唯實原本有可能去美國的機會與夢想，忽然就這樣的破滅掉，讓男人覺得遺憾還是悲痛著了。

他們先讓惠君短暫會面唯實，兩人見面並沒有太多話可以說，惠君只是不斷強調與安慰著唯實，要他心情放輕鬆，自己一定會把這件事情處理好的：唯實，你就先安心待在這裡，我會去和他們溝通清楚，該怎麼辦就怎麼辦，我們都可以承擔下來，你完全不用害怕和擔心。

惠君與學校長官交談時，心情已經穩定沉靜下來，她先詢問整件事情的來去始末，說明自己的家庭情況，特別強調男人也算是黃埔的血脈承傳，希望學校能從寬處理。學校表達並不願鬧大與複雜化的想法，說是很遺憾唯實本來可以有的優秀前途，現在可能全部逆轉結束。惠君問這樣唯實會要吃官司坐牢嗎？長官說他個人也不樂見如此結果，而且還好唯實還差一個月才滿十八歲，未達成年人的標準，應該可以從輕來處理，並且菜販最後決定不追訴回扣的事情，再加上學校還可以用他過去的成績表現，來強調這是一次偶發的錯誤。

「但是，」長官立刻接著說：「儘管這樣，這事情還是要公開明白的處理，必須對所有師生有個交代，否則以後軍紀要怎樣維持呢！」

「是的，長官大人，這我完全明白。就麻煩你看在孩子父親也是黃埔校友的分上，原諒包容他這一次吧！至於該怎麼辦當然就怎麼辦，我們都不會有意見。這樣的事情說真的，我們完全都不懂，就只能請你全部作主，幫我們想一個可以認錯負責的方法吧！」

長官最後做了決定，說唯實一定要退學，官司刑罰可以免去，但是必須退還所有侵占或索取的款項，並且還要把這三年受訓讀書的所有公費支出，全部繳還給學校，然後在切結認錯後立刻離校。惠君就全部點頭答應下來，離開時還不斷對長官鞠躬道歉，感謝他網開一面不追究過錯。

回來仔細計算一下全部需要賠償的金額，數字多到讓惠君與男人都害怕了，但是唯實還被關在禁閉室，沒有處理賠完這些錢，後面的麻煩恐怕更牽扯不完。惠君就和男人商量，男人說不如拿這房子去跟銀行抵押，先取得一筆錢來應急，其他的事情再慢慢處理。惠君顯得侷促猶豫，說：

「爸爸，我知道你的意思，但是你知道我們兩個辛苦了一輩子，說真的什麼也沒有留存，就只有這個好不容易才還清借款的屋子了。說真的，我真不想去碰這個屋子，我總覺得這就是我們的根巢，無論如何一定要一起守住，要不然未來還能安心過下去嗎？」

「沒有這麼嚴重的，你不要想太多了。就只是去抵押貸款而已，房子也沒有變賣去，還是我們安安穩穩的住在裡面的啊！而且眼前唯實的事情就迫在眉睫，難道能夠不想辦法處理嗎？」

「房子去抵押了，還能算是我們的房子嗎？」

「當然還是我們的啊！現在大家都是這樣做的，這種事情根本很稀鬆平常，你不要自己想太多了。」

「我知道，我知道。你說得完全沒有錯，那你就不用理會我的說法，就當我太感傷神經好了。」

「先別想太多了，這樣只會傷到我們兩個的身體，到頭來還是自己不合算。這件事情既然發生了，我們也只有承受下來，其他的所有問題，就只能一步一步來處理的吧！」

「嗯，好吧。就依你的意思先這樣處理。」

惠君雖然說得篤定確切，其實心裡還是很憂慮不安。她工作十幾年的工廠，已經確定在年底前關廠，整個搬到大陸去，除了一些重要幹部和必要行政人員，所有勞工都必須要離職。再來自己究竟要做什麼，還是完全不知道，有人跟她說可以去新開的汽車旅館當清潔工，也有人勸她乾脆去頂一個攤子，賣鬆餅或早餐什麼的，可能都好過再去重複這種領不多的薪水，連什麼時候又要被資遣走路，都完全不知道的生計。

惠君還沒有做好決定，但她知道自己一定要有穩定收入，尤其這個新的貸款下來以後，壓力責任都只有更大的了。兩個兒子雖然逐漸成年，但還是不能讓人放心去依靠，往後下去還是一樣要擔心憂慮。但是，惠君並沒有和男人說這些，她不覺得男人在這些事情上，可以真正幫上什麼忙，反而是只要男人身體情緒都穩定，即令自己必須多承擔工作與負擔，她也可以覺得甘心滿意。

事情都處理告個段落時，惠君回想唯實在軍校的三年期間，雖然大半都是在許多肯定與鼓勵中過來，但也不是沒有遇到一些奇怪負面的事情。譬如有一次，唯實偷偷取了惠君放在相片冊子裡面、那張當年男人送給她的軍裝半身照，帶去學校炫耀給同學們觀看。結果照片竟然不小心流傳到一個部隊的長官那裡，唯實立刻被叫去訓話，說光是從男人的軍徽與番號，他就可以看得出來男人是出身於哪個師的，而且：「當年所以會被共產黨徹底的擊垮，就是他們這個師完全驕縱大意的後果，結果自己幾乎完全被殲滅不說，還把整個剿匪的全面戰線拖垮了，真是對不起國家、也對不起委員長。這樣丟臉的結果，還有臉面活著來見人嗎，真是可惡可惡極了，怎麼還有膽子拿來炫耀啊！」

唯實完全沒有說起這件事情，是惠君發覺相片不見，然後在唯實的抽屜裡，找到已經被撕成碎片、難以辨認的相片，氣急敗壞問他原委，才聽他說出來這段事情。惠君聽了也很震驚，她沒有想到男人的過往軍中經歷，竟然會被以前軍中伙伴這樣看待，她完全不能理解這其中的道理，心裡覺得很為男人及唯實不平，根本見不出他們這些就算是敗戰的軍人，為何必須承受這些譴責與屈辱的道理。但是，唯實反而顯得平靜，還勸她不要過度在意這些事情，因為：「軍隊一直是這樣的，勝者當然為王、敗者就是只好為寇，古今中外從來這樣。輸了就是輸了，沒有什麼好說的，就沒什麼好說的。」

兩人也都很有默契、像是約定好的，完全不對男人提起來這件事情。

唯實從學校回返家裡後，並沒有什麼事情可做，他完全沒有想要再去讀書的想法，其他可以選擇的工作並不多，他似乎也完全看不上那樣只能以勞力為主的生活。幸好幾年的軍校受訓，可以抵去服兵役的時間，暫時就先在家裡鬆緩自在，沒有什麼立即緊迫的壓力，一切似乎都還有時間計議。

惠君後來選擇去離家不遠的汽車旅館工作，為了多賺一些薪資，她特地挑選了夜班的時間，大概都是晚餐前後出門，天快亮的時候才返回來。因為起居時辰的差異，她和男人與唯實的互動說話機會，就顯得尤其更少，隱約知道唯實似乎開始熱中於股票投資的事情，會拉著男人一起看電視的分析說明，甚至跑去股票交易所和人聊天交換投資的資訊。

一天，男人忽然就拉著惠君說：

「惠君，我跟你商量一件事情。」

「是什麼事情啊？」惠君感覺到男人的嚴肅與認真。

「就是這陣子我跟唯實跑了一些股票號子，也做了相關的功課，開始有在想怎樣去做一點投資的事情。」

「投資什麼，股票嗎？」

「是啊，很多人都在做這種投資了，一點都並不稀奇的。」

「我們哪裡有錢可以做這些事情？」

「就是上次去銀行貸款的時候，他們事實上有特別說明，就是我們房子可以抵押的錢還有不少，如果還有別的用途的話，再去跟他們貸一些出來，完全沒有問題的。」

「現在貸款的利息，已經壓得我快要喘不過氣了，你還想再去貸款更多錢，這到時候要怎麼還哪？」

「這錢是拿來投資，並不是拿來花掉的。就是因為你賺錢太辛苦，我們才想說要幫你分擔一些壓力的啊！」

「那要是虧損了呢？」

「惠君，我們開始只是小做一些，會保守謹慎的多看多學，風險不會太大，也不可能大輸或大贏的。」

「這是唯實的主意吧？」

「也不能這樣說，應該算是我們一起的想法。而且，你也知道這個孩子有點像我，其實腦子很靈光，只是不適合讀死書，若就只是去做工，又嫌有些糟蹋了。不如和我一起經營股票買賣，反正我也不能出門多跑，正好可以在家聽聽收音機看看電視，讓唯實出去走動處理，我在後面盯著，也算是一個訓練和工作吧！」

「這事情我看是擋不住你們父子兩人的念頭了，而且這屋子也在你的名下，說真的你們父子要怎樣決定，我沒什麼資格阻止。我就是有兩件事情要提醒你，一是就像你說的，先不要急著想做大賺多，第二是你最好要看緊帳目，千萬不要全部交給唯實去管。」

「這些我都知道，你不必擔心的了。我們會先小做一些，先去熟悉一下市場，而且說到底，就只是想替你分擔一些賺錢壓力，讓你一人這樣辛苦工作，我實在很心疼的呢！」

惠君沒有回應什麼，就匆忙出門上班去了。

一個傍晚，惠君不知為何忽然自己又走上河堤去。她先沿著堤岸走著，意外發覺河畔的那些菜圃地，竟然還是被照料得井井有序，她注意到一個老婦人正在菜圃裡工作，就找個階梯坐了下來。老婦人肩挑著兩個水桶，一路走臨到河水邊，彎身下去讓桶子各自杓滿水，再一路晃蕩走回來，小心分注入一畦畦蔬菜圃裡，這樣彷彿重複著什麼儀式，來回進行了許多回。

然後惠君注意到遠處的天空，出現了一大朵團塊狀的橘紅色雲彩。這塊雲朵緩慢移動著，漂浮在河流對岸大城市的上方，好像從遠處傳來的一個神祕訊息，寧靜無息暗自步入來。惠君想起幼時同樣見過的斑彩景象，那是與母親也在黃昏散步時，所見到整片西天橙橘豔麗的奪目雲朵，把遠處天空全部鋪蓋得滿滿的，就歡欣地喊叫起來：

「阿母，阿母，你看你看，天空好漂亮啊！」

母親奇異並沒有做應答，只是顯得憂慮地凝看著遠處的天空。

「阿母，你沒有看到嗎？天空好漂亮美麗啊！」就再一次呼喊著。

「是啊，是啊。我有看到啦。」

「為什麼今天的天空，特別這樣的美麗啊？」

「阿君，是颱風就要來了。這樣大塊顏色的雲彩，就是老天在對我們說颱風要來了，提醒我們要特別小心顧好自己啊。」

「颱風要來了，颱風真的快要來了嗎？」

「是啊，颱風就要來了。應該會是一個很強烈可怕的颱風，我們應該要特別小心。」

「颱風要來了，颱風真的就快要來了嗎？」

「是的，颱風就要來了。」

惠君並不記得那後來襲來的颱風，究竟是怎樣的嚴重可怕，但是，她記得很清楚望見雲彩時悸動的心情，那是一種憂慮、興奮與期待共交夾的感覺。惠君並不害怕颱風的災難，而且一般在颱風快臨來的時候，家裡通常都是忙亂紛紛，各自忙著關門窗收東西，儲水食物與蠟燭，以及預備著接漏水的大小桶子，然後一家人緊緊聚靠一起，傾聽外面的風雨漸起漸近，等待漫漫長夜的到臨與過去。惠君最後總是在母親懷抱裡，或者聽母親訴說著什麼故事，或者在她吟哦的低慢歌聲裡，逐漸沉沉睡著去。

後來年紀再大一些，對於颱風的迫近遠去過程，雖然沒有這樣的溫馨記憶，但是也許是災難將臨與不可測的關係，惠君總依舊會感覺到家人間難得的凝聚，一種緊緊相守依靠與互助依持的力量，會特別奇異地出現來，讓所有在風雨中的生活點滴，譬如即令因此有時會燒焦去的米飯、總是稀少不足的用水，或是多日斷絕不來的電源等等，都顯得無足輕重了。

今天的傍晚，惠君望著河流對岸浮起的橘色雲朵，想起童時的颱風與母親，彷彿再次望見什麼不祥的訊息，有如遠遠逼近來的颱風，忽然沉重也擔憂起來。

男人有天收到一封信，是他的老鄉回去大陸探訪親戚時，幫他帶回來的一個表親信件。男人顯得激動，說他們聽說了男人母親在台灣去世的消息，正好家族正在研議修建祠堂，很想趁這個機會，讓男人把長年流落他鄉異地的母親骨灰，一起接返回來落地為安。

惠君聽了很詫異，就問男人：

「那你認識這個表親嗎？」

「他是我媽娘家那邊的人，小時候也許有見過，但是後來都沒來往，又這樣一隔幾十年的，說真的完全弄不清楚了呢！」

「所以是你不認識的人啊，會不會不小心弄錯人呢？還有，我以前也有聽過工廠裡頭，那些常去大陸的人說，有不少人還被騙過錢，就都說是要修祖墳什麼的呢。」

「應該不會的，我的這個老鄉朋友，人很精明你也知道。他已經跑回去總共好幾趟，要是真的會被騙，他不就該是老早第一個被騙的嗎。更何況，他的老家離我們的老家很近，就是隔壁村子，隨便找熟人問一問，大家一定都探得出來，應該不會有這樣事情的。而且在整封信裡，寫的就只是關心跟好意，根本沒有人提到錢啊什麼的，這樣去猜想別人的好意，也是沒有必要的吧！」

「也是沒錯，但是凡事小心一點，不會有壞處的。可是……像你現在的身體這樣子，醫生一定不讓你搭飛機四處跑的，我的工作又剛開始沒多久，也不可以請假遠行，那這樣特別的重要事情，到底要交給誰去處理呢？」

「這件事情我也想過了，我們兩個都走不了，我當然也知道。但是，我忽然就想到唯實，他現在除了看看股票行情外，老實說正好也沒什麼事情真的在幹，不如就讓他先和我的那個老鄉，順道一起回去看看，有人帶著他走，我們也比較安心吧。」

「嗯，這樣也好，確實有人帶著，我們就可以安心些。對了，還有你的那個老鄉朋友，怎麼這麼勤快一直兩頭跑呢，這不也是很花錢的事情嗎？」

「對啊，沒錯，我也這樣問過他。他說他們家族以前是地主，文革時被鬥得很慘，房子土地都被強徵去，老一輩也大半都熬不過苦難的走了。但是現在時代變了，反而因此得到特別的平反，除了發還給他們一些土地和房子，還鼓勵他們繼續跟海外關係聯繫，甚至一起合作開拓未來。」

「要怎麼去合作開拓未來啊？」

「這我也不清楚了，大概就是看有什麼生意或投資，可以兩邊一起合作吧！我那位老鄉也退休了，又是早早離了婚，現在單身一個人，手邊應該還有些閒錢，可能有打算回去做個什麼事業的吧！」

「有這樣容易的嗎？」

「誰知道，但是這樣打算的人，其實並不少啊，我身邊聽到的就好幾個了。」

「我知道，我也有聽到不少這樣的事情。但是說真的，我希望唯實走這一趟，就是去把你母親怎樣歸葬的事情，好好的處理清楚，其他別的投資什麼的東西，最好不要隨便去插手多管。」

「這我知道，這些我當然知道。唯實這趟先跟著我老鄉一起走，就只是走走聽聽增一些見識，對他應該只有好沒有壞的，其他的現在去說去想，當然也絕對都太早了吧！」

「聽你這樣說，我就比較明白知道了。但是，我就還是覺得擔心，你最好也去跟唯實講清楚，讓他明白我們的想法。」

「這個我當然知道，你不要太擔心了。」

唯實和老鄉去了大陸回返來，整個人極度興奮難安。他陳述在老家村子裡，如何得到隆重熱情的款待，並且描述與他的同輩親戚們，如何談論未來一起合作的可能，大家都覺得很正面激烈也高興期待。惠君聽了就問：

「唯實，讓你走這一趟，是要你去安排阿嬤安葬的事情，怎麼這個都沒說，一直在講什麼合作啊未來的，那些有的沒的啊？」

「喔，有啦，當然有啊。他們說家祠和家譜現在都正好要重修，尤其是現在婦女已經解放了，特別已經能把女人放進來，所以不單是祖母，我們一家四個人，包括阿母你的名字，以後都一起會被編寫進去家譜。然後，他們說也已經幫祖母留好安置的位置，看什麼時候想要把骨灰移回去，也是隨時都方便處理的，絕對沒有任何問題。」

「那有說要多少錢嗎？」

「都不用，他們說都不用的。」

「有這種事情？」

「是啊！他們說修祠堂和家譜，是本來就要做的事情，而挪個位置來放祖母的骨灰罈，也是本來就應該的，並沒有需要去花到什麼錢。」

男人聽了，就說：「沒想到大家竟然這樣有情意，雖然算是親戚和一家人，但我畢竟已經和他們幾乎沒什麼直接相干的幾十年，居然還是能顧念著一脈血緣的關係，願意這樣幫忙打理母親的後事。」

「阿爸，我也有特別跟他們講，要不是因為你身體不好，不然一定會自己送祖母的骨灰回去的。」

「當然當然，但是早晚還是要回去看看的。」

「我想既然大家的熱情跟好意都在，要不要我先以長孫身分，就先把祖母的骨灰罈送回去，算是安頓了一件事情。阿爸還是看身體狀況怎樣，不用勉強急著非要立刻做什麼不可，反正現在兩邊都聯繫上了，以後等時機合適時，我們大家再一起回去。然後，我其實也想在那裡多留一陣子，跟著那些堂兄弟四處走走，好好了解一下在那裡發展，到底未來有什麼機會的。」

「你可以先過去把阿嬤的事情處理完，當然很好。」惠君接著說：「但是，你想留在那裡做什麼呢？」

「也還不知道啦，就只是先四處看看了解一下，畢竟這裡也沒什麼可以發展的事情了。那邊既然有親戚在，人家也很有意願要合作跟幫忙，就趁這個好機會，先去看看再說啦。」

「我跟你講，千萬不要想一步登天，天下沒有這種好事情的。你就安心認真的守住這裡，本分一點的做好自己，未來還怕會沒有一口飯吃的嗎？」

「我不是要去討一口飯吃，我還是個年輕人，我當然還有一些夢想，想要去追求的啊！」

「你惹的災禍和麻煩，難道還不夠多？就不能稍微安分一下嗎？」

氣氛顯得僵滯起來。男人趕忙來接話：

「話不要這樣講，會傷人的。唯實就算犯過錯，也都是過去的事情了，只要能記取教訓就是好事，也不表示不會有個全新的未來。關於這件事情，我其實是很贊成唯實去大陸發展看看，他自己能先有這個意願已經很難得，正好那裡又有談得來的堂兄弟願意幫忙，就先去看看了解一下，也不至於有什麼大害的，哪裡會說到什麼守本分和不安分，這樣離譜的事情去呢！」

「我不是這個意思，我只是不希望你們父子兩人，在什麼都還沒弄清楚前，就已經這樣自己篤定和相信著別人，並且開始自己揣想著什麼未來發展的了。」

「阿母，你不必太擔心啦。他們全都是阿爸的親戚，又不是不相干的路人，而且我還親自跟他們談話和相處過，也都互相有了解的啊。」

「好吧，就先說到這裡，今天不要再多說了。」惠君說：「你就再去一趟，目的是把阿嬤的歸葬事情處理好，你要順便多待幾天，也都是隨便你，反正不要牽扯到其他人就好，就像你阿爸講的，就當只是去見識見識，不要妄想太多。」

「就這樣吧，就先這樣吧！」男人站出來揮著手，草草結束這場奇怪也不安的對話。

惠君後來再想起來，也會納悶自己為何要這樣去疑慮唯實，男人的母親終於可以順利歸葬家鄉，自然是一件可以讓大家安心底定的事情，唯實藉著這個機會去認識自己相隔久遠的親戚，何嘗不也是另一件好事情。然而，自己卻為何萌生起來這樣巨大莫名的憂慮，像是無端已然預知著什麼災難的必將到臨。

因何如此，也實在難以自我明白。

一日忽然想起來唯慮在幼小的時候，某次和她說起自己的夢：

「阿母，我做了一個夢。」

「喔，很好啊，大家都會作夢的。反正夢就是夢，也是自己來來去去，不必太去管它就好。」

「可是我記得很清楚，很難不去管它呢！」

「是這樣嗎？那你到底夢到什麼了？」

「我夢見滿天都是星星，然後滿地也開滿了花。」

「嗯，很好啊，怎麼會有這樣美麗的夢呢。然後呢？」

「然後你就出現來了，我和哥哥也跟著出現來。你自己一個人坐下來，看著滿天的星星和滿地的花朵，露出微笑一直說好美好美。」

「我相信一定很美的，那然後呢？」

「然後在那個夢裡，我問你說這些東西是什麼啊？你說就是星子和花朵啊，真是傻瓜，星子和花朵都不知道嗎！然後我又問說：那這些東西，和我以及哥哥又有什麼關係呢？」

「是嗎，那我怎麼說？」

「你就說你真是傻瓜，你就是滿天的星子，你哥哥就是滿地的花朵啊！」

「這倒底是什麼意思啊。……然後呢？」

「然後我聽了就哭了。」

「為什麼要哭呢，我的孩子？」

「因為所有地上的花朵，有一天都要謝去的啊！」

「這是當然的啊，你為何要為此哭泣啊。……然後呢？」

「然後，你聽了我的話，自己也哭了起來，並且問我說：那麼天上的星子，最後也會同樣消失去嗎？」

「……然後呢？」

「然後我說：媽咪，不會的。你不用擔心，星子永遠會留在那裡，永遠不會消失去的。」

又重複一次，用堅定的語氣說著：「阿母，你不用擔心，星子一定永遠都會留在那裡，永遠不會消失去的。」

惠君那時望著幼小的唯虛，完全不知道該說些什麼。

這個孩子似乎擁有另一個她並不能明白、也完全無法真正介入的奇異心靈。而真正令人覺得神奇的，是唯虛他自己卻輕易就可以擺盪穿梭在這兩個像是分隔久遠的世界之間，完全沒有自覺或意識到這樣分開的事實，也不能理解別人與他因此存有著的莫大隔閡。甚至惠君到了日後，逐漸才能理解到的，就是唯虛因此而生出來與現實世界間的誤解阻礙，有很大的原因是肇因於此，所以許多事情的所以發生，就是無可避免的必然事實。

當時就隨口問著：

「那……這個關於星星與花朵的夢，會讓你擔心或害怕嗎？」

「並不會的啊！」

「那……唯實在夢裡都沒有說話嗎？」

「沒有。」

「也沒有做什麼嗎？」

「沒有。」

「你後來也有告訴他這個夢裡的故事嗎？」

「沒有。」

「都沒有嗎，為什麼沒有呢？」

「我覺得他不會聽懂我在說什麼，也根本不會理我的。」

「那……你真的覺得你就是星子、然後唯實就是花朵嗎？」

「當然，本來就是這樣的，這不就是你自己說的嗎！」

不知為何的，惠君此刻思慮著唯實回去男人老家的事情，又再次想起來這個久遠以前唯虛對她說過的夢。然而，她到現在還是不明白那個夢境到底有著什麼義涵，也不明白天上的星子與地上的花朵，究竟與她以及兩個孩子有什麼關係。但是，卻又十分奇異地，關於這個夢境的反覆記憶，每隔一段時間就會自己倒帶浮現出來，好像意圖要對她述說著什麼隱蔽的話語似的。

惠君其實不怎樣信任與喜歡男人這個姓任的老鄉，他與男人所以相互結識，不是因為兩人在大陸的老家彼此鄰近，而是因為在男人後來搬住到河對岸這邊的城鎮後，一併轉換到這裡的聚會所，兩人是因為同屬一個聚會所的教友，再加上又正好是老鄉的這一層關係，才會相互緊密熟悉起來。

最早的時候，他們聚會所的聚會禮拜，有時也會在惠君的家裡舉行。雖然並不參與入他們的聚會儀式，但惠君畢竟會以女主人的身分，出入幫忙來招呼茶水點心，看他們一起吆喝著以讚嘆的話語歌唱祈禱，即使不能完全明白所以，也能逐漸熟悉這樣的氛圍過程。後來男人身體出了問題，大家就體諒不再來到家裡，而且好像聚會所的成員們，終於集資買了一個公寓，變成大家可以固定去聚集的會所，就不用再輪流出入教友的家中。

男人自那以後，也比較少去聚會所，惠君不完全明白原因為何，有可能就是他身體的緣故，但也似乎他的某種熱情、如同他對於人生其他許多的事情一樣，正緩緩地退溫冰冷去，連這個原本可以依靠的宗教信仰也是一樣，似乎逐日喪失原本的力量與支持。後來只剩下這老鄉還是會殷勤出入門戶，與男人或是話舊、或是談論時勢，甚至一起喝點小酒，反而像是成了男人與外面世界的連接點。

惠君本來樂於見到男人枯槁的生命，有人可以來這樣撩撥攪動，但漸漸發覺這老鄉總是意想著一些不著邊際的事情，尤其特別是如何抄小徑來發財的念頭，似乎是他最是念念不絕的話題。惠君注意到男人確實會被他撩動起來，譬如所以會去貸款買賣股票的事情，其實就是他帶頭穿引起的，另外也會聽他殷切說起來建商如何在附近收購老舊平房，預備要蓋起公寓社區的事情，整體上就是很熱切想著要如何能夠迅速發財成功。

這樣關於外面世界日日變化的資訊，其實也是惠君與男人都同樣不熟悉的，老鄉這樣適時的傳播與解說，確實開啟他們對於整個社會正蓬發理財投資的某些理解。但是，惠君就還是會一直覺得不安，不知為何地，就是不能全然的去信任這個姓任的老鄉，某種顯得過度的樂觀與友善，與惠君的本性似乎不能相符合，反而會勾引著反向的擔憂。

但這樣無由的擔憂，也很難去對男人說起來。

唯實後來隨著那個老鄉頻繁出入彼岸，甚至說已經正式開始幫這老鄉工作，參與到在老家一帶的什麼投資事業去。惠君弄不清楚細節如何，會對男人叨叨的擔憂述說，男人通常就是勸她放輕鬆：

「你不用老是這樣掛心東掛心西，要知道孩子都大了，各有自己的一片天，必須要各自去闖的，我們一旁看著就好，不要想還能像以前一樣去作主什麼的。而且，唯實跟著我這個老鄉去大陸，不但是個正當工作，還可以從旁學習到一些難得的生意經驗，應該是求之不得的機會。你一直這樣操心嘮叨，究竟是為什麼呢？」

「我也不知道，我就是覺得什麼地方不對勁，讓我放不下心來。」

「現在大家不都往對岸跑，做生意的機會都在那裡，晚去可能就來不及了。唯實能藉著我這位老鄉的提攜，也一起去歷練學習，對他自己的長遠發展來說，不管怎麼去看，絕對都會是好事一樁。」

「也對。那你……你自己也會想回去看看嗎？」

「當然也是會的吧！就是怕身體吃不消，這樣的旅程還是很顛簸折騰的。」

「可是……你以前不就是國民黨的軍隊，他們那邊的共產黨，不就是你以前的敵人嗎？」

「唉，應該說此一時彼一時。那時候本來大家要打的，全都是日本鬼子的，誰曉得後來竟然是自家兄弟打起來了，現在回想起來，只能說造化弄人吧。」

「是這樣的嗎？不過……說真的，你也真的很久沒見到你老家的親人了。」

「只剩下一些堂啊表啊什麼的人，其實根本不能算是親的親戚，真正貼身的親人，其實早都不在了。」

「就算回去看看自己生長的家鄉，應該也是好的吧！」

「確實。我也有這樣做打算，到時你陪我一起去走一趟吧？」

「當然好，當然好。只是，現在這個新工作才剛開始，最少要做滿一年，才可以請休假。就看你到底急不急，要是沒有很急，就等我可以休假時，再陪你一起回去，要是急了或等不及，讓唯實先陪你去也可以。」

「這樣說我就明白了。對了，事實上，上次唯實回來時，有和我提過一件事，說我們老家那裡據說有個神醫，他和那醫生才一提起我的狀況，就都能說出所有的因果，而且說要是能夠讓他用針灸和推拿來處理，一兩個月就可以根治。」

「有這種事情？」

「是啊，想都沒想到竟然會是這樣簡單容易。但是，我後來越想越覺得心動，想說如果真的就讓唯實先陪我去一趟，在那邊暫住下來幾個月，把身體好好整頓起來，似乎也不是件壞事情。你覺得這個想法怎樣呢？」

「如果真的可以把身體整頓好，當然是值得現在馬上就去。只是那個神醫的來歷，你有去打聽過嗎？」

「有的。我早就聽我那個老鄉不知道說了好幾次了，他說已經很多人趕回去給他醫好，再不去可能連掛號都掛不上了。」

「有這樣神奇的事情啊？要真是可以這樣的有效用，就快讓唯實積極去幫你做安排吧！」

「我也是這樣子想的呢！」

但是，在這同一個時間，惠君忽然就記起來，男人曾經對她說過的話，那時他絕望地說自己這個病，恐怕是永遠醫不好的了，除非可以去到最先進的美國，給那些最優秀的美國醫生醫治，要不然是絕對無望的了。

後來，就又問男人說：

「阿……你不是以前有說過你的這個怪病，除非是去到美國作醫治，要不然是不可能有機會，可以真正醫好的嗎？」

「確實，我那時確實是這樣想，可是現在過了這麼多年，我漸漸有些不同的看法了。你也知道我以前是只看西醫，認為中醫是不文明也不科學的，但是現在我反而開始有點覺得中醫的厲害了。」

「為什麼會這樣呢？」

「我也不清楚。可能是年紀大了，對手術開刀的那一套，反而開始有些怕了，也有可能是看到太多身邊朋友的例子，發覺原來這些看起來很冬烘的老舊東西，其實有時還真的很管用的呢！」

「嗯，真的是這樣的。」

「確實是這樣，這種人生的事情，當時年輕哪裡想得到的啊！」

就這樣，男人決定回去老家，並且人就暫時住下來，順便醫病調身體。惠君雖然依舊有些擔心，但似乎這就是此刻應當的作為方向，也只能同意的順著走，就讓唯實帶著男人一起回去老家住下來。

男人與唯實離去後，原本空曠的家屋，尤其顯得寂靜孤單了。惠君初始覺得不習慣，想著是不是要讓唯虛乾脆搬回來住，就算是因此離工作地點遠些，但也不是什麼大問題，只要去買一輛二手的機車，應該就可以解決。可是，她也知道唯虛一定不會願意，這個孩子從來就是一個人活著，也很習慣一個人這樣活著，不會覺得有必要搬回家來的。即令以往一家四口人，彼此相互貼靠的緊密過活，但是惠君完全知道，唯虛其實還是一個人活著，他沒有與任何人真正緊密相干，也並不真的需要任何人相伴。但是，惠君也同時明白，唯虛其實沒有蓄意要這樣離異家人，甚至不明白自己竟是這樣子的。

「唯虛天生就是一個必須孤單的那種人。」惠君嘆氣地想著。

甚至，有時連自己燒了一些吃食東西，想拿過去給唯虛，都要疑慮半途止住，好像僅僅連忽然這樣去探望找他，都有些擔心會要打擾到他的生活節奏。另外，惠君有時想著說要燒個什麼唯虛愛吃的東西時，會錯愕地發覺自己其實並不知道唯虛究竟真正愛吃什麼，似乎除了少數的有些東西他絕對不吃，譬如動物的外皮（雞皮、魚皮或豬皮等），然後並不吃太多葷食外，他幾乎是完全不挑食，同時也沒有對食物顯現出來什麼好惡反應，彷彿飲食這件事情，就只是某件不得不做的必要工作。

但是，惠君也知道只要自己願意主動開口，譬如就對唯虛說自己不喜歡一人住這裡，或說自己害怕這樣孤單的生活，拜託他搬回來一起住，他就立刻會二話不說馬上搬回來。因為，他雖然似乎是一個只為自己活著的人，但是卻又完全會回應別人所有的願望與需求，也就是說，全然為自己活著是他的本能，但讓他人可以生活得更好，卻是他的天生德行，他也絕對會義無反顧去做的。

正就是這樣，惠君反而不忍心去打斷他的生活，也不想去對他說出什麼自己的願望，不想讓自己成為他的負擔與掛念。而且，唯虛絕對是個可以把自己照顧好的人，惠君明白其實並不用去擔心他，想讓他搬回家裡來共住，與其說是可以照顧他，反而更是自己希望能有著他的陪伴吧！只是這樣的心情，惠君明白還是應該隱忍下來，不該對唯虛輕易做表述比較好。

日子就這樣恆常過去幾個月，男人定時會打電話回來問好，表示自己的生活起居一切都很正常順利，尤其身體更是被那位老醫師調養得整個好起來。另外，每次在電話裡，都特地要再次催促惠君回去走走：

「我跟你說，這裡真的很不錯，完全不像他們說的那樣糟糕落後，而且一些親戚都已經熟了起來，也特別會照顧我。你趕快來一趟走走吧，你一定會喜歡的，而且我已經跟大家都說了關於你的事情，他們也都急著想和你見面的啊！」

「有啊，有啊，我一直都有在安排的。我已經在跟公司正式申請提前排休假，唯虛也說他要贊助我的機票錢，很快我很快就可以過來看看的。」

「你來的時候，我的身體應該很不錯了，我可以陪你一起去附近景點走走，兩個人可以作伴也更好。而且惠君你聽我講，我其實也有認真的在想，哪一天你要是工作覺得累了，就乾脆休息算了，我們把房子股票賣一賣，在這裡買間屋子住下來，乾脆在這裡養老算了，你覺得怎麼樣呢？」

「你說退休養老啊，會有這麼好的事情嗎？這確實是可以認真想一想，但是先等我過去看過再說吧！」

「當然當然。說真的，這裡的房子還是很便宜，生活也花不了什麼錢，而且你已經這樣辛苦一輩子，也該休息一下享享清福的了。」

「是啊，是啊！」

惠君有些驚訝男人竟然會這樣去安排想像兩人的未來，跟著男人回老家退休養老的念頭，從來沒有浮現在自己的腦海過，頂多也只是想說會過去走走看看，像個旅人過客一樣的，終究還是要回來自己的家裡，才可以真正安心。但是自己一直忘了，男人也是有個老家的，可能他必須在那裡，才會真正的覺得自在健康，才會真正可以把身心安頓下來。

那麼我自己呢？我究竟必須在哪裡，才會真正的安心下來呢？現在這個已經像個空巢一樣的屋子，真的會讓我覺得舒適與安定嗎？或者，我會可以習慣生活在男人的老家嗎？我會想在那地方終了自己的一生，然後死後也埋葬在那裡嗎？我自己生長大的那個小鎮呢？我能夠像男人那樣，在分開了幾十年後，立刻可以感覺到真正自己家鄉的熟悉與溫暖，像一個哭泣的小嬰兒那樣、只要能重新投回到母親的懷抱，就可以得到完全的撫慰嗎？惠君幾乎要羨慕起男人情緒上這樣的直接與理所當然，反而怎麼去想都覺得自己根本是做不到的，僅僅就是要回返到自己的家鄉去生活這件事情，光想著就似乎從來不曾容易過。

惠君第一次認真的想到究竟要終老在哪裡這件事情，尤其看到男人的自在與安心，更發覺自己竟然是如此的迷惘與無依。

# 9. 黯夜風景

一夜，惠君洗好澡，預備上床睡覺的時候，電話鈴聲不尋常的響起來。

她立著，猶豫不知當不當去接聽。在這樣的時間響起來的電話，確實是十分不尋常，現在會打電話給她的人，本來就沒有幾個了，而會在這樣深夜裡打來的，除非是緊急或危險的事情外，不會有別的可能。

她腦中立刻想起來人在大陸遠處的男人，以及猶然居住在南部小鎮的阿爸，有些不祥的預感浮現。還是提拿起響著不停的話筒：

「喂、喂？」

「阿母，是我啦，是我唯實啦！」

「是唯實啊！這麼晚了還打電話來，差點害我被你驚到。是怎麼了，有要緊的事嗎？你人現在到底在哪裡啊？……是有什麼事情嗎？」

「是啊，真的有點晚了，我人還是在大陸這裡。但是，我這邊有一件事情，想說還是要早點跟阿母說一聲，可能會比較好一些。」

「是什麼事情，你就快說啊！……是不是你阿爸身體出問題了啊？」

「不是不是，他的身體很好，一點問題都沒有。而且，你不是昨天自己才剛和他通過電話的嗎？」

「那到底是什麼，你就趕快說吧！」

「是這樣的，你知道我一直有在幫阿爸的老鄉、也就是任叔那邊做事。我們主要就是去找賺錢的機會作投資，好幫投資的人賺取高於市場行情的利潤。」

「你以前就說過很多次了，我是聽不懂這些的。阿你現在打電話回來，到底是要跟我說什麼啊？」

「是這樣的，前一陣子任叔有看準到一個特別好的標的物，就是個可以一次大賺一筆的好機會。」

「然後呢？」

「然後我覺得這個機會太難得了，就決定也跟下去做投資。」

「可是你哪來的錢呢？」

「是這樣的，我那時就先跟任叔調錢，想說反正只要一賺到錢，就立刻可以還他的。」

「他為什麼會讓你調錢呢？萬一你最後賠了，根本是還不出來的，這他難道會不明白嗎？」

「沒錯。所以我有先讓阿爸把名下的房子和股票都抵押給他。」

「什麼？你是在說真的嗎？」

「阿母，我現在說的都是真的。」

「你是說把房子和股票都抵押出去了嗎？你不是在開玩笑吧，怎麼可能會有這種事情？」

「阿母，你先不要急，先聽我講完。」

「好，你說……那現在到底是怎樣了呢？」

「後來市場忽然崩盤，包括任叔在內的我們所有人全部統統大賠，而且因為他自己也有虧損和周轉的問題，所以他現在已經把這個抵押權又轉給別人了。」

「什麼意思，我現在聽不懂了。」

「就是說，我們的房子和股票現在都沒了，而且可能很快就會有人上門來，要我們全部搬出去的。」

「什麼，你是在說真的嗎？你阿爸怎麼可能會同意你做這種事情呢？」

「他到現在其實都還不知道，我和任叔當時是先跟他說，這只是要跟建商談家裡的合建，先簽一些同意書備用的，所以他到現在其實都還不知道。」

「所以，你是說你們當初騙了你阿爸，然後我們這個家，現在已經是別人的了，我們可能隨時就要搬出去？」

「沒錯，阿母，就是這樣。但是你不要擔心，我現在還跟著任叔繼續在做，我們有信心會很快就把虧去的錢，全部再賺回來的。你知道商場就是這樣，沒有永久的虧損、也沒有永久的獲利。」

「你一定是被騙去，要不然就是瘋了。那你為什麼到現在都已經這樣子了，還不去跟你阿爸講呢？」

「阿爸身體不好你也知道，我想還是先不要去驚動他比較好。而且，另外也因為我們在村子裡，和另外一些認識的人，籌了一些資金，現在大家全都被一起卡住，投資的錢暫時都拿不回來。但是，我們已經對大家做出擔保，會在一年內連本帶利還回去，請大家先安下心來，並且寬限一年時間給我們。所以，讓阿爸繼續住在那裡不走，也算是讓大家可以有信心，可以相信我們的誠意與決心。」

「什麼，你是瘋了嗎？你是說你把你爸爸抵押在那裡，讓你們可以因此不用立刻還錢嗎？」

「也不是這樣說的。事實上，阿爸在這裡過得很好，也不會有人跟他說這些，這個我們也都和對方說好了。而且我們一年後，只要錢賺回來再把帳務結清了，就一切都回復常態，所有的生活和事情，都會和以前一樣的。」

「那……要是你們一年後，還是還不出來呢？那時……那時你阿爸是要怎麼辦呢？」

「阿母，你放輕鬆一點。這是不可能的事情，前面虧掉的資金，只是暫時被卡進去而已，很快就會再滾回來的，這種事情我看多了，你就相信我一次吧！」

「你真的是完全完全瘋了，這種沒有天良的事情，你居然還可以說得出口，而且竟然還可以真的做出來。真是太丟臉可惡了，我不要再跟你講什麼了，反正我再過兩個禮拜就要去看你阿爸，我自己去把他帶回來，我們這樣子總可以吧。至於錢跟房子的事情，我可以就認了算了，我也不要現在跟你算帳計較。可是，我絕對不會讓你阿爸，讓他還繼續一個人留在那裡，給你們這樣糟蹋欺負。」

「阿母，你絕對不可以過來。我跟你講，你要是真過來了，可能也會讓他們一起扣住不放回去的。他們已經保證絕對不會虧待阿爸的，就只是一年的事情，你要相信我，絕對不會有問題的。你要現在去跟阿爸說，只有讓他更加緊張不安，身體到底能不能承受住，說真的也沒人可以擔保的。」

「你真是個混帳，我不要再跟你說話了。」

「阿母，你聽我說啊！」

「你這個混帳，我不要跟你說了。」

就忿忿地掛斷了電話。

惠君一夜輾轉沒法睡覺，想著要不要給唯虛打個電話，告訴他發生了這樣的事情，也聽一聽他的看法，但又想已經太黯夜了，唯虛應該是睡了，就決定忍著到天明再說。惠君躺在空蕩蕩的床上，聽著客廳的那只老鐘，發出喀喀喀的秒針移轉聲響，自己就是毫無睡意，腦中不斷盤旋著過去的許多記憶，尤其是在這間居住了近二十年的老屋子裡，許多曾經發生的點滴故事，此刻又穿梭閃現在她的眼前。她無法相信一切竟然就要這樣告終，沒有任何預警的就一切都要消散去，而在這樣迫人的時刻，身邊卻竟然連一個人都沒有，就算是想放聲的大哭一場，完全連一個人都沒能可以傾訴聽到，惠君忽然深深覺得孤單與悲哀著了。

這樣折騰著也逐漸睡去，惠君在半睡半醒的夢境裡，忽然聽到唯虛遠處呼喚她的聲音。這聲音顯得不尋常地急切不安，與唯虛慣常的平緩與沉穩大不相同，她趕快一邊回應呼喚一邊尋過去，卻發覺自己居然被困鎖在一間黝黑的空屋裡，怎麼穿梭都走不出去。後來，就只好直接從二樓的窗子跳落院子，並且尋到聲音發出來的一口井，立刻往著井裡大聲喚叫唯虛的名字，聽到斷續回音的持續呼救話語：「阿母，快來……快來救我，我快要……快要淹死了……。」惠君望不見井裡的任何事物，四下著急地穿梭來去，想要尋找個可以下井的梯子或是繩子，一邊繼續聽見唯虛的呼救聲音傳出來：「阿母，你快來啊……你快來這裡救我，我快要被這大水……這一片大水淹死去了……。」

然後，就一身冷汗醒過來。

坐起身子，看出去窗外，天色剛微微地破明出來，鳥鳴聲已經啁啾四處皆是，應是個炎熱晴朗的天氣。她回想剛才的夢境，依舊覺得寒顫與不祥，立刻打電話給唯虛，但是電話鈴聲就一直響著，完全沒有人接聽回應。惠君感覺到什麼不好的事情，必然在遠處發生了，決定馬上出門，騎摩托車往著橋另端唯虛住處奔去。

唯虛住處的梯間入口鐵門，離奇地敞開著。惠君就直接上去到頂樓間，按了幾次門鈴，依舊沒有人來回應，就自己伸手去啟門，發覺並沒有鎖住。急忙尋入去到屋內，看到唯虛蜷身側躺在木板床上，用微弱低垂的眼神望著她，並且間斷發出打嗝般不斷重複的聲響：咯咯、咯咯咯、咯咯咯咯。惠君立刻坐靠上床沿，一邊問著怎麼了，你到底是怎麼了？一邊用手去按摸唯虛的額頭，發覺他的體溫相當冰冷。

她立刻轉去廚間，先燒了一壺熱水，然後擰一把熱毛巾回來，把唯虛的頭臉手臂都擦洗一次，注意到剛才行過的馬桶裡，有著像是嘔吐後的餘物，有些甚至都吐到地板上。再扶著唯虛喝下去大半杯的熱開水，感覺他的氣息逐漸回緩來，雖然嘆氣般的打嗝聲響，依舊斷續間歇地發出來，但是很明顯唯虛此刻的心神，要比早先平靜穩定許多。

再一次問著：「唯虛，到底發生了什麼事情，你怎麼會這樣呢？」

唯虛還是顯得軟弱無力，抬臉看著她，說：「是唯實……，唯實……他昨天晚上忽然……忽然來這裡找我。」

「昨天晚上？……怎麼可能呢？我昨天晚上才和他講過電話，他人還在大陸那邊，還和你阿爸在老家那裡一起的啊！」

唯虛並沒有理會惠君的說法，就自己繼續說下去：

「我也被他嚇了一跳，問他怎麼會……會在這裡，還有……還有是怎麼知道我住在這裡的呢？他沒有回答我，就只說……就說他要借住一晚，然後說他帶了宵夜來吃，還有買了很多酒過來。」

「所以你們就一起喝酒了？」

「對，我們就吃東西和喝酒。他同時開始用電腦放一些音樂，然後我們……我們就一邊喝酒一邊聽著音樂，後來……後來，他就拿出一小片白顏色的紙片，要我含到舌頭下面去，我問他這是什麼，他說你不用……擔心，這就是可以讓你更放鬆一些，音樂聽起來會更好聽的東西。」

「那你有含下去嗎？」

「有的，我確實有的。可是隔了一會兒，我發覺在舌頭下面的紙片不見了，我就問唯實……為什麼紙片會不見了，他說不應該會不見的，就要我在嘴裡翻繞確認過，然後在我身邊四處找著，說怎麼會不見了呢、怎麼會不見的呢？最後……最後他又掏了另外一片給我，說這是最後一片了，千萬不要再弄不見了。」

「那紙片究竟是什麼東西？」

「我……我也不知道。」

「那後來呢？」

「後來……後來我就記不大清楚了，好像有很多東西和很多顏色都出現來，起先還……覺得很興奮愉快，後來卻開始覺得不舒服，非常……非常的不舒服。我記得去廁所吐了很多次，覺得非常口渴，就不斷在水龍頭上直接喝……喝水，人也好像開始變得很焦躁，像是生病了一樣。」

「那……唯實呢？他沒有照顧你，沒有送你去醫院嗎？」

「他也顯得很緊張，我也有要他……送我去醫院，但是他說不可以去醫院，我說為什麼不可以，他說就是……就是不可以的啊。」

「那然後呢？」

「那然後……然後我就記不太清楚了，總之就是非常……非常的不好，像是忽然大病過去的樣子。阿母，……你知道嗎，我覺得我那時候其實已經死去了，可是後來……後來，是有菩薩又把我送回來了呢！」

「真的是這樣的嗎？」

「真的……真的就是這樣的。」

「有菩薩嗎？……是哪裡來的菩薩？」

「有一群菩薩……他們就自己出現來了。」

惠君把身子挺直起來，望出去窗外已經完全亮起來的天空，再次感覺得生命的迷離與無依，明白也感謝著那些護佑者的長伴不離，有些鼻眼溼潤著了。

「唯虛，那你要我現在送你去醫院嗎？」

「不用了。我已經……已經被菩薩送回來了，我現在應該已經沒有事了。」

「那……唯實呢，唯實現在人在哪裡呢？」

「他走了，……他在天亮以前就走了。對了……你看他的外衣還在那裡。」

惠君走過去，看椅子上攤掛著一件衣服，確實就是唯實的襯衫。她不能明白唯虛說的這一切究竟是怎麼回事，昨夜自己確確實實與在對岸的唯實通過電話，他絕對不可能會在那同樣的時間裡，又在這裡和唯虛喝酒聽音樂的。但是，惠君完全相信唯虛說的每一句話，他是一個絕對不會、也不能說謊的人，從他生下來就是這樣子。

唯虛這時閉起眼睛，雖然依舊斷續會從肚腹發出來嘆氣般的咯咯聲響，像是誰在重複說著什麼神祕難解的話語，但是看來似乎已經準備要入睡去。惠君走靠過去，撫著他的頭說：

「唯盧，我的孩子，你就安心睡去吧！我會在這裡照顧你，你可以完完全全安心的好好睡一覺。這一切都已經過去了，菩薩們都來保佑大家了，我們現在都已經再度平安了。」

然後，她決定下樓出去買一些白米和醬菜回來，她知道等到唯盧睡醒來時，應該會覺得肚子餓了，那時候我可以有剛熬好的清粥，可以餵食他吃下去，然後他的身體元氣可以逐漸恢復起來，這樣就都會沒有事情了。等睡飽再好好吃一碗熱粥，這一切艱難的受苦過程，就會像是噩夢一樣的幻滅過去，只要等到人睡飽清醒來，好好吃一碗熱粥，就都會全部沒事了。

惠君出門下樓去，再回來煮食打點好燉粥小菜，並且清理好廁所的髒污後，重新坐落在床邊椅子上，望著還繼續發出打嗝般聲響、同時喃喃說著彷似夢話與囈語的唯盧，好像完全可以聆聽得到他那交混著記憶、夢境與獨白的話語情境，也彷佛自己正緩緩滑落入唯盧那個依舊辯解不停的私已思維場景裡。

唯盧說：

是的唯實，我的哥哥，你這樣在黑夜裡突然出現來，確實驚慌了我那時刻的情緒。你完全知道我是個作息極為簡單的人，我每日每天的每一件事情，原則上都像是太陽的起落般固定運行，這無關乎好或者不好，這就是一種自我生命運行的必然節奏。你說但是昨夜你到臨的時候，太陽已經落去不見，正是月亮在掌管宇宙大地一切，那時刻已然與太陽無任何連結，因此無任何固定的軌道運行可以憑藉。關於太陽與月亮彼此間，那相離又相繫的關係，我並不想再對你多加陳述，他們之間當然有著某種必然的連結與斷離，絕對難能一刀切斷、也並非你我可以輕易論定。但是或許就如同你所說，這樣難解的因緣，其實恰恰與我們兄弟間的運轉起落一樣，看似並無任何連結，其實卻互相牽引難分，想起來太陽與月亮的關係，真是我們二人間很好的譬喻。

並且我深深的明白，你其實更是在暗示我與你之間的某種巨大差異。你一直覺得我是個過度以自我為中心的人，甚至認為我已經近乎自私以及無情，你完全不能明白我為何要抗拒一種群聚的集體關係，譬如家庭、朋友與社會。我不知道如何可以簡單清楚對你說明我的想法。基本上，我從來不以為個體的自由，必然就是對集體的意圖破壞，真正的現實往往恰恰正是相反，個體的自由往往才是對集體的真實維護。而在這二者間的所謂選擇，經常也只是在思考著當面對焦慮與恐懼時，各自如何選取的生命應對手段而已。譬如我們共有的母親，她一直以著犧牲自我個體的方式，努力過著她的日日生活，企求因此能帶給我們一家群體的共同幸福。但是到最終，她卻同時失去了來自個體與群體的鞏固承諾，發覺自己居然依舊深陷在焦慮及恐懼的深淵。至於我們所共有的父親，原本深深依賴軍隊與教會集體活動的護持，最後畢竟還是明白，這樣的舉止與活動畢竟並不能使他真正更靠近他人的內裡一小步，而只能終於失望落空。所以，我選擇要獨自承擔我的生命焦慮，並決定以自我的存活，來對抗絕望所施加的蓄意傾軋，相信自己即是具有無限意義的宇宙，堅定終要成為一個以勇氣來作自我存在的個體。

唯實，我的哥哥，你認為我選擇的路徑，是一種拒絕參與的逃避，並且我將因此承受到世間的排斥與詛咒。關於這個，我自幼小就明白其中的戒律與因果，也一直尋求如何在其中繼續平和存有的模式，尤其小心維持自我與參與群體間，謹慎與認真的必要選擇。因為，這幾乎就是我存餘的唯一自由。唯實，我的哥哥，我必須嚴正告訴你，拒絕並不一定就是逃避，有時反而需要更多的勇氣及信念，才能如此作為。而關於存在這件事，我雖然相信所有的存在，都有其最終的完整必要，但是，現在我也接受做為部分狀態而存在的事實，這是在自我與參與之間的某種現實平衡，也可能就是在人間存在的必要機制與真實狀態。

至於黑夜，我從來不覺得有任何的懼怕，也自幼小就習於漫遊在這樣無聲息的情境裡，並屢屢能在其中尋得我嚮往的平靜。你昨夜的突然出現來，對我而言，並不真的與黑夜有何關聯，反而是讓我擔心起你這樣節奏難料的突兀失衡行跡，是否暗示著什麼更大的隱誨事實。也因此，我問你近來在遠處生活的狀態如何，是否遭逢了什麼難明的困境，你卻迴避我的問題所在，漫漫地對我敘述起來父親回返家鄉後某些奇異難解的行為。

你說父親返鄉之後，並未如大家預料地探詢關切其他親人家族的何在，反而輾轉急切尋找那些當年與他一起在潰敗後四逃失散的軍中伙伴，但也因那場潰散確切銘刻著類同叛軍叛國般的恥辱印記，使得這樣的尋訪過程千難萬難。然而，我們父親尋找的意志堅決，最終竟然還是邀尋到兩位住在遠處、同他一樣老邁的昔日伙伴現身來。

他們那夜的初相聚瀰漫著一種始於期待歡欣，卻迅速轉成黯淡難言哀傷情緒的詭譎變化，使得任何酒食的擺設邀約，都無法促成久別後本當有的雀躍歡愉。後來，我們的父親毅然站立起來，要我出去找輛車子：「唯實，你去找輛車子，立刻……立刻載我們去到最靠近的山頭。」我依照父親的指示，把車子開到城外的山丘上，父親堅持領著另外兩個老邁的男人，一起扶階去到山頂的眺景平台。那時分月色飽滿血紅，父親顯得困惑地四處張望著，像因忽然迷途而慌張失措的小孩，我上前詢問他究竟為何為何慌亂，他顯得羞愧的低語問我：「你知道台灣在哪個方向嗎？……台灣到底在哪裡呢？」我用手臂比劃出一個彷彿確切的遠處方向，那其實也正就是月亮剛才攀爬起來的處所。父親先是凝望著、像是在確認著什麼，然後，就回頭用蒼老卻相對依舊宏亮的語音，對著另外兩個老人喊著：「弟兄們，全體……立正站好！」那兩個老人原本佝僂的身軀，立刻就各自挺直立住不動，父親再慢慢自己回轉來，一起朝向約略相同的方向，聽父親又呼叫著：「全體……敬……禮！」三個人就同時一起劃出齊額單手敬禮姿勢。那時候四圍一直隱身的夜風，忽然戲謔吹颳起來，我開始擔心父親是否會受寒患病，而思考是不是當介入終止眼前這一切可笑舉止。就在這時候，忽然父親開口說起話來，他先反覆清著喉嚨，我們都感覺得他欲想要急切說些什麼，但似乎又怕自己會先哽咽而失語，只好試探反覆清著喉嚨與調整身形姿態。空氣奇異地膠黏緊張著，我們全部安靜等待即將出現來的話語，然後，父親一字一字大聲說出來：「校長，報告……校長。你看我們都回來了，我們真的都全部……回來了。你看哪，一個都不少的，你自己看哪，我們一個……一個都不少的，全部都回來了啊！」就在那個時候……就在那一瞬間的時候，暗隱潛伏四處的野風，再次開始歘歘不留情用力吹颳起來，月亮離奇半閉半露、逐步游移躲入雲朵後面，此外大地一片沉寂無語，彷彿都屏氣側目等待觀看什麼離異的劇碼上演。那天晚上回來，他們三個老人又哭又笑一直相互搶著說話喝酒，像是一群猶然不知人間究竟何在的小孩，顯得一樣天真開心的喧譁著，最後到底都還是喝得爛醉去。隔日的下午，我送走那兩位父親軍中的老伙伴搭車返家，他們一反前夜的喧囂而沉寂著，我似乎感覺得到他們全都其實明白，這大概就會是彼此在此生的最後聚會，不會再有下一次的了，應該不可能會再有下一次的見面了。我們的父親在那天之後，就尤其特別奇異的沉默起來，甚至，讓我彷如感覺嗅聞到某種面對死亡時、那種敗戰者終於認命的背影姿態，逐漸伴隨腐屍臭味的傳飄浮現出來。

唯虛說：

嗯嗯，聽完我哥你對父親返回家鄉的描述，確實我感覺到一種陌生的驚訝，但也明白我們從來不曾得以真正進入過父親的內在世界。這或是因為他嚴閉拒絕的態度使然，也絕對與我們可以預感到那內裡隱藏的荒蕪敗壞景象，而自行決定迴避任何叩敲的試探關懷有關。我與哥此時都沉靜下來，各自啜喝著買來的酒，我就問你說：「父親的身體健康都好嗎？」你說：「很好很好。那個老醫師真的神奇地讓父親的健康迅速恢復中。」我說：「這是真的嗎？父親真的可以相信與接受這樣老舊的傳統醫療與偏方，並即將因此可以重新康復起來了嗎？」你只是點了點頭，似乎不想繼續這個話題，同時起身在電腦裡重新搜尋著流轉的音樂，漂浮的旋律再次四下瀰漫出來，我的思維逐漸被誘引墜入其中。在這樣的同時，我們都感覺到關於談論我們親身父親的困難與無可迴避。然後，你就說：「唯虛，你知道嗎，在父親的一生過程中，我所最不能理解的，是他為何能如此熱愛對於英語的持恆學習，以及後來為何獨自參與進行基督教信仰，而且似乎全然不在乎我們的同行與否。這些好像僅是他想探索尋找什麼答案的獨自路徑，對我一直是沒有因果關係可以進入理解的一個謎團，更加讓我覺得他與我們間從來就是相互斷離的事實。」我說：「我確實也有這同樣的感覺。但是，我想父親他其實一直在尋找一個可以安身依附的東西，譬如一個遙遠陌生的什麼強大事物，讓他可以不再覺得需要去害怕與閃躲。」你說：「但是，為何要是遙遠與他方呢？他不是一直有著我們的環繞與支持嗎？」我說：「也許對他而言，我們依舊不足夠支撐他的需求與安全吧！」你說：「那他最終有得到他所期待著的護衛嗎？」我說：「我覺得依舊還是沒有。」你說：「為什麼會沒有呢？」我說：「我覺得他一直不能明白他所匱乏欠缺的東西，完全與個人的命運有關係，而不是什麼遠方巨大事物可以解答。」你說：「那我們的母親呢，她也是一樣在尋求著什麼可以依附的東西嗎？」我說：「我們的母親無時無刻處在某種焦慮與恐懼的狀態中，關於這個，我們都一直清楚明白觀看得到。但是，她卻擁有我們都缺乏的一種勇氣，並總能藉由這樣罕見的勇氣，使原本艱苦的日常生存，顯得自然、真實而明確，同時更能使得我們一家不至於墜落到絕望的深淵裡。」你又說：「那麼，她究竟在焦慮與恐懼著什麼呢？以及，她的勇氣又究竟來自於何處呢？」我說：「她所焦慮與恐懼的一切，就正同樣是她自己的命運源處，這是無人可以介入與干預的事物。她所具有用來對抗的勇氣，則是來自於她不想依附他者的堅定本性，因為她能夠總是為著別人著想，甚至因此忘記自己的存在，因而獲得某種神祕的無名勇氣加持，這恰恰與我們父親的個性全然地相反。」你說：「可是，她不是一直深深信拜那個她家鄉的神明，這與我們父親一度篤信的基督教，不正是具有同樣的本質嗎？」我說：「當然是完全不一樣的，一個是藉之獲取勇氣與力量，一個是尋求慰藉與連結。」你說：「我們的母親曾經明白你所說的這一切嗎？」我說：「她還不能真正明白她所具有的勇氣，其實是源於自己的真實內裡，這是她生來就有的本質，而非任何他者他物所能提供幫助的。」你說：「那關於我們兩人呢？在我們兩人之間，究竟誰是具有真正勇氣的那個，誰又是意圖尋求慰藉與連結的另一個？」我說：「我們兩人中，有人正尋求一種源自於集體的安慰，有人正在建立與自我對話的力量。」你說：「唯虛，我的親弟弟，你可以用更直接明朗的話語，對我們此刻的狀態做出描繪與說話嗎？」我說：「唯實，我唯一的哥哥，你總是期待著某種創造性事物的忽然發生，但是你卻不明白在所謂創造性的事物裡面，必然總會暗藏著一小片幽暗不明的土壤，而在那裡往往容易滋生著邪惡的苗芽。」你說：「唯虛，親愛的弟弟，我完全不能明白你究竟是在說些什麼。」我回答：「唯實，我的哥哥，我希望有一天你終能聽懂我話語的義涵。」

這時，從皮夾裡你掏出來兩片白色小方紙，先把其中一片放入自己的嘴裡，遞過來另外一片，說：「我的弟弟，放入到你的舌頭下面，就先這樣含住別動。」

我順從地依照你的指示作為，讓彼此我們共同進滑入到某種放鬆的無言狀態裡，然後……隔了一會兒，我發覺舌頭下面的紙片不見了，就問你……為什麼紙片會忽然不見了，你說不應該會不見的，並立刻在我身邊四處找著，說怎麼會不見的呢、怎麼會不見的呢？最後……到最後，你又掏了另一片紙給我，說這已經是最後一片，這真的已經是最後的那一片了，千萬不要再弄不見去，好嗎？關於之後發生的一切，我還可以繼續敘述，卻無從確知我想像與現實的邊界何在，這樣你還是想要我再說下去嗎？……好的，沒有問題。首先就是我身邊的一切事物，都開始游離迴旋起來，像是睜眼張望四圍熟悉的生活物件，忽然全都脫離原本的位置、模樣與姿態，各自從容地飄飛起來，並且逐一幻化成斑斕圖塊旋轉舞動。我同時感覺你我似乎正共同進入到一個我從來不曾熟悉過的世界，那裡繽紛華麗色彩滿溢，也鬆弛安詳無擾。我露出略顯擔憂害怕的神色，彷彿意外窺見不熟悉歡樂世界而忽然膽怯，你以持續開朗豪邁的笑聲與顏容，回應安撫我內在的猶豫不安，同時訕笑我對樂園如此陌生無知。我從來不記得自從我們共有的孩提時期起，你我曾經有過任何一次得共享這樣的美好情境的類似經驗，就是像兩個無邪相愛的純真兄弟，徜徉在美麗無邊的原初花園裡的嬉戲過程。我問你此刻這一切都是真實或是可能的嗎？你只是繼續縱聲笑著，沒有回答我的問話。我說我覺得自己彷彿重新再次開始與你共同度起那消逝難尋的童年，並感覺這次終點幸福的可能，你就哈哈哈、哈哈哈反覆大聲笑著，並說這絕對並不是我們的童年回返，這只是我們的此刻現在以及明日未來啊。我再次問你說：這是你對我們得以回返過去記憶的旅程邀請嗎？你就再度地哈哈哈、哈哈哈，反覆大聲笑著說：唯盧，我的親弟弟，這並不是我們的童年回返，這就是我們最真實的此刻現在以及明日未來啊。

再後來，我們就忽然坦露身體共同棲息上那狹窄的床。並且，你以碩壯身軀凌坐壓覆我仰躺的細支體幹，俯面露出欣喜節慶般笑顏對看我，在猶然不知即將發生到來的一切究竟為何的瞬間，竟感覺到我們兩人的身軀，已然合拍共同搖動韻擺起來，像是決心攜手共行或扶肩彼此苦力合作。那原先就有強烈節奏拍子的漂浮音樂，此時融入與現身為我們一起共振伴奏，碰吱吱碰吱吱。我也注意到你越發有著狂喜表情的面容顯現，一如你身後天空那些斑斕絢彩的美麗圖案，忽地群聚一起舞動滋長，忽地又四散奔逃竄舞，不斷幻變出源源不窮難測景象，顯得華麗豐富婀娜多變，讓我只能詫異瞠目觀視。我們這二條裸赤身軀的合震共蘊，此時益發激盪韻擺起來，幾乎脫韁難控如初崩裂的地景急湍，我只能有些張皇地伸展雙手，像在水底不斷意圖穿戳那片幻景水面的人，卻僅能吐出無聲泡沫憾憾徒勞呼救。你未理會我溺水的手勢與呼喚姿態，依舊馳騁你越顯壯碩凌人身軀，如常奔馳朝往什麼引你如是歡欣的盛宴終點，並在那最是歡愉的巔峰極致時刻，發出來如煙花般響亮的嚎叫滿足震耳聲響。那時刻，唯一能讓我們依舊連接相互映照，就是我們同樣淋漓落滴的如潮汗水，以及身軀下那已然難分究竟是被誰的汗水或體液浸溼如水塘淺灘跡痕的床單。而所有這一切的結束，就一如原初發生那樣閃電迅速無徵兆，我只能癱躺不能動作也無法思想，彷彿什麼莫名遠處無言力量，完全牽引掌控著我的一切觀瞻動靜。我嘗試辨別我的內裡究竟應是歡愉或哀傷，卻也只像一枚全心臣服於海浪的波濤起伏、完全不能自己思索與明白因果何在的小舟子般癱浮著，根本無力面對這樣一切來去峰湧的嚴肅奇異境遇。

唯虛說：

「哥哥，我的哥哥。我想暫時停止對昨夜所有的回憶與敘述，我確信這一切發生在你我身上的事蹟典故，必然有其原因與內隱底蘊，也許我們都只能在他日與異地時空裡，才能真實明白這一切的經歷過程。我現在忽然覺得真正遺憾的，其實反而是昨夜我們這樣難得稀罕的能夠彼此長久共處，竟然最終只存留著身體廝殺後的殘跡，反而我們並無法建立真正言語與心靈的交流。我們都知道長久來這樣溪流般乾涸的溝通缺憾，完全並非從昨夜才肇始的，而更是我們向來如此的生命紀實與寫照。」

「我的弟弟，可是我們剛才不是已經交換過許多關於我們共同的父母、以及我們自身為何的長久交談嗎？」

「我的哥哥，我依舊感覺到在我們兄弟之間，欠缺著歸屬於內在的言語交流與溝通。」

「弟弟，我唯一的親弟弟。我樂於坐息下來與你交談，如果這正是你此刻的願望所在。我並不能記憶與感覺到我們成長裡，其實有著匱乏交語對談的事實，我反而覺得在我們之間，從來就沒有什麼阻礙難明的事物，會需要你我特別去做澄清溝通。」

「哥哥，你是否曾經對於我們為何竟會成為兄弟這樣的事情，有什麼思索與困惑呢？」

「弟弟，這問題從來不曾困擾過我。」

「哥哥，我自幼小就不斷思索這樣的問題。這並不是在算計你我的差異究竟有多寡，也不是期待會有什麼他樣的人生際遇會因此憑空發生來，反而我是想著親兄弟的責任與歸屬應當何在，以及我們這樣被某種不明命運線索作捆綁的原因目的，又究竟最終底蘊為何的反覆咀嚼思考。」

「你確實自幼就是愛思維的人，我如今依舊從來無法進入到你的脈絡邏輯。於我，做為兄弟就是我們宿定的命運，無從挑戰也不需思考，正如同我們與我們所共有的父母間，必然有著聯繫的事實一模樣，那是從我們出生一睜眼直到閉目那瞬間，都是永遠不會改變、也無法改變的事實。」

「那麼你覺得我們做為親兄弟的責任與歸屬，究竟應當是什麼呢？」

「就是我們命運不可分離的事實。」

「但這已經完全背離現實景況的了。你也早就視出來我們的命運已然歧異、在未來還會更加分道揚鑣的事實，不是嗎？」

「唯虛，我的弟弟。我們必須忍受命運的規範，但也必須同時接受現實浪潮的牽引。」

「若是這二者間出現了斷裂或矛盾呢？」

「當然會有斷裂或矛盾，但這不當阻止我們在面對命運規範與現實浪潮時，願意繼續同時去做承接的態度與決心。」

「我無法這樣做，這是對自我的欺騙。」

「我的弟弟，謊言必有其存在的原因。」

「唯實，我的哥哥。你覺得我們的父親與我們的母親，也曾經面對這樣必須在命運規範與現實浪潮間，各自做出抉擇的挑戰嗎？」

「我們的父親與我們的母親，本來是大不相同的人，這個你我自幼小就已經明白。他們命運至終的所以糾攪難分，只能說是現實浪潮的驅策使然，與我們間的宿定命運完全不同，也無法一起並列比較。」

「我其實反而覺得他們更是存活於宿定命運裡，而我們則必須認真面對現實的浪潮。」

「唯虛，我不知道這樣交談的持續進行，究竟會對我們有什麼真正的助益？」

「老實說，我也不知道繼續的交談，能否會有什麼具體可見的結論。但是我隱約覺得我們的交談，最終可能並不是為了助益我們兩人，反而是為了其他我們尚且不能明確認知的他方與他人的需求。」

「唯虛，我的弟弟，你會擔憂你的人生未來嗎？」

「不會的，為什麼需要擔憂啊？」

「那麼，你又是如何去看待你過去的記憶呢？你知道我曾經一直對你的童年成長充滿擔憂，我也一直覺得你其實是一個無法照顧與保護好自己的人，因為你會輕易縱容別人對你的施暴與侮辱，也對所有隱伏在身前的危險渾然不能察覺，這使得你過往的生命顯得極其脆弱難堪。」

「我的哥哥，你會因此受到困擾嗎？」

「是的，我曾經確實有困擾的感受。我一度覺得有你這樣奇異難解的弟弟，讓我感覺到做為哥哥的某種羞辱，我完全不能明白你對於他者的挑釁鬥勝，竟然全然都以退讓認敗的態度做為回應的緣由為何。你完全沒有察覺你這樣顯得懦弱的作為行事，已經讓我以及我們家人同樣蒙羞，甚至逼迫我必須更加顯現堅強，以來對這個世界做出回覆。」

「關於你說的一切，我真的是一無所知，也沒有任何召喚對應的記憶，可以用來回覆你的話語。」

「我害怕你的生命未來，將繼續重複你不幸的童年經驗，並因此預告出什麼令我們擔憂的未知災難。」

「我還是不能明白你話語的意圖與旨意。」

「你難道不會覺得你的未來前途是隱晦不明的嗎？譬若你我都沒有良好的背景以及社會關係，而你又欠缺完整的知識教育，最終也必然只能淪落在社會的底層及邊緣求取生存，這不是已然成為顯而易見的事實了嗎？」

「我不懂你說的底層及邊緣是什麼，我就只是依照我的心性與本質來前行。所謂的未來，對我來講，從來就是一個難以理解的概念，我也不知應當如何生出擔憂的心情。」

「我的弟弟，你果然完全沒有改變，依舊就像是你童時一樣的單純與天真。」

「唯實，我的哥哥。那麼，你會擔心你自己的未來嗎？」

「可以說會，也可以說並不會。因為我們自幼就都學習過未雨綢繆的重要，因此我無時無刻地思考著未來的演變與可能，並時時鍛鍊自己可以面對的能力，以期能掌握機會及避免災禍。」

「所以你現在真的可以懂得如何掌握機會及避免災禍了嗎？」

「我日日都在進步中，我也深深希望你終能明白這樣遠思熟慮的必要。」

「我也真心希望你的遠思與熟慮，終究可以帶領你到達你所嚮往的那個甜美花園。」

「謝謝你，我的弟弟。」

「祝福你，我的哥哥。」

母親，我的母親，請繼續聆聽我與我哥哥在昨夜所發生一切的敘述：

再後來，我們又再度地肢體分離如陌生他者。我原本不斷幻現的華美視景，逐漸被其他急促黑暗的景象所取代，早先煥發榮光的花園景象，迅速淪為深淵般寒酷殘斷的斑剝影像。而此刻，我的身體內部更被其他陰暗與醜陋的感知侵蝕，開始潰爛反芻地逆襲著我原本心智的明朗，同時急切感受到荒漠般的口渴折磨，以及如滾軸源源翻升起的嘔吐欲想。這一切使得我難以安心靜氣，只能不斷疾步移走在水槽與便池之間，無法自止地發出至今我也不能明白的絮絮嘆息與話語，甚至轉身祈助於你是否可以出現來，並且能夠送我至醫院去獲得救治。但是我哥他驚恐告訴我說，此刻我們所正面對的景況，並不可能借助任何他者他力的協助來脫困，也萬萬不可以有任何這樣念頭的存藏在內心。但是，我在他篤定的面容言語後面，也見出來他同樣的慌亂無助，彷似我們正共同涉入到什麼深淵陷阱，或是在同條沉船裡飄搖擺盪無向。我已然感覺到自己生命潰敗崩解的必然惡化，便意圖獨自走出去外面尋求解救與幫助，也只能不斷意識到自己無力如此作為，以及受困於我哥他勸阻妨礙的迴圈過程，而終於如此反覆徒勞地做著自我消磨。最後，我再次蜷縮回返入我的床席，如受傷折翼的某隻小獸，意圖藉由隱躲迴避來療傷自我，發出泡沫般啵啵啵低靡求助聲響，期待什麼解救訊息的現身回答。而且，就在這一切發生的同時，我意識到我哥的決心離走去，就像嘆息與咳嗽般迅速地，我哥他就啟門走下去樓梯間，徹底遺留我的身軀繼續啵啵啵啵獨自起伏求助，並與人間的外界訊息越行越遠。

母親，是的母親，這時刻我確實向你發出最深切的呼喚，猶如我在最是無助的童嬰狀態，對你發出了既往那般的哭泣嚎叫，也堅信你必會一如過往出現來，立即安撫照顧我的苦痛憂傷，甚至堅強勇敢地驅退所有臨來的威脅與攻擊，一絲猶豫神色也沒有露出地再次度解救了我。就在我逐漸昏暗要睡去的時候，我終於感覺到你真正的到臨，你就坐靠在我的床邊溫柔俯瞰著我，有如溫暖旭日再一次臨照沐浴著我的全部身心，讓我立刻感知到自己竟然能再度地康復如前。母親，我的母親，就在這個時候，我覺得自己所藏身掩埋的床席，有如雲朵漂浮起來，緩緩朝著前方一片明朗白色潔淨的雲海滑浮過去，那前方的召喚是如此的寧靜、安詳與溫暖，讓我願意忘卻與離棄過往所知所有的一切，成為一個全然乾淨有如最初所承諾的那個人。但我此時忽然想起你的顏容，便立即轉頭猶疑回望向你，尋求這樣祥和召喚究竟是否應當諾答，並因此放心飄隨而去你的贊同與否回應。你就以我最是記憶熟悉的那尊微笑，緩緩點頭說著好的好的，彷彿告訴我只要能放輕鬆一切都將會美好無礙。但是，此時我同時留意到你眼角的淚珠隱隱逸出，這樣與你笑容顯得極度不合尋常的淚珠，提醒我這或許是一場永恆旅程的告別。我立刻半起身，奮力回望已然離我有段距離外的你，問著：「母親，我的母親，這就是那傳說中的永恆告別嗎？」你只是低迴頭，並不回答也不看視我，讓我更明白此刻這一切的溫暖與潔淨接引，即是我與你分離鴻溝的確定劃分，以及我們所有彼此回顧及記憶的終極斷離。此刻，我一人的白色旅程，依舊繼續漂浮向前難以停止，我默默流出來連串的眼淚，期望能永遠不會將你自我的記憶忘卻去。這時在我的前方響起來悠揚美妙的樂音，然後見到左右兩列飄飄彩衣裝扮的奏樂女子靠近來，這甜美祥和的神祕音樂，立刻安撫接納我的所有驚懼與不安心情。同時，見到中央有著三位菩薩，直接趨靠向我的床席來，低頭慈顏望著我，說：孩子，你還不應該來到此處這裡，我們會將你平安送返回去你原本來到的地方。

我問說：為什麼會這樣呢？他們又說：「因為你還不應該來到這裡，我們會將你平安送返回去你來到的地方，這樣好嗎好嗎？」就一起三人相伴回抵我這個同樣的屋宇裡，又對我說：我們無法長時留下陪伴你。我驚慌問著：為何不能、究竟為何不能呢？他們說：因為你的屋宇裡有著阻擋我們留駐下來的事物，除非你能清移開來這些物件，否則我們無法多停留的。我急切地問說：究竟是什麼物件，阻止了你們的停留呢？他們就凝望我，笑著笑著轉身遠離去。母親，我的母親，此時你就真正再次出現來，就在你到抵這裡的那瞬間一刻，恰恰與我遠去又回返的那同一時候，幾乎彼此相交疊無分別。

母親，這就是在你到達之前，所有今夜發生的一切事實。

惠君一直坐在床邊椅子沒有移動，她完全不知道時間究竟過去了多久，除了中間起來去照顧一下慢火燉著的清粥外，就只是一直用雙手闔覆取暖著唯虛那只外露的手掌。惠君一直還是處在自我的驚顫回復狀態，幾乎無法清明地做出任何思考，只能讓唯虛斷續的囈語、夢話與喃喃獨白，不斷將她揪引入到那個奇異也驚悚的昨夜經驗裡，也因此彷彿自己確實也身歷了和唯虛一樣的完整過程。

然後，看著唯虛終於緩緩甦醒過來，睜開眼用清澄一如稚幼的目光望著她。就問：「唯虛，現在覺得好一些了嗎？還會一樣的不舒服嗎？」唯虛只是搖搖頭沒有說什麼。又問：「你會餓了嗎？我燉了很濃稠的稀飯，先喝一點下去好嗎？」唯虛還是搖著頭，說並不覺得餓。她說那麼還是就先喝一小碗熱米湯：「就只是米湯汁而已，並沒有摻雜任何米飯粒。因為肚子必須有些元氣頂著，身體才能夠好轉康復起來。」唯虛終於點了點頭，她就一小湯匙一湯匙、餵食有如池塘鯉魚不斷緩慢張合嘴巴的唯虛，看他的氣色以及體溫慢慢回復起來。

然後，唯虛就問惠君說：

「我到底睡了多久了呢？還有，阿母你都一直坐在這裡的嗎？」

「你大概也已經睡了好幾個鐘頭了，我其實也沒有去注意到底是多久。你就一直沉睡和說著夢話，我光是坐在這裡，也聽你說了很多事情呢！」

「那你現在都知道昨夜這裡發生了什麼事情了嗎？」

「應該大概都知道了。」

「阿母，你覺得昨晚到底是怎麼回事，為什麼會忽然發生來這麼許多事情，我覺得我完全來不及也沒有辦法去做應付呢？」

「唯虛，我也不明白為什麼會忽然就變成這樣，只能說有時候事情就經常是這樣的，也不是我們可以有辦法理解的吧！但是，還好總是有菩薩一直在庇佑著我們，讓我們總是可以最後還是能夠平安無事。」

「阿母，你覺得那些忽然出現的菩薩，為什麼會在那時候攔住我，並對我說你還不應該來到這裡呢？」

「那麼你自己在那一時刻，有很想過去祂們的那裡嗎？」

「可以說其實是有的。因為那種祥和溫暖以及潔淨的感覺，還有環繞著我的美妙音樂，都讓我覺得平靜、舒坦而且完美，我確實會有就這樣永遠停留在那裡，那種想要完全解脫開來的念頭出現來。」

「菩薩不讓你現在立刻過去，應該就是你自己的運命，本來就應該是要這樣的吧，而且你也知道關於這種事情，完全是沒有辦法去勉強的。另外，更有可能是菩薩特別施恩給你，是祂們自己想要出現來，幫助你度過什麼難關的。」

「祂們為什麼要這樣呢？」

「我也不知道。有可能是你的運命比較特別，祂們因此還有安排別的事情，還想要讓你去做的。」

「是這樣的嗎？」

「不知道，但也是有可能的。」

「祂們會希望我去做什麼事情呢？」

「唯虛，我真的不知道。但是，我相信菩薩這樣做，一定有祂們道理在的。」

「那菩薩說我屋子裡還有東西沒有清乾淨，又是什麼意思呢？」

「我真的完全不知道呢。」

惠君想起來男人曾經說過的一件事，就是當年他們在滇緬一帶打戰的時候，常常就是必須出入在峻嶺高原間，有些人會因為緯度過高，而出現身體不適應，甚至產生昏迷惚恍的狀態。男人說：

「如果患了這樣的病，整個人全都塌軟無力就不用說了，神智還會飄飛走，意識變得不清晰，當地人會煮些藥草熱湯讓你喝下去，通常過兩天就沒事情了。但是，他們當地人說這還不算什麼，真正厲害的，是只要一過了七千五百公尺的高度線，幾乎每個人都會開始出現意識模糊的現象，也就是說，你雖然完全知道自己人在哪裡，但是卻不能控制決定自己的身體該往哪裡去，就會像在夢遊般的被什麼東西牽引著來去走動。」

「怎麼會這樣的啊，那這時要怎麼辦呢？」惠君就問著。

「他們說這種事情完全是由不得人的，人要是真的被牽著走遠去，也是沒有任何辦法的，就是只能等著凍死、餓死、或是摔落山谷去了。」

「真的完全都沒有辦法了嗎？」又問著。

「當地人說遇到這種事情的時候，就是闖進了白天與黑夜交界的神祕區域，在那裡是無法分辨出方向，就只能聽天由命地、任由自己被什麼他物牽引來去，而究竟是去到明亮還是黑暗的那一邊，沒有人可以作預料和控制。而且，說這樣被牽走去是很容易的，但是想要再走回來，卻是千難萬難的，要想回到自己原來的地方，是最困難不過的了。」

「那到底要怎麼辦呢？」

「他們說遇到這個狀況的時候，就要立刻全心去默想，要想著你心中最親近最愛的人，要用所有全部的內在念力，去專注思念這個自己所愛著的人。他們說只有這樣去做，才有機會可以尋走回來自己原初的地方。」

「專心思念自己所愛的人嗎？」

「是的，專心地思念著自己所心愛的人。」

「就專心思念著自己所愛的人嗎？」

「是的。」

惠君說：「唯虛，我很高興菩薩決定把你再次帶回來這裡，至於究竟是為了什麼原因，應該還有別的天意在掌管，我們就暫時不要去想了。但是，我在想說要是你以後如果再遇到類似這樣的情況的話，可能也不能就是指望菩薩們一定會現身來幫助我們，我跟你講，要是以後再遇到這樣情況的話，你就專心地想著我的臉，並且大聲叫喚著我的名，要一直想著、一直叫著阿母我的名，知道嗎？」

「為什麼呢？」

「唯虛，你知道要走遠去是很容易的，想要再走回來原處，則是千難萬難的。如果你一直想著我、並且持續呼喚阿母我的名，我一定會來帶引你回家的。」

「真的是這樣嗎，阿母？」

「是的，真的就是這樣的。你可以答應我嗎，唯虛？」

「好的，我答應你，阿母。」

兩人一起沉靜下來。

過了一會兒，唯虛又說：

「對了，阿母。我想起來唯實昨天晚上來的時候，有說他是特別要來告訴我一件事情，就是說他在那裡有交到一個女朋友，他覺得他們應該會要結婚的了，他說希望我可以去當他的伴郎。」

「有這種事情啊，我怎麼居然完全都不知道。那你怎麼對他說的呢？」

「我說等到真的發生的時候再說吧，就是到時再說吧。他知道我對參加這種很多人聚在一起的事情，其實從來沒有太多興趣，而且又要飛去那麼遠的地方，再加上這樣的一件事情，也沒有非要我來做不可，換其他人去做，其實也沒什麼不一樣的吧！」

「你是他的兄弟，當然還是應該由你去當伴郎，才是恰當的吧。」

「我並不這樣覺得。」

「這也沒有關係，唯實應該知道你這樣奇怪的脾氣。那他後來怎麼說呢？」

「他沒有再說什麼了。」

「唯盧，我很好奇你之前為何會對你哥哥說，所有創造性的事物，必然都是源自於幽暗不明的邪惡之地，這句話究竟是什麼意思呢？」

「我只是感覺到在他尋求的事物裡，似乎暗藏著可以使他墜落的邪惡坑穴。因為他對於生存本身的熱切期待，只會使他更遠離生命的永恆本質，即令是他的成家立業，也不能填補這個部分的空洞。」

「你有告訴他這個嗎？」

「好像有、也好像沒有。」

「那他要怎麼辦呢？」

「我並不知道答案是什麼，母親。」

惠君用熱水幫唯盧擦了手腳頭臉，再讓他吃下去另外大半碗的熱粥，就說：

「唯盧，你再睡去一次吧。你的元氣還沒完全回復起來，我坐在這裡陪你，你可以安心的睡下去，不要擔心任何事情。」

「阿母，好的。我會好好睡一覺，但是你先回家去，我現在已經沒有事情，你可以先回家去了。」

「你真的覺得這樣嗎？」

「是的，阿母。你先回去吧！」

惠君猶豫著，她並不想在這時候離去，但是她知道唯虛的個性，也就是如果唯虛決定了的事情，就是不會再做改變的，並且必然會堅持全部自我承擔起來，不讓別人隨意來插手。

惠君雖然知道現在可以不用擔心了，但卻依舊迴繞著不想起身離去。

「阿母，你先回去吧。你知道我已經沒事情了，而且我會好好睡一覺的。」

「好吧，那你就去睡吧。如果有需要什麼，就打電話給我，知道嗎？」

惠君立起來，四下走一圈，確定所有事情都沒有差錯。回頭對著唯虛說：

「那我就走了，你自己好好睡一下吧。」

又自己停在落地門前，看著唯虛說：

「唯虛，有件事情我想告訴你。就是……就是那個……那個，我不是有跟你說過，就是你哥昨天晚上不是打了電話給我嗎？」

唯虛點著頭，等待母親繼續說下去。

「你知道嗎，唯實其實是對我說……他對我說，我們的房子已經被抵押掉，我們都必須搬出來，不可以再住在裡面了。」

「這是什麼意思呢？」

「他在那裡的投資全部失敗，就騙了你爸去簽字，然後把房子抵押給別人。我到現在還不知道再來要怎麼辦，我想是不是要先去一趟，趕快把你爸接回家，他到現在都還是不知情呢。可是就算接你爸回來後，我們也已經沒有任何地方，可以再繼續住一起了的啊！」

惠君語調顯得低沉下去。

她望著唯虛，說：「唯虛，你覺得現在我要怎麼辦？我真的完全不知道再來究竟要怎麼辦了呢！」

「阿母，我其實也不知道你再來該怎麼辦。但是我不會太去擔心這些事情，你知道最重要的，一定還是先去接回來我阿爸，你就先把他照顧好，兩個人重新生活連結一起，其他的事情，到時候自然會有辦法解決的。」

「唯虛，你真的是這樣相信的嗎？」

唯虛點點頭，望著惠君又說：

「阿母，有件事情我一直想告訴你，就是你知道嗎，在那三個菩薩送我回來的時候，我有很仔細看著他們的面容，忽然發覺祂們三個人，似乎統統和你長得很像。但是其實又不太一樣，就是每一個菩薩都跟你的某些模樣和表情有點像，可是卻又有些不一樣。那時候我真的覺得混淆，我不明白為什麼竟然會是這樣，因為我完全知道你並不是菩薩，菩薩也絕對不會是你。」

惠君就立在那裡望著唯虛，等待他繼續說下去。

「但是，就是現在的這一瞬間，我忽然想通了。我明白雖然你不會是菩薩，菩薩也永遠不會是你，但是你們可以相通，也就是說，你和菩薩可以彼此流通，相互間可以自由的流來流去，有時候你會流過去，有時候菩薩會流過來。因此，你根本就不需要去變成菩薩，菩薩也不需要變成你，因為不管事情怎麼樣發生，我還是一直可以在菩薩身上看到你，也可以在你身上看到菩薩，你們因此都永遠不會消失去的。」

「唯虛，你真的是這樣相信的嗎？」

「是的，阿母。我現在真的是這樣的感覺與相信。」

惠君噙著眼淚，低下頭默念感恩著菩薩。然後，抬頭對唯虛說：

「唯虛，我們永遠要感恩菩薩的庇護，絕對不可以忘記去菩薩的恩德。而且，你一定要記得……反正你要記得，就是以後再發生這樣事情的話，就要趕緊專心想著我的模樣，並且大聲喚叫起我的名字，好嗎？」

「會的，阿母。我一定會認真想著你，並且大聲喚叫出來你的名字的。」

惠君安靜聽著，沒有說話。她覺得自己的淚水即將湧出來，就扭身啟了門，迅速踱步走出去。她不知道還可以對唯虛說些什麼，也明白唯虛並沒有在等待她回答什麼，唯虛只是告訴她一些他所看見與相信的事實，就只是這樣而已。

惠君走下樓梯的時候，聽到唯虛遠遠似乎反覆地大聲說著：

「阿母，我的阿母。在你的身上，我真的可以看得到菩薩，在菩薩的身體和臉上，我也看得到你呢。」

# 10. 玫瑰花園

惠君不記得她是怎樣回到家裡，就是憑著直覺摸索躲入到暗隱無光的臥室，埋藏起來讓自己睡過去。像這樣的睡眠過程，往往失卻掉對於時間的真實感覺，完全弄不清楚究竟睡了多久，也不明白醒來的那一刻，到底是什麼時分，甚至連究竟剛才睡得好或不好、有沒有作夢，有時都無法判別記憶。

她起身走出來，先看了客廳的掛鐘，還不到下午四點，外面依舊炙熱刺眼。思索再來究竟要做什麼？好像完全失了頭緒，不知道自己可以做什麼，或是應該要去做些什麼。就先坐下來，抬頭瀏覽客廳牆上掛的那張一家人合照。唯實唯虛那時都還只是在念小學，男人身體一切也都還正常健壯，神情儀態依舊顯得自信昂揚，自己則穿著那件從小鎮帶來的旗袍，微笑端坐入中央的唯一椅子，左右手各自挽抱半身偎倚著自己的唯實和唯虛，一切顯得美滿安逸。

從那時到現在，也沒有真過了多久的時間，可是卻似乎一切都完全改變了，變得甚至無法辨認，什麼也都無法掌握。怎麼會這樣呢？到底是發生了什麼呢？曾經牢牢扣連一起、看起來永遠難於分離的一家人，似乎沒有任何真正原因地，忽然就只能各自異途奔波去。而且看起來這樣各自分走去，只會越來越遠越岔，要想再次回到那樣共聚的生活狀態，根本已經是不可能的事情了，就連能否再次這樣和諧地再一次共影留念，都成為不能料定的現實了呢！

決定先給在大陸的男人打個電話。

「喂喂，是爸爸嗎？是我，沒錯，就是惠君啦！」

……

「對，沒什麼特別事情……，就只是想問一下你的身體都好不好啊！」

……

「我知道，我知道你都很好。沒錯，唯實昨天晚上有打電話回來，也都告訴過我說你很好。我只是想再問一下，只是關心你而已，沒有其他意思的。還有，我今天早上有去看一下唯慮，他生活起居都很好，也會照顧自己，他還有特別要我跟你問好呢。」

……

「沒錯，我的機票是下下禮拜，唯實有說過會去機場接我，這個我都知道，一定不會有問題，你完全不用擔心。爸爸……那個，爸爸……我想問你一件事，你現在人住在那裡，真的都過得很好嗎？什麼……你是說一切都很好，等我去了就會自己明白嗎？我其實有在想……就是想說，你要不要趁著這次我正好過去，就乾脆先和我一起回來到自己家裡呢？……為什麼嗎？其實也沒有真的為什麼，就是想說既然你的身體已經好多了，也已經去了那邊大半年的，乾脆趁我人這次過去，就兩人作伴一起搭飛機回來，也省得唯實以後費事，還要另外跑一趟專門來接送你的。」

……

「我知道你已經在考慮長住那裡的事情，我當然也會認真考慮的，畢竟大家還是應該要住在一起，才是對的和最好的啊。但是你也知道，我應該先把眼前的新工作安穩下來，其他事情就以後再說，反正時間還有的吧。你說有讓唯實開始去處理房子合建的事情，時間點和價錢好的時候，就乾脆一次處理掉，然後全家都一起搬過來住，這些事情我也有稍微聽說過，當然很好……這當然是最好不過的了。」

……

「爸爸，我馬上要出門去，現在不要和你說太多了。……爸爸，那個我還是想再問你一次，你真的不要認真考慮一下，這次就和我一起回來嗎？就兩人作伴一起搭飛機回來，就一起回來到我們自己的家啊！」

……

「你真的這樣想嗎，……好吧，那就算了。……爸爸，那我不跟你多說了，我等一下就要出門了，你自己要注意身體啊。沒錯，一切都不會有問題，而且就下下禮拜又會再見面，一切都見面後再說吧。沒錯，……爸爸，那個你真的一定要注意身體喔。好了，就這樣了，再見，爸爸，……再見，爸爸。」

惠君四下轉著，不知道究竟該做些什麼，隨手拿起掃把，開始認真掃著屋子，好像決心要把屋子清理得完全徹底乾淨。但是，心裡其實一直掛慮唯虛的狀況，不知道他的身體精神是否安好，拿起電話撥了過去，鈴聲持續響著，卻沒人接聽，就掛了電話，繼續掃著地板。不免開始揣測想著，會不會唯虛又出了什麼事情，要不要乾脆過去一趟看看。這時電話響起來，趕忙去接聽：

「阿母，是我唯虛啦。你剛才有打電話來嗎？我人正好去到外面澆花，剛剛聽到鈴響，然後進來就斷了。」

「是我，沒錯沒錯，是我打的。沒有特別的事情啦，就是剛才睡了一覺起來，想說打個電話問一下，看你現在有沒有覺得好一點了。」

「我也是剛睡起來沒有多久，把鍋子裡的稀飯吃光了，整個人已經完全回復過來，一點問題都沒有了。」

「要不要我再過來幫你兩天，早上你看起來身體還是很虛的呢！」

「不用，完全不用。我只要肚子餓了，就知道身體已經都回復過來了。」

「真的嗎？」

「是的，我感覺得到。」

「唯盧，昨天晚上你發生的這些事情，你不會覺得很奇怪的嗎？」

「確實啊，是真的很奇怪的啊。」

「那你現在是怎麼想的呢？」

「我也不會去想太多，事情要是會發生來，就自然會發生來，跟想不想應該關係不大的。」

「那你有沒有想過，要是你真的那樣就走了，現在會怎樣呢？」

「你是說我為什麼會沒有走掉嗎？這個……老實說，應該就是你說的是菩薩的意思吧，我也不想多猜測。而且，如果真的就這樣走了，我應該不會特別覺得怎樣，就都是天意的吧！」

「那你覺得究竟會是為了什麼原因，菩薩會決定讓你還留在這裡呢？」

「有可能就是有什麼事情，還會要安排我來做的吧！」

「會是什麼事情呢？」

「就像你早上講的，只要時候到了，自然就會知道，現在不必去多想的。」

「唯盧，那你要我過來幫你、或是照顧你幾天嗎？」

「阿母，應該不用的。你也知道我是那種生活本來就過得很簡單的人，如果有人在旁邊，反而會覺得麻煩。反正一切都不會有問題的，你就不必太擔心了。」

「唯盧，我要再問你一件事情，就是剛才我也給你阿爸打了電話，我有特別問他說，要不要等我下下禮拜去到他那裡以後，然後他就和我一起回來這裡。」

「那阿爸怎麼說呢？」

「他好像還不想回來，甚至反而勸我乾脆一起搬過去住呢！但是，唯盧……老實說，我覺得我很擔心你阿爸，我很希望他可以趕快回來這裡。我覺得像我們現在的一家人，竟然這樣四處分散著住，真的是一件很不好的事情，為什麼我們不能就像以前一樣，大家就平平安安的生活在一起呢！」

「阿母，他如果還不想回來，你就先不要去管他吧！」

「可是萬一他出了事情怎麼辦？」

「你沒有必要這樣去想的。」

「我知道，我知道的。可是我會忍不住的去擔心啊，我就是會害怕你們突然都出了什麼事情啊！」

「阿母，你要不要把所有掛心的事情，都暫時先放下來，然後自己出去外面走一走呢！要不要去河堤外面的溪邊走一下，就沿著河岸邊走上去看看？我記得在我們小的時候，你常常會帶我們去到那裡玩的，那時你還指著河流上游的山林谷地，對我們說等我們都長大以後，就要帶我們一起去到那個密林裡，不是嗎？而且，我覺得你每次去到溪邊回來，整個人的心情和精神，都會整個的重新回復過來，好像剛洗了一個澡，那樣的乾淨和清爽呢！」

「真的嗎？那你是說要我現在去河邊走一走？」

「是的，阿母。」

「唯慮，我真的有對你們兩個說過，說等你們長大以後，要和你們一起去到那個密林裡面的嗎？」

「是的，阿母。」

「唯慮，你真的覺得我現在應該去河邊走一走嗎？」

「是的，阿母。」

惠君於是決定去河邊走一走。她先把屋子都擺置整齊，並且把門窗扣鎖好，像是馬上就會有颱風要來、或是即將出遠門一樣的，讓屋內的一切事物，看起來都回到原本該有的井然有序。臨出門前，先對著牆上的鏡子整理頭髮，忽然腦中閃過一個念頭，要不要好好打扮一下自己呢？還有，那件很久不曾再穿過的紅緞旗袍，不知道現在還能穿得上身嗎？

就取出來穿上，發覺竟然依舊貼身合適，有些開心起來。乾脆把頭髮用心地梳理一下，一併撲粉畫眉塗胭脂，鏡子裡整個人煥然一新，好像又回復到初嫁來這個大城市那時的美麗純樸模樣。然後，惠君挑一雙平底軟鞋穿上，看屋外陽光還是耀目閃亮，沒有馬上要歇息停落的意思，就順手帶著一把洋傘出門，整個人看起來喜氣洋洋。

惠君打著陽傘走出大門與巷子，完全沒有再回頭看望一眼這間老舊的屋子。她一個人紅豔豔往著河堤的方向直直走去，嘴裡不自覺開始哼起了某首童年熟悉的歌曲。忽然，想到什麼的停了腳步，然後轉折進去小弄裡，停步一個院落外面，這是她在很久以前，曾經聽到熟悉留聲機傳出來樂音的地方。惠君就一人立著，側頭專注傾聽，彷彿真的聽見了什麼熟悉的樂音傳來，讓她陶醉綻出少女般嬌羞的微笑，這樣過了一陣子，才又離走開來，像是完成什麼祕密的願望。

一走踏上河堤的脊道，惠君立刻感覺到久違的涼風，再次吹拂她的顏面來。她深深吸了一口空氣，覺得心胸開敞起來，眺眼四下看去，整條河流水顯得充沛活潑，曾經一度污濁灰暗的色澤，不知何時又回復到原初的碧綠姿樣。河對岸的屋宇高樓依舊參差起落，但是惠君已經不覺得自己與這些彼起此落的事物，還有任何必然相干，反而對於矗立在更遠後方，那些在雲朵間蜿蜒起伏的青色山脈，覺得更是要吸引自己的目光流連。

隱身在城市後面的連綿山脈，今天這樣清晰顯現眼前，確實讓惠君有些意外失措。她發覺自己很少抬頭去認真看視這些山脈，對於它們的存在，總是以一種若有若無的敷衍態度，近乎平淡簡單的忽視應付。今天這樣一人立在這裡，以著仰望的角度再次重新眺看遠處山脈，先是感覺到自己與山脈的意外貼近，並理解群山做為城市長久庇護者的事實，竟然被莫名也蓄意的忽視掉。甚至想著：是否我一直喜歡也暗中依賴的這條河流水，其實就是從我現在所望見山脈的什麼神祕內裡，緩慢而且源源不絕地流淌出來的呢？

惠君意識到群山對自己做護衛的承諾，並明白自己其實有著在每一個瞬間，都可以抬頭尋求安慰的權利，覺得益加安定與確切了。而且，這樣出現來的幸福，並沒有透過自己的任何請求，便自然而然降臨到身上來，像是及時落下的小雨與微風，讓人洽意與滿足。

惠君可以感知到、或說是直接看見得到，在那群山脈的環圍深處，有著一個隱密而和諧的小花園。而且只要一進入到那裡，就可以聽得到海洋起落的聲音，有如聆聽母親胸懷裡的心跳聲響，並感覺到蝴蝶與蜻蜓們，開始成群環繞飛舞，一切都寧靜而永恆。

然後，小心走下去河堤石階，慢慢穿走過菜圃的泥土埂道，由於穿著打扮的耀眼殊異，立刻引來菜圃工作老婦的注意。惠君曾經習慣向她們順道購買新摘取的蔬菜，有些老婦人的面容也依舊熟悉，應當都同樣會認得出她來。但是，惠君完全沒有停步下來，繼續用顯得優雅的姿勢，一邊前行一邊微笑著，與觀望她的老婦點頭打著招呼，自己一人走往向河流的上游方向去。

惠君打著陽傘走著，逐漸與這座城市及所有人都脫離開來，也發覺自己似乎正邁入到一個從來不曾到達過的青翠環境。她一步步緩慢仔細地走著，思緒開始流轉起來，許多片段破碎的童年記憶，好像各自蠢蠢欲動地隱約要現身出來。

她選著河邊的一塊大石頭，安靜地坐下來。先是想到了稚子，不知道稚子和她家人們，後來都過得安好嗎？有幾次間接聽到別人提起他們一家，說其實他們去到日本的生活並不順利，稚子父親的醫師執照，在那裡並不能合法承認使用，最後只好去當別的醫生的助手什麼的，稚子的母親好像同樣並沒有過得很如意，尤其發覺自己所使用的日語，其實帶著戰前的舊時代用法，與台灣人的某種異地腔調，讓她覺得自己永遠難被真正接納。

但是，關於稚子的事情，就沒有聽別人說起來。她回到日本時還是個小學生，應當是有機會讓自己可以過起真正日本人的生活，不必像她父母一樣的艱辛吧？如果稚子的生活一切，都能適應得很好，也因此過得順暢如意，那她還會需要有與小鎮的任何連結，譬如像是一段可能毫無益處、甚至有害的記憶，來餘生一直伴隨著自己嗎？她是不是因此會決定把這些曾經共有的記憶，就完全不回頭留戀的忘記去呢？但是，惠君其實也知道，類似這些日常生活的適應問題，從來不是簡單容易的，連自己光只是從南部小鎮，遷住到這個北部的大城市，也一直沒有真正的習慣過，或者說能夠真正成功順利與完整地融入這裡的一切。某個程度，儘管已經在這裡生活了將近有二十年，卻一直還是覺得自己依舊是這個城市一切事物的局外人。如果連自己都是這樣子，不知道當初搬去到那個更是遙遠地方的稚子，是不是可以比自己過得好一些呢？

那麼，自己家裡的那個男人呢？他會覺得這裡就是他真正的家鄉嗎？他畢竟也在這裡度過大半的人生啊！還是，他其實可以同時有著兩個不同的家鄉？可以依照自己的心情與意願，自由地生活在兩個既獨立又相異的家鄉之間，甚至隨時能夠自在做出選擇取捨，因此可以優游於兩種不同的愛之間，反而覺得怡然自得呢？那麼，唯實和唯虛的感覺呢？他們並不像是自己與男人，除了現在這裡生活的一切，還有著另外一塊曾經生養自己的過往土地，可以一直來和此刻的這裡，相互做出比較、或者反覆思念緬懷，甚至成為療慰自我困頓與難堪的出口。然而，若是沒有另外一個家鄉的存在，到底會讓他們兩人的生命，因此更是覺得幸福、或者更是不幸福呢？在他們最深遠的心靈裡面，因此就可以不需要再去四處漂泊遊蕩，而能清楚感覺得生命去處的根深柢固了嗎？到了最終的那個時刻，當生命必須在生與死之間，無可躲避地面對如何擺盪行走的選擇，個人終於要做出取捨拿捏時，他們因此可以應對得比較平順與容易嗎？

這些思緒讓惠君顯得困頓難安。

這時，惠君聽到有小女孩的歡呼鼓掌聲音，從右側的方向傳過來，立刻轉頭望過去。是一個穿著白色衣裙的小女孩，正在水岸邊一人專注地打著水漂，有時打出連續幾個漂亮的濺水波浪，她就開心的鼓掌歡呼，有時卻會失敗沉落下去、或只是微微輕觸一下就消失去，她就露出失望沮喪的低落神情。

惠君仔細看著這個小女孩，十分詫異她為何會出現在這個完全無人的溪岸，並且還能這樣自在開心的玩耍不停，沒有絲毫的恐懼與不安。她繼續看著小女孩的舉止，開始覺得似乎曾經在哪裡見過她，是一種既是熟悉又覺得陌生的印象。這樣的感覺與念頭，讓惠君忽然就緊張起來，彷彿在生疏的時空裡，撞見了完全沒有預期的過往事物，或是在暗黑的空間裡，忽然望到鏡中閃逝去的驚恐顏面，因而意識到某種命運力量的存在與不可脫逃。

儘管如此，依舊不能想起來小女孩究竟是誰。小女孩這時轉頭望過來，微笑對惠君大聲喊著說：

「阿君，阿君，你要不要過來和我一起玩啊？」

惠君完全詫異愣著，女孩又說：

「過來吧，不要害羞扭怩啦。你不是一直最愛玩打水漂的嗎？」

惠君就立起來，慢慢地走過去。問說：「你是誰啊，你怎麼會知道我就是叫阿君的呢？這是我小時候的名字，已經很久沒有人這樣叫我的了。」

「我當然知道你就是阿君啊！你還問這種問題，好奇怪好好笑耶。」

「那你是誰？你叫什麼名字呢？」

「我不跟你說，你要自己去認真想起來。」

「我不知道你是誰，我也無法想起來。」

「不用急，過一下你就會想起來的。」

「你為什麼會自己一個人在這裡呢？等一下天就會黑了，你一個小孩在這裡，不會覺得害怕嗎？」

「當然不會，要害怕什麼呢？」

「天黑可能會迷路的啊！」

「我才不會迷路的呢！」

「那你等一下要回家去嗎？」

小女孩點了點頭，又顯得猶豫地搖了搖頭。

「如果不是回家去，那你到底要去哪裡呢？」

小女孩指著溪流的上游方向，說：「就是去那裡啊！」

「那裡……到底是哪裡呢？」

小女孩就咯咯咯笑了起來，說：「你真的很好笑耶！你自己不就也是想要去那裡的嗎？」

「我也是要去那裡嗎？……那裡到底是哪裡，那裡究竟有什麼呢？」

「你也太好笑了，連要去的地方有什麼都不知道，我不想再跟你說這個了。這樣好了，我們一人再打一次水漂，然後就一起上路去，好不好？而且，等一下我們還可以邊走邊聊天，我也好久沒有過這樣的機會，能像從前一樣跟你邊散步邊聊天的了。」

自己彎身撿起來一塊石片，優雅地側身拋擲出去，石片立刻在水面上激打出一連串華麗的水花來，小女孩就開心地鼓起掌來。再撿起另外一塊石頭，遞過來對惠君說：「換你了，一人一次，這是完全公平的。等你打完水漂，我們就走了。」

惠君有些尷尬地接過石片，這確實是自己小時候最喜愛的遊戲，也曾經因為擅長能夠漂亮的做出起落動作，經常讓其他小朋友露出豔羨神情。但是畢竟已經很久沒有碰過這個，完全不知道究竟自己還能不能像小時候那樣，可以輕易打出漂亮水花來。

小女孩見出她的猶豫，說：「你要先放輕鬆一點，就是相信你可以回到以前的樣子，而且那時候大家都知道你就是最厲害的那一個。你一定沒有問題的啦，就自己放輕鬆去打水漂吧！」

惠君依照自己記憶中的姿勢動作，把手中石片朝向溪流方向努力拋擲過去，但是一個水花都沒有濺起來，石片就直接沉落竄流的溪水裡。

兩人忽然都尷尬地立著，不知該說些什麼。

小女孩說：「沒關係，應該是你已經生疏太久，這種事情常常最後就是這樣的。我們還是走吧，免得等一下天黑了，會越來越不好走。」

又安慰著說：「你以前真的就是打水漂最厲害的那個人啊！你知道嗎，其實我就是向你偷學的呢！」

「是真的嗎？」

「當然是真的。你好傻，還是不相信我說的話。」

又說：「還有，阿君，你今天穿得真的很漂亮耶！」

「謝謝，你的白色衣裙也很美啊！」

小女孩就開心笑起來，說：「好棒好棒，我們兩個都很美。走吧，我們走吧，阿君！」

惠君就與小女孩牽著手，一起朝著溪流上游的方向走去。

兩人沿著溪邊的砂石地走著，感覺到背後的城市，逐漸離她們遠去。小女孩顯得開心，一直低聲吟唱著什麼歌謠，忽然轉頭問：

「阿君，剛才我其實老早就注意到你了。我看到你一人自己坐在河邊，臉上布滿了憂愁的神情，眼睛望著遠處，不知道你是在想著什麼。」

「有這樣的嗎？」

「我猜你是在想著稚子的吧？」

「你怎麼會知道的呢？難道你……你也認識稚子？」

「當然的啊，稚子那時就是我們最好的朋友，我難道還會不認識她嗎？」

「那你到底是誰啊？」

小女孩就噗哧笑了出來，說：「我就是我啊，我也是你的啊。你不要太擔心，我絕對不是什麼鬼魂幽靈，當然也還沒資格當什麼神明菩薩的。」

「那你都完全知道我這一世所發生的所有事情嗎？」

「也沒有啦，我其實只知道我們小時候那一段的事情。譬如，其實你小時候是最怕鬼的了，只要天黑掉你就不敢獨自下樓去上廁所，尤其不敢走過旁邊有著黝黑番石榴林子的公用大樓梯。哈哈哈，沒錯吧！」

「是啊，是啊。那個番石榴林子裡有一個鐵網的雞舍，裡面另外養了幾隻會大聲咕嚕嚕叫的火雞，每次暗夜忽然叫起來時，都要嚇我一大跳，還有樓下那個大家公用的骯髒廁所，他們說夜裡會有手伸出來摸人，也一直讓我覺得害怕。」

「哈哈哈。……所以，你有時就偷偷尿在二樓洗手台邊的陰溝裡，沒錯吧，哈哈哈！」

「啊，你怎麼會知道的呢！這……真是太丟臉了。」

「其實沒有什麼的，我和其他小孩也是這樣做的啊！」

「真的嗎？」

「當然是真的。……阿君，那你現在還是會想著稚子嗎？」

「會啊，我會擔心她現在究竟過得好不好。」

「可是為什麼你一直覺得她會過得不好呢？」

「也不知道為什麼，可能就是一直覺得虧欠了她什麼的吧！」

「你有虧欠她什麼嗎？」

「你知道我和稚子本來是最好的朋友，有一次我們被選為舞蹈表演的代表，就忽然產生了奇怪的競爭心理。但是，我知道她遠遠要比我好，她有學過真正的芭蕾舞，我卻什麼都不會，我只能暗地裡一直嫉妒著她。正式表演的那個晚上，稚子在我的前一段演出，她跳得太美麗出色，讓我忍不住在簾幕後面詛咒著她。果然，她就忽然昏倒出事了，然後我們以後就不再是好朋友。」

「我記得這些的啊。所以，你一直覺得她即使到了現在，還被你那時的詛咒影響著，因此無法真正好好的過生活嗎？」

「我確實會這樣去想的。」

「哈哈哈，也太巧合、太好笑了。我偷偷告訴你，我今天本來就是想要讓你有一個驚喜，要讓你和我兩個人，再重新看一次那晚的表演的呢！」

「真的嗎，要去哪裡看？」

小女孩就伸手比出噓聲的姿勢，點頭示意惠君小心跟著她。溪流在那裡微微向著上游彎折去，再往那方向望過去，整個河道逐漸狹窄並包庇入蔥鬱山林裡。小女孩牽著惠君走向轉折口，一起回望著來時寬大急湍的溪流，以及光輝燦爛的遠方夕陽，暗示惠君和她一起坐下去，說：

「剛剛好，真是好運氣。我們正好趕上了這一場舞蹈表演呢！」

惠君遲疑地四下望著，問說：「在哪裡，我什麼也沒有看見呢？」

小女孩再次比著噓的動作，說：「不要講話，就在我們的正前面，表演馬上要開始了。」

惠君這時聽見熟悉的樂聲，從河對岸傳來。然後，白花花河流的中央，漩渦迴轉地緩緩升起一個華麗裝潢的舞台，伴著正要沉落去黃昏的繽紛色彩，讓惠君覺得熟悉又驚駭。此時，音樂的聲響與燈光同時亮響起來，瞬時完全籠罩住整個河流與堤岸，也讓所有的鳥獸都止步凝神注視，蟬鳴蟲叫也忽然全部停息，一起等待著舞蹈表演的開始。

惠君這時望見稚子穿著那件白色的蓬紗衣裙，從簾幕後面優雅美麗一人跳舞出來，她忍住想要驚叫的欲望，詫異盯望著稚子每一個動作的展現。這些優美的動作與細節，惠君其實現在還能倒背如流，這就是她與稚子在朝夕相處練習時，每日所互相望見的東西，現在看到稚子在眼前的流利演出，竟然比每一次的過往平日操練，都要更加精采與完美。

就在惠君讚嘆著的時候，另一個樂曲聲音開始響起。她忍不住對小女孩說：「這是我的舞蹈曲子，這就是我的曲子啊！」小女孩微微點頭笑著，示意她安靜觀賞下去。然後，惠君看見自己與另外兩個小女孩一起出場作表演，音樂與動作的一切細節，都顯得極其和諧典雅，完全如所有人的期待與想像，也是本當應該達成的那樣完美無缺。

整個舞蹈演出快速終了，惠君完全沉浸在感動與震撼的情緒裡，無法對頻頻關心探望過來的小女孩，表達出任何言語。然後，音樂燈光再次亮響起來，稚子牽著惠君的手一起出場來謝幕，歡呼的聲音是這樣的熱烈持續，讓兩人益發顯得生澀與害羞，幾乎困立在舞台，只能互相對望微笑，然後不斷地彎腰致謝。

惠君這時熱淚盈眶。望著整座舞台逐漸音滅燈息，如同啟始一樣緩緩沉落入水流裡。此時四野一片沉寂，萬物屏息靜止，都還無法自這場奪目難忘的表演，迴轉回到各自的原本情緒。惠君就讓眼淚盡情奔流下來，完全沒有顧忌小女孩在身邊的現實。這樣坐了一陣子，終於惠君開口說：

「我們看到的這一切，都是真實的嗎？還是，這只是為了安慰我，特別做的假表演呢？」

小女孩拍著惠君的背脊，說：「阿君，這一切當然是真的，完全沒有人想要騙你的啊！如果不是真的，你怎麼自己還會看得見呢？」

「可是，我一直記得很清楚，我那時如何對稚子發出詛咒，以及她因此摔落地，造成我和她表演的中斷，以及最後友誼的終止，所有這一切不可挽回的過程啊！」

「阿君，如果你現在願意重新開放你的心胸，讓自己相信剛才所親眼看到的一切，相信這當然也都是真的，那麼你以後的記憶，就會像這條河流一樣的寬敞自在，日日都能開放允許新的活流水注入，卻也能依舊完整不改變。然後，在你的生命裡面，自然沒有詛咒、沒有終止，以及其他懊悔、負面與難堪的事情了啊！」

「怎麼可以這樣，怎麼可以這樣呢？這是不可能的，這是已經發生的事情，怎麼可以重新倒轉的呢？」

「當然不是把發生的事情，倒轉回來或是做改變，就只是我們可以藉由寬恕自己和別人，讓原本固執不變的事情，因為寬恕而有了改變的機會，記憶也可以得到重新的樣貌。」

「我不懂，這是完全不可能的。記憶就是真正事實的回應，是不可能讓人去改變的。而且，我們都知道，想要寬恕自己和別人，也從來不是容易的。」

「阿君，這其實比你想像的要容易得多的。就是像你剛才在看演出的時候，你心中不是已經不覺充盈了飽滿的愛，以及因此有著對這個世界的感動與感謝。在這樣情緒存在的同一時間裡，其實你就已經寬恕了自己與別人了。」

「所以只要能寬恕自己和別人，我以後的記憶裡，就不會再有歉疚與罪過的負擔了嗎？」

「是的，只剩下可以無盡蔓延的愛與寬恕。」

「所以，我們今天看到的這場表演，就是那最真實、也永遠會存留在記憶裡，那唯一的一場表演了嗎？」

「阿君，記憶是和我們一樣的啊，也是會有自己的主張的。你為什麼要那麼在意什麼是唯一和永遠，這些奇怪的事情呢？沒有什麼是不會改變的，你看眼前的這條河，河水永遠是變來變去的，可是這條河流卻依舊是本來的樣子，從來也不曾改變過，你難道已經活到現在，還是不懂這個道理嗎？」

「你是說……我們下一次再看這表演，也許又會是不一樣的嗎？」

「當然的啊。本來就是這樣子的，河流有哪一刻會是一樣的呢？」

「所以，稚子如果有機會重看，也會看到和我們不一樣的表演嗎？」

「當然的啊。」

「那不管究竟是怎樣的演出，或者到底有沒有詛咒和跌倒，如果稚子可以有機會重看一次，她可以和我們一樣因此就過得平安了嗎？」

「這個說真的，我們都無法真正知道的，因為她也一樣必須學會愛與寬恕，這就是她自己的功課了。但是，至少現在我們兩個人，一定都可以因此過得比較好的了。」

「真的是這樣的嗎？」

「阿君，我可以向你擔保，絕對是這樣的。」

惠君繼續立在原處，望著那座華麗舞台消逝去的水面，以及繼續流過去奔騰鮮活的水流，同時注意到遠處夕陽益加顯得斑斕多彩，淺橙濃橘色澤相互交疊，深深感覺到眼前的一切，都是多麼的美麗與幾乎不真實。小女孩似乎看出來她的心思所在，輕聲在身後說著：

「是啊，黃昏已經快要結束了，夜晚畢竟還是要來的。我們最好要快點走，免得現在顯得漂亮的天空，一下子就忽然全部黑去了呢！」

「但是，我們究竟要走去哪裡呢？」

「阿君，就是要走去到我們母親的所在，也就是我們真正的故鄉啊！」

「那你真的知道母親……我們的母親在哪裡嗎？還有，她現在真的有在那裡嗎？」

「當然啊，我為什麼要騙你呢？」

「那……母親一直都過得好嗎？她一個人這樣過著，都會覺得習慣嗎？……她不是生病很久了嗎？她不是早就瘋去了嗎？」

「阿君，關於這個，可能要你自己去看到，才會真正知道她到底現在是怎樣。除非你自己親眼去看到母親和故鄉的現在模樣，不然我就是跟你再多說，也都是沒有用的。」

「我今天就要跟你一起去找她嗎？」

「這不就是你這一趟路程的目的嗎？」

「我不知道，我真的不知道今天這趟路程，究竟是要去到哪裡的呢！我只是出來走一下，我並不清楚我到底要走多遠、以及究竟要走去哪裡的。」

「阿君，不就是唯虛剛才對你說，要讓你來到河邊自己走一下的，不是嗎？難道你不相信唯虛說的話嗎？你知道他是不會欺騙你的，他也根本是一個只能說真話的人，他對你講過的話和做出來的建議，有哪一次哪一句不是真實而且明白的呢。」

「是啊，我有時覺得唯虛是個特別的孩子，像是老天送來幫助我的小天使呢！」

「他本來就是啊。」

「所以你早就知道我會來這裡，才特別來河邊等我的嗎？」

「當然，因為你自己一定找不到路，你根本就是永遠也找不到母親和故鄉、一定就是會迷路的那種人啊。而且，我們都知道你老早以前就已經迷路很久了，哈哈哈，只是你自己都不知道而已啊！」

「真的是這樣的嗎？」

「當然的啊。」

惠君沉默著，聽小女孩又問起來：

「阿君，那你會擔心唯虛的未來嗎？」

「有時候會，有時候完全不會。唯虛一直就讓人覺得是完全虛弱、無法應付外面世界的脆弱小孩，似乎隨時就要給任何撲襲來的惡意席捲併吞掉，因此始終會讓做為母親的我擔憂。可是，我也發覺唯虛同時也是最沒有困難與阻撓的人，不管他想要去到哪裡，都可以像攀折路邊樹枝一樣，輕鬆簡單就到達願望去處，完全不需要去特別過問和擔憂。」

「為什麼可以這樣呢？」

「我也不知道。唯虛似乎擁有一種信心，對自己以及對未來的信心。因此，一切都顯得自然而然的，完全不用蓄意與憂慮，從來不會感覺到恐懼，也不覺得需要依賴什麼。所以，可以順著真實的本性，簡單也平靜的生活下去，一切都是自然而然的。」

「這樣會很難嗎？」

「是的，這非常的難。我覺得我們都不能做到。」

惠君又問著：「你知道嗎，就是因為很久沒有看見到母親，我覺得自己已經記不起來她的長相了呢！」

「完全不記得了嗎？」

「也不是。就是會模模糊糊的，不能夠完全確認，甚至容易和其他東西混淆一起。」

「會和什麼東西混淆在一起呢？」

「也很難說，就是會一直變來變去的。譬如說因為母親小時候常常會帶我去三山國王廟，因此有很長的一段時間，我會無法分別母親和三山國王廟的差別，甚至會以為說我只要去到了三山國王廟，就好像又重新見到母親一樣。像你現在忽然要帶我去到母親那裡，老實說我心裡第一個念頭，就是浮現出來三山國王廟的樣子，因此讓我特別覺得驚訝的，是我們居然不是要回去熟悉的三山國王廟，而是走往這個我完全陌生的溪谷山林裡來呢。」

「因為母親就是在這裡的啊！」

「那為什麼我以前會一直覺得，她必然藏身在三山國王廟裡面呢？」

「我也不知道為何你要這樣去聯想。也許，因為她有時候會去到那裡，所以你就以為她一直住在那裡了吧！」

「我確實覺得可以在那裡遇到她，而且只有在那裡的時候，我會覺得與母親最是相接近。」

「母親當然一定還是常常會去到那裡的啊！」

「是嗎，那母親……那她現在還是會常常回到那裡嗎？」

「當然會啊，為什麼不會。他們本來就是相通的，只是大家都來來去去的，不能夠說她隨時就一定都會在那裡出現而已。」

「真的是這樣嗎？」

「當然就是這樣的！」

「但是……但是，你為什麼可以這樣確定我們的母親，現在就是在這個山谷裡面呢？」

「阿君，因為我一直和母親在一起，我們從來就沒有分開過，所以我當然會知道的啊！」

「但是，你為什麼可以這樣確定，就是確定母親一定現在會在這裡呢？」

「因為我一直和母親在一起，我們從來就沒有分開過的啊！」

惠君望著繼續前往的方向，河流在這裡奇異地彎折著，並且逐漸顯得狹隘，林木卻益發蓬冒生長。這樣溪流與林木相接的景象，惠君似乎曾經在哪裡見過，有種熟悉與重返的感覺。這些看起來雜亂的林木，如果耐心仔細看進去，其實也有著暗隱的秩序存在，不經意的龐雜裡，濃淡茂疏的韻律譜出莊重典雅的整體。

林木間的奇妙關係，讓惠君回想起自己的人生。她覺得自己是個極度平常的女人，又有些害羞閉鎖，這一世相互來往與交際的人，算起來一點也不多。但是這些生命裡出現來的人，卻都完全差異不一樣，顯得彼此沒有什麼必然的關聯。為什麼這麼多不一樣的人，卻被放在同一條命運河流裡，並被驅策在同一個舟子共划行？看著參差雜生的林木，如何各自相異獨立的存在，彷若一切本當如此，讓惠君不但覺得震驚，也開始明白其中似乎可敬的質地。

她迴轉望向來時的城市，那裡有摯愛的家人，黃昏的斑彩覆蓋著他們此刻的生活。惠君雖然牽掛著他們，但也逐漸意識到面對命運的無能為力，以及並不能永久留在他們身邊的哀傷事實。在夕陽將息去的時分，她明白終將孤獨面對生命旅程的必然，以及承接伴隨而生哀傷與勇氣的不可免。

這就是唯虛今天要我離開屋子，獨自走入溪流的原因嗎？難道這裡蘊藏什麼尚且未明的答案，還是，唯虛要我親眼去看見他所說過永恆告別的真實發生嗎？唯虛是對的，他早就見出來我曾經具有的那些勇氣，已經逐日磨損並匱乏流失，才會有此刻面對命運與死亡的濃重焦慮。他知道我必須要重新尋回真正的力量，才有辦法對抗源源襲來、那失去自我與失去世界的雙重威脅。

這同時意味著必須在此刻與所有愛著的人，統統做出永久的告別嗎？我必須要告別的人，應該有依舊在老家等待我歸去共聚的男人，與總是犯錯而令人擔憂生氣的唯實，以及那個永遠有如純真嬰兒的唯虛。這是難以復返的單向旅程嗎？去尋回自己的母親與故鄉，就意味著必須要與所愛者做出永久的告別嗎？那麼，在告別後的旅途終點，又會是誰在那裡等待著我呢？是真正的故鄉……以及那個久違的母親嗎？

惠君就這樣一直立在原處，依舊顯得猶豫與寸步難移。

小女孩望著她，有些生氣起來，說：「如果你還是一直要這樣的猶豫不決，說真的，我就沒有辦法了。我可是不能繼續一直這樣在這裡永遠等候陪著你的。

我自己也必須要趕快回去，我也想要回到我們的母親那裡的，我並不能像你這樣總是三心二意，我老早知道自己要去哪裡。好吧，那只好先就這樣了，你慢慢去考慮吧，我自己要走了，天色馬上就要黑掉，我不要再繼續等你了。」

惠君焦急起來，說：「但是，你可以再稍微停一下，我有一件事情想問你。你可以告訴我，等一會天全部黑了以後，整個密林必然會暗黑寒凍，所有的光明溫暖景象，也會瞬時消逝無影蹤，我們終將迷路並且無所依靠。你能夠告訴我，那時候我們要怎麼辦嗎？」

「阿君，你必須堅定相信自己與我們的母親，以及我們所共有的那個故鄉，因為這樣的一切，就是真正的光明與溫暖所在，而不是那早晚會消失去的夕陽。母親當然完全知道我們來處的黃昏，已然逐漸沉落無影蹤，所以早就升起來明亮溫暖的火爐，並預備好最甜美可口的食物，在那裡等候著我們的回返了。」

「是這樣的嗎？」

「當然是啊，你是要我說幾次呢？」小女孩益發不耐煩了。

惠君望著一寸寸沉落下去的黃昏，依舊猶豫難決。就又問著：

「對了，還有一件小時候發生的事情，我一直沒有辦法完整的去回想起來，也許你會記得比較清楚一點，可以告訴我到底是發生了什麼？」

「是什麼事情？」小女孩說。

「就是……有一次我和堂姊去到海邊，然後我和一個大哥哥，一起待在那裡一個下午。可是我卻一直無法想起來，那個下午到底發生了什麼呢？」

「你到底想要知道什麼呢？」

「也沒有什麼，就是想要清楚地、再一次看到所有真正發生過的事實啊！」

「如果想不起來，可能就表示那一段記憶，根本還不想和你說話啊！」

「為什麼會這樣，記憶為什麼不想說話呢？但是……但是，我真的很想知道這一段記憶的過程啊！」

「阿君，我剛才不是說了嗎，記憶也有自己的意見和主張，如果它不想開口說話，你就不要去逼它說話，而且就算你堅持去逼了它，也是絕對沒用的。」

「真的是這樣的嗎？」

「當然是的啊！等它自己想要對你說了，你就會聽到所有細節的。」

「那它到什麼時候才會想說呢？」

「我覺得應該是當它感覺到愛的真實存在，當它覺得已經被真正完整的愛，完全包圍住了的時候，記憶就自然會出現來，並且和你說話了啊！」

「你是說能夠感覺到愛的存在，以及真正被愛所包圍的時候嗎？……所以，也許我對於自己童年的愛，還是不足夠？」惠君輕聲驚呼起來。

「也許吧！」

「難道這一切就是因為我對於我童年的記憶，愛得還是不足夠嗎？」

「也許就是這樣吧！」

「你知道嗎，我從小就覺得自己是一個污穢也邪惡的人，覺得自己就是那個會帶給身邊所有人不幸與詛咒的人，因此所有他人的苦難遭遇，都是必定與我有相干的。」

「阿君，你不用擔心這個，在母親等待我們的地方，沒有任何人是邪惡的、也沒有人是被詛咒的，一切都是自然而然的。」

「就像一個最甜蜜的花園嗎？」

「是的，就像一個甜蜜花園一樣的。」

然後，自己想起來，唯虛在他還是很小的時候，有一次問著她說：「媽咪，媽咪，到底什麼東西叫做愛啊？」

她有些驚訝這問題的突然與深邃，便顯得有些遲疑木訥，不知道究竟該怎麼去回答。想了一下，然後說：

「唯虛，媽咪我覺得……我覺得愛是非常複雜、很難說明白的東西，我真的不知道要怎樣對你說清楚呢！」

「媽咪，愛就是根本不需要去想，都會自己一直在那裡的東西，對嗎？」

「對啊，唯虛，就是這樣。不管你有沒有去想，愛都會一直在那裡，永遠也不會消失去。愛就是一種永遠也不會改變或消失的狀態，不管天明天黑或者日出日落，永遠都會在那裡，一直在那裡等待著你的東西，這個就是愛啊！」

然後，聽著唯虛用童稚也純真的聲音，完整無誤的反覆重念了這句話一次：

「愛就是一種永遠不會改變的狀態，不管天明天黑日出日落，永遠會在那裡等待著你，這就是愛啊！」

「是的，唯虛。就是像你說的那樣。」

「那也就是像你對我的愛一樣嗎，媽咪？」

「是的，唯虛。我一定永遠不會有改變，也會一直在那裡等候著你。是的，我最親愛的唯虛，我一定會像愛一樣、一直為你存在那裡。」

唯虛又說：「那麼……愛是可以被看見的東西嗎？」

「可以看見的嗎？應該是吧，……為什麼會看不見呢？」

「那麼，如果看得見，愛會長得像什麼樣子呢？」

「我也不知道耶！可能……可能會像一朵盛開的玫瑰花吧！」

「會像一朵盛開的玫瑰花嗎，媽咪？」

「是的，唯虛。就會像是一朵盛開的玫瑰花，我親愛的兒子！」

惠君緊緊跟隨著小女孩腳步，天色逐漸沉暗下去，蔽頂林木讓周遭一切顯得深重濃鬱。她埋著頭走著，發現自己漸漸掉離開與小女孩的連結距離，忽然又被石子絆了腳，只能停坐下來搓揉著腳掌，抬眼擔心地四下看著，注意到不遠一棵壯碩的樹木下，竟然離奇地長出一株玫瑰花，暗紅色澤的花瓣在大樹陰影下顯得款款動人。惠君好奇走過去，低下身去凝看這朵玫瑰花，然後發現大樹的後面，竟然長滿一整片各色的玫瑰花，像是進入到一座美麗的玫瑰花園。

啊……啊……！惠君就忍不住的驚叫起來。

瀏覽著這些似乎就是一直長時在這裡等候著、只是要為她做盛放的玫瑰花，讓惠君完全沉迷與陶醉了。想起幼時在稚子家院子裡所期待見到的黑色玫瑰花，於是立起四下探看著，她想看能不能找到一朵真正的黑色玫瑰花，做為一種失落記憶的證明，讓稚子與自己當時懸缺的心情，可以得到彌補與滿足。惠君急忙地穿梭這些花朵間，完全無視所有其他花朵的盛放，只想找到期待的黑色玫瑰花，讓她逐漸焦慮起來。

忽然，耳朵後方傳來呼氣般輕柔的聲音：

「阿君，阿君，不要再找了。世界上並沒有黑色的玫瑰花。你不要把心神都放在尋找不存在的事物上，反而忘記去欣賞眼前真正努力盛放的花朵啊！」

惠君就回頭望去，卻沒有見到任何人。但是，這個聲音是這樣的熟悉，讓她好像再次回返到久違的時光裡，覺得身心溫暖飄搖著了。

「阿母，阿母，那是你嗎？」惠君呼叫著，卻沒有任何應答的聲響。她並不因此放棄，繼續對著空無的林木，大聲呼喚著：

「阿母，阿母，那是你嗎？我知道那就是你，我感覺得到你的氣味與溫暖，我知道那就是你。你既然在這裡，也看見我在這裡，為什麼不出來與我相見呢？」

四周依舊是一片沉寂。

母親，我的母親！我已經有多久沒有如此與你相接近，雖然我還是沒有真正能見到你面容的出現眼前，但是我完全相信我們間的距離，必然就是觸手可及。你竟然可以立即辨識出我此刻的模樣，呼喚我的名並與我說話，讓我心懷感謝與激動。因為，我知道相對比起稚幼時候的我，無論在容貌或心靈上，此刻我已經變異許多，甚至都難於承認彼此的關聯。你問我為什麼會長成今日現在的模樣，阿母啊阿母……我真的難於回答這個緣由為何。自從幼時分開你之後，我的人生歷程一切你必然明白，也見得到我生命每一次停頓或轉彎的情節點滴，我想我也無須再對你重複陳述作表明。正是這些瑣碎也無足為奇的零星日常，使我的面目逐日改變，月移星轉般終究難以控制。你問我是不是會因此而覺得懊悔或埋怨，其實並一點都不會，我覺得一切的發生皆是自然而然，有如眼前的這些樹林木，必然難於在幼小枝幹時，就視見自己如今的模樣，或是欲想可以緬懷回返到曾經自己存有的姿樣，只能隨著永遠新臨的日曬雨淋，長成既不令人意外也不可預料的模樣。我所以會對你提及這個，是我確實一直擔心經過時光的漫長阻隔，究竟會不會使得我們終於見面也無法相認，而不覺變成為兩個陌路的靈魂，只能總是飄盪不斷擦身而過。

母親，母親，你勸我不要過度擔憂，你說我們彼此間的相認互擁，從來不是憑藉著身姿面容的辨識，而更在於命定的難解難分。阿母，我並不能明白你所說的命定連結是什麼，我只能感覺到你身形與記憶的逐日消退，有如此刻也正模糊失散的黃昏光彩一般，讓我預感到黑暗的終將到來，而心生難掩憂慮。你在問我對於你的一切，究竟還記憶著什麼嗎？母親，我的母親，我對於你的記憶，確實日漸模糊惚恍，但其實同時又濃郁難消。我記得你站在墊腳的小椅子上，為我們張掛那個可以罩籠住整座木板床的蚊帳時，你寬大堅實的背影姿態。我更記得你與父親共眠的長條形雙人枕頭，並將我置放在你們的軀體之間，有如包護著我的安心睡眠，然後夜半你抱我起身，噓呼出不知什麼的曲調，催促我排解出有時會流墜於床席的尿液，我在半眠半醒間依稀聽見父親持恆鼾聲的迴響繞耳，與嗅聞你身上總是飄著的甜美乳汁氣味。這景象或者說這氣味與聲音，從來沒有自我的腦海消逝去一個瞬間時刻。尤其，你身上散發出的溫熱氣味，那雖是我不曾再從任何他人他物得以嗅聞得到的氣味，卻屢屢突兀浮現於我往後的日常點滴生活，譬如有時鄰居晚炊氣味飄窗入來時，就難以自止又會想起來歷歷如真你的背影與你的身體氣味。

你的存在，對我而言從來與命定與否無關，更是一種無可避免與脫逃的相互制約，這是源自於你的存在而自然生有的一種制約。但是，這與你又其實不必然有絕對關係，這制約更可以說是源自於我自始對你即存有的愛，那是自從我嬰兒哺乳就與你相扣連的因果關係。也許，這就是他們所說的愛了？正就是因為這樣一種我們都不明白、所以也難於察覺的愛，讓我們兩人之間，出現了這樣細索般的制約關係。

你問我會想解脫開這樣的制約關係嗎？我曾經一度忘記去這樣制約的存在，因為日後我必須與其他生命匆促忙碌地建立各樣新的制約。但是，此刻我忽然又甘願如此重新走向你，讓我意識到你根本從來不曾離我遠去，以及這制約的終極存有與隱含意義。我並從來不想成為你、或是成為像你一樣的人，我只想成為我自己與完成我的運命委託。過往曾經僅僅只是想著朝你走去的念頭，就令我恐懼與擔憂，因為，我多麼害怕最終成為如你一模樣的人，或落到與你一樣的歸宿。母親，我的母親，我並不是在嫌棄鄙夷你的人生，我知道必須成為我所以為何要被誕生出來的那個唯一者，儘管如何成為真正的自我，是我從來不明白應當如何作為的，但是這路徑必是命定也難以逆轉。過往我會相信生命必然有如所有樹幹自會生長，也暗想過可憑藉盜取他者姿樣來形塑自己，但是如今我更加明白源於你的這些暗隱制約，其實才是真正引導匯流我去向的力量所在，既且龐然又如是暗隱難測。

母親，我的母親，你問我這樣的制約真的就是愛嗎？以及，這樣制約的感覺究竟是如何？阿母，我其實無法分辨愛與制約的差別，但我總是會在制約中感受到苦痛的顯現，而苦痛又恰恰能讓我真切的感覺到愛的存有。對於這種愛的認知感覺，就有如我曾經幼小時在你臉上所見過那樣的親切笑容，雖然完全無可形容與描述，卻永遠是那麼的真切可辨，無庸任何說明與證據，就自信昭然的存有著。但是，在我們間一直鴻溝著浩大的距離，這種距離遙長有如海洋的深邃與寂靜，任誰都難以穿透行走過。我也可以清楚感知到你的殘缺與不全，這與我生命長期以來因為飽受各樣風雨，顯得傷痕累累的樣貌，其實是非常的應合一致。然而，我所以依舊必須走向你，不只是在尋求什麼拯救療癒的可能，而更是在於對我們之間的制約，意圖一起致力某種相承諾的企圖完成，這是有如兩個各自執著殘缺拼圖的盲者，想要藉由狹路相逢的摸索合企，完成那個因為制約的詛咒與祝福，因而一直懸宕未顯的風景圖塊。

母親，我的母親，自從你忽然消逝出我們的生命外，你是如何過著沒有我們為伴的生活命運的呢？是的，你的消逝也同樣造成我童年生活的忽然傾圮，雖然我一直努力不讓他人看識出來這樣的失衡，但是你的懸空消失一直無人對我親作說明，我連僅僅去擔憂你都無從著手，只能假裝接受你從來就不曾存在的事實，來做解脫與化解。我猜想你一定也不斷思想著我，必定是同樣的那股邪惡力量，從中阻撓著我們意念的本當流動，意圖讓我們無法再度真實地記憶彼此。

你問我會急切想著彼此的再相遇嗎？當然必然是如此的，我的阿母！我覺得這樣的再次相遇，只是一直被蓄意延宕，但是終究還是不能阻擋波濤流淌的必然方向。我並不覺得再次重新見到你，或者甚至立即投入你的胸懷來盡情吸吮你的乳汁，就是我最終所切盼的願望舉止。我只是想再次能看到你，好好仔細地看著你的每一個細微的處所，像是你的眉毛、你的唇形、你的髮絲，以及你微笑抿嘴時微微皺起的細紋皮膚，我要親身對照印證著我的記憶與你的容貌，因為我必須要梳理出來現實與記憶間，究竟是誰從來一直欺瞞著誰。

母親你問我覺得這一切的不幸，究竟肇因於什麼？我覺得過往這一切的顛倒違常，應該就只是某人盲目錯置因果的結果，應該並沒有所謂真正的惡人存有，只有許多不自覺的惡行壞意，不明所以地施加於我們身上。這樣的惡造成相愛與分離的必須相互逆行，也凝聚出愛與分離間持恆的巨大焦慮，而我對於見面你的殷殷期待，正就是因為明白了這樣焦慮的必須化解。我們其實只是在相互呼喚的燈塔與舟子，各自的存在都源於彼此這樣困境的需要化解。

母親，我的母親！你此刻忽然發出的訕笑聲響，是覺得我竟然的如此天真與單純嗎？難道我們不該相信善的必然存有不離嗎？你不是自幼時就屢次告誡我，對於光明的渴望，必會帶來真正的光明，對於黑暗的嚴厲睨視，必可驅散黑暗的霧膜嗎？以及，我們應當時時騰空出心靈，來等待那美好事物的到臨，靈魂生來本就是為了愛的孕育出現，但是，惡當然也寓生於靈魂的沃土裡，我們對此當然也都深深理解。關於這個，我一直無從解釋也無能判別，就像是你若問我玫瑰花的美麗，為何必須暗藏惡意的成列銳刺，這樣總是自身共存的歧異與矛盾，是我從來無法可以理解與回答的事情。

母親，我的母親！你真的在期盼與等待著我的此刻到臨嗎？我的靈魂還想著繼續漫無目的作漂流，但是其中隱匿的一小塊，卻一直怦怦跳地渴切呼喚著你，並且以著絕對的堅定意志，驅使其他心靈部分的全部徹底歸返。母親！你真的在期盼與等待著我的此刻到臨嗎？你會接納並一如過往地愛著完整的我嗎？並且，願意重新尋求一種共同我們彼此的明日生活嗎？

玫瑰花繽紛擺弄姿樣像是綿綿吐露的話語，芬芳氣息瀰漫籠罩著整個密林，天空依舊維持著永遠不想要謝去的黃昏暮色。惠君徜徉流戀於這座花園的溫暖與美麗，但是也明白離去的必要與必然，以及可能或將要失去小女孩蹤影的事實。於是，她走離這個玫瑰花園，頻頻回首探視這一切的美好景象，終於還是回復到原本的路徑上，真切意識到日光已經急速黯淡下來的事實，黑暗也同時迅速籠罩著密林的一切。她膽怯也心慌地凝看著前方的路途，企盼見到小女孩的出現來，有如一隻迷路的小羌鹿。

然後，見到母親面頰再次浮現眼前，微笑地哼唱著她從來最愛的那首歌謠，一邊安慰著自己一邊揮手叫喚自己快快回返來她的胸懷裡。這一切都顯得如此的熟悉與溫暖，惠君望著母親的影像，不能相信眼前這一連串的事情，究竟是真確有在發生中、或就只是自己的憧憬與想像？轉頭四望著尋求小女孩的協助確認，發覺她已經深深走入往山林的方向去了。

她試著喚叫小女孩，卻沒有聽到任何回覆，就再次迴目朝向母親召喚般浮現的顏面。惠君驚訝地見到母親的面容，能夠這樣真切翔實的浮現眼前，讓自己能熟悉地再次感覺到那消失已久的一段段記憶，有如溪流一樣源源湧流出來。彷彿感覺可以放心讓自己以全部的身心，重新癱倒在母親的膝上，讓她那雙永遠溫暖的手掌，可以又一次撫觸過我的頭髮與面頰，甚至輕輕拭去忍不住總要溢流出來的淚珠，安慰過往一切的艱辛與委屈，輕聲說著：「阿君啊，阿君。從此你不用再去害怕什麼了，阿母永遠就會在這裡保護你的，你完完全全不用再去害怕任何事情的了啊！」

惠君這時決定了自己的心意去處，抬頭急急呼叫小女孩，卻看不到她的蹤跡在哪裡。惠君繼續往著山林方向走去，有些擔心今天特意穿著的紅色旗袍，要讓自己趕不上小女孩的敏捷步伐，就一邊疾步走著、一邊認真喚叫著小女孩，顯得有些倉皇與好笑。

這時，惠君發覺自己奇怪地飄飛起來，像是一片極其漂亮的紅色緞帶彩衣，沿著溪流方向迅速飄飛向山林去。那樣豔麗的色澤有如一片雲朵，襯伴應是最後一抹的黃昏餘暉，讓所有原本在林間自在嬉戲的鳥獸，全部止步屏息觀看過來，彷彿全都期待著什麼慶典節目的終於啟始，因此以著整齊耐心的行列陣容，迎迓等待著密林即將出現來這個雲朵的降臨。

然後，惠君又再次看見小女孩。

她立在遠處一塊岩石上面，對惠君大聲喊說：

「阿君，慢慢來，不要急，我就在這裡等你。我告訴你，只要再走一陣子，我們就可以見到母親了。她一定會很高興的，因為我們三個人終於又能重新聚在一起。」

「阿母真的會在那裡，她真的會在那裡等著我們嗎？」

「當然，當然是真的。」

「她真的會很高興再次見到我們兩個人嗎？」

「當然，當然是真的。」

「可是，……我還有一個問題。就是，你可不可以很誠實地告訴我，就是在那裡……在我們母親一直居住的那裡，是不是有一個蝴蝶蜻蜓四處飛舞的花園，一個既寧靜又和諧的美麗花園呢？」

「是啊是啊，你怎麼會知道的呢？那就是母親最心愛的花園啊！」

「那你還可以告訴我一件事情嗎，就是在那個花園裡面，有種滿了各種顏色的玫瑰花，而且四季都不會凋謝，是嗎？還有……那個……母親真的還活著嗎？或者，母親根本一直都活著、從來就沒有死去過嗎？」

「阿君，老實跟你講，因為我從來沒有離開過母親，所以我完全沒有去想過她究竟是活的、還是死去，這樣奇怪的問題。但是，我當然也能明白你的困惑，你那麼久沒有聽過她說話的聲音、那麼久沒有看過她走路的樣子，也那麼久沒有感覺過她胸懷的溫度，你當然會想問說母親是不是還活著，這樣似乎簡單也困難的問題啊。」

「所以母親一直都是活著、從來沒有死去嗎？」

「阿君，其實我覺得母親究竟活著或死去，對你並沒有太大的差別。因為在你與母親相分隔開的這麼長久時光裡，你容忍了母親已經死去的這個念頭，甚至也習慣地接受她因此早已經死去的假設與事實。阿君，母親究竟一直都是活著、或者是從來都沒有死去，對你真的會有差別嗎？」

「當然有差別，當然是有的啊！」

「阿君，真的是這樣的嗎？」

「當然是真的啊！」

「那這樣說吧，我覺得任何一個母親的死去，絕對都是違反自然的，但是也無時無刻在發生中。因為母親就是愛，所以她永遠不應該死去，因為在每一個人的愛裡，都有著重生與永恆的種子，所以是永遠不會死去的。」

「你說的都是真的嗎？」惠君聲音顫抖著、像是即將要哭出來。

「是的，阿君。」小女孩堅定地回答。

惠君慢慢靠走過去，見到小女孩手裡提著兩個小燈籠，像在黯夜裡兩隻閃光撲翅待發的螢火蟲。又聽到小女孩高亮的聲音傳來，說：

「阿君，你不要擔心黃昏就這樣黯去，因為我們有兩盞為我們照路的燈籠。我告訴你，只要我們兩人緊緊牽著手，小心跟著燈籠的指引走去，母親就會出現在路的底端，並且一定已經預備好溫熱的晚餐，微笑著等待我們了。」

「真的嗎？我的肚子已經餓了很久，我今天其實一整天都沒有吃任何東西，真想可以吃到母親為我們預備的晚餐呢！」

「馬上就到了，豐富的晚餐已經在等待著我們了。」

惠君露出久違了的微笑，讓自己疾快的奔過去。

惠君奔馳的速度與形貌，是如此的殊異與優美，讓外人難以辨識究竟為何。在很久之後，依舊有人流傳說，曾在某日的黃昏時刻，見到在溪流終端的密林，有一隻飛竄過去的豔紅色火鳥，姿勢是這樣熾烈也美麗，彷彿是預告著什麼訊息的使者，匆匆自天上奔臨下來、又匆匆飛離消逝遠去。

那時間，彷彿同時可以聽得見林中傳來類似這樣的對語：

「阿君啊，你今天穿得真的很漂亮耶！」

「謝謝啊，你這套白色的衣裙，也是非常非常的美啊！」

這段聲音顯得暗隱幽微，不能夠聽清楚明白，都誤以為是某種神奇的鳥禽，正在鳴唱著什麼初次聽聞到的美麗歌曲呢！

長時等待著的天空，這時開始發出轟隆隆的響雷聲，閃電迅速穿刺過黯隱著過往與未來的雲霧，瞬間照亮失明般的人間事物，以及一直在漫長等待中的黑夜與大地。

這一切是如此的神聖與美麗，有如一個不可被侵犯、也無法被理解的奇蹟，
突然地誕生出來。

國家圖書館出版品預行編目資料

黃昏的故鄉 / 阮慶岳著.-- 初版. -- 台北市 : 麥田, 城邦文化出版 : 家庭傳媒城邦分公司發行, 2016.03
冊； 公分. -- (當代小說家 ; 25)

ISBN 978-986-344-336-0(平裝)

857.7　　105004135

當代小說家 25

# 黃昏的故鄉

作　　者　阮慶岳
主　　編　王德威
責任編輯　張桓瑋

國際版權　吳玲緯
行　　銷　艾青荷　蘇莞婷　黃家瑜
業　　務　李再星　陳玫潾　陳美燕　杻幸君
副總編輯　林秀梅
副總經理　陳瀅如
編輯總監　劉麗真
總 經 理　陳逸瑛
發 行 人　涂玉雲

出　　版　麥田出版
城邦文化事業股份有限公司
104台北市中山區民生東路二段141號5樓
電話：（886）2-2500-7696 傳真：（886）2-2500-1967
發　　行　英屬蓋曼群島商家庭傳媒股份有限公司城邦分公司
104台北市中山區民生東路二段141號2樓
書虫客服服務專線：(886)2-2500-7718；2500-7719
24小時傳真服務：(886)2-2500-1990；2500-1991
服務時間：週一至週五09:30-12:00；13:30-17:00
郵撥帳號：19863813　戶名：書虫股份有限公司
讀者服務信箱E-mail：service@readingclub.com.tw
歡迎光臨城邦讀書花園　網址：www.cite.com.tw
麥田部落格：http://blog.pixnet.net/ryefield

香港發行所　城邦（香港）出版集團有限公司
香港灣仔駱克道193號東超商業中心1樓
電話：(852)2508-6231　傳真：(852)2578-9337
E-mail：hkcite@biznetvigator.com

馬新發行所　城邦(馬新)出版集團【Cite(M) Sdn. Bhd (458372U)】
41, Jalan Radin Anum, Bandar Baru Sri Petaling,
57000 Kuala Lumpur, Malaysia.
電話：(603)9057-8822　傳真：(603)9057-6622
E-mail:cite@cite.com.my

設　　計　王志弘
電腦排版　宸遠彩藝有限公司
印　　刷　前進彩藝有限公司

初版一刷　2016年03月31日
初版二刷　2017年05月10日



定價／420元
ISBN：978-986-344-336-0
城邦讀書花園
www.cite.com.tw

長篇小說 創作發表專案
國藝會 NCAF
PEGATRON 和碩聯合科技股份有限公司